mtb

NICOLE FISHER

WITH YOU *until* SUNRISE

Roman

mtb

TRIGGERWARNUNG

Dieses Buch enthält Szenen von Gewalt und Sexualität.

1. Auflage 2022
Originalausgabe

Gesetzt aus der Stempel Garamond
von GGP Media GmbH, Pößneck
Druck und Bindung von GGP Media GmbH, Pößneck
Printed in Germany
ISBN 978-3-7457-0344-3
www.harpercollins.de

Klimaneutral
Druckprodukt
ClimatePartner.com/15109-2009-1001

MIX
Papier
FSC FSC® C014496

Für dich, weil du es wert bist.

PROLOG

Die meisten Wolken ziehen an uns vorüber, ohne dass wir sie bemerken. Ein kleiner Teil von ihnen weigert sich jedoch, unentdeckt zu bleiben. Diese besonderen Wolken beschwören Stürme oder Regen herauf. Sie verdunkeln die Welt und bringen unsere Pläne durcheinander.

Ebenso verhält es sich mit Menschen.

Der Großteil läuft an uns vorbei, ohne dass wir sie wahrnehmen oder ihnen einen zweiten Blick widmen. Ein winziger Teil hingegen verändert unser Leben. Sie schleichen sich in unser Herz, und wir spüren instinktiv, dass sie in unserer Nähe sind. Ihre bloße Anwesenheit beschleunigt unseren Puls und lässt jeden noch so langweiligen Alltag plötzlich bunt und fröhlich erscheinen. Aber anders als bei Wolken folgt auf ihr Verschwinden weder Sonne noch klare Luft. Wenn wir diese besonderen Menschen verlieren, hinterlassen sie einen undurchdringbaren Schatten. Einen, der unserem weiteren Leben das Licht raubt und uns in absoluter Finsternis zurücklässt.

»Miss, darf ich Ihnen etwas bringen?«

»Whisky«, erwidere ich rau. »Einen doppelten bitte.«

Die Stewardess sieht von meinem fahlen Gesicht zu meinen Händen hinab. Vermutlich rätselt sie, weshalb ich Verbände um die Handgelenke trage und was mich zu diesem erbärmlichen Häufchen Elend hat werden lassen, das im Sitz beinahe versinkt. Kein Szenario, das sie sich ausmalt, kann an die schreckliche Realität heranreichen, da bin ich mir sicher.

»Ich bringe Ihnen sofort den Drink«, sagt sie höflich und wirft mir ein mitfühlendes Lächeln zu.

Ich hasse diesen Blick.

Diese mitleidige Miene, mit der sie versucht, sich selbst zu beweisen, was für ein ach so rücksichtsvoller Mensch sie doch ist. Dabei hat sie keine Ahnung, was ich durchgemacht – was ich *verloren* – habe. Am liebsten würde ich die Stewardess anschreien und wegscheuchen, aber dafür fehlt mir die Kraft. Die Splitter meines zerstörten Herzens bohren sich unerbittlich durch meinen Körper und rauben mir den Antrieb. Selbst zu atmen fällt mir unsagbar schwer.

Seufzend wende ich mich dem winzigen Fenster zu und starre auf die Erde, über die wir hinwegziehen. Sobald wir landen, werde ich mich in einer Welt zurechtfinden müssen, in der ich nicht leben will. Einer Welt voller Schmerz, Einsamkeit und der ständigen Gefahr im Rücken, entdeckt zu werden.

Reyna sagte, dass ich mir ein Leben fernab von der Kriminalität aufbauen soll. Ein ruhiges und normales Leben, wie sie es gern gehabt hätte, wäre sie nicht bei den Herreros gelandet. Aber kann ich ihr vertrauen? Ich möchte nie wieder in ihre Schusslinie geraten, also werde ich mich bedeckt halten.

Aber ist so ein Leben denn überhaupt lebenswert? Lohnt es sich, täglich den Kampf gegen seine Schatten aufzunehmen, bloß um in einer sinnlosen Existenz vor sich hin zu vegetieren?

»Wie geht's jetzt weiter?«, frage ich, ohne Isabella neben mir anzusehen.

Sie kämpft mit den Tränen und durchleidet die gleichen Seelenqualen wie ich. Irgendwie ist es tröstlich, zu wissen, dass da jemand ist, der mich versteht und mein Leid teilt. Nicht, weil ich ihr den Schmerz wünschen würde, sondern weil ich mich dadurch nicht so allein fühle. Erträglicher macht es die Situation dennoch nicht. Nichts könnte es erträglicher machen. Nichts könnte mir die Schuldgefühle und den Schmerz nehmen.

»Keine Ahnung, wie«, gibt Isa zurück und greift nach meiner Hand auf der Sitzlehne zwischen uns. »Aber es wird weitergehen, Camy. Das muss es. Wir bauen uns ein neues Leben auf, und irgendwann werden wir wieder glücklich sein.«

Ich will an ihre Worte glauben. Daran, dass wir die Dunkelheit überwinden und den Sonnenaufgang erreichen können. Doch hinter dem kummervollen Schleier brodelt etwas. Etwas, das mich innerlich in Flammen setzt und sich unter meiner Haut entlangzüngelt, auf der Suche nach einem Spalt, durch den es schlüpfen kann.

Wut.

Unendliche, alles verzehrende, glühend heiße Wut.

»Zum Glück führt uns nur ein Weg«, wispere ich entschlossen. »Rache.«

»Und wir werden diesen Weg gehen«, verspricht Isa und drückt meine Hand. »Wenn die Zeit reif dafür ist.«

1

Camy

Es gibt Hunderte Orte, an denen ich meinen Samstagabend lieber verbringen würde als in einer versifften Studentenbar. Sogar eine Müllhalde wäre mir lieber. Da hätte ich zumindest meine Ruhe und müsste mir keine Mühe geben, so zu tun, als hätte Spaß einen Platz in meinem Leben.

Vor zwei Stunden hatte ich noch die naive Hoffnung, der Abend würde den furchtbaren Tag aufwiegen können. Vom Morgen an war es eine Katastrophe, und dementsprechend hat meine Laune bereits vor dem Mittag eine Steilkurve zum Boden gemacht und ist ungebremst in die Erde gekracht. Darauf zu hoffen, dass Alkohol und laute Musik das kippen können, ist da nur normal. Wenn ich allerdings ehrlich zu mir wäre, vorhin wie auch jetzt, müsste ich zugeben, dass nicht der furchtbare Tag allein schuld an meiner grandiosen Laune ist. Die Wahrheit ist, dass ich in den vergangenen Monaten keinen einzigen unbeschwerten Tag erlebt habe. Natürlich gab es Momente, in denen ich lachte und für einen winzigen Augenblick den überwältigenden Schmerz in der Brust nicht spürte. Aber jedes Lachen hat einen bitteren Beigeschmack. Es fühlt sich an, als würde ich *ihn* verraten. Als würde ich vergessen, was geschehen ist, ignorieren, dass er nie wieder lachen wird, und weitermachen, als wäre nie etwas passiert. Und das kann ich nicht. Nicht jetzt und vermutlich niemals.

Ich schwenke mit dem leeren Glas über dem Tresen, wodurch die bunten Reife an meinem Handgelenk auffällig klimpern. Solche Accessoires sind meine ständigen Begleiter geworden, um die unschönen Narben zu verdecken und lästige Fragen zu vermeiden. Menschen nerven mich auch ohne ihre Neugier schon genug.

Der Barkeeper entdeckt mich im gleichen Moment, in dem ich das Glas hebe, und zieht beinahe tadelnd eine Braue in die Stirn, während er auf mich zutritt.

»Keine Ahnung, was du zu ertränken versuchst«, sagt er statt einer Begrüßung. »Aber du solltest es mit etwas tun, das dir schmeckt. Dann macht das Ganze wenigstens Spaß.«

»Du irrst dich«, lüge ich kühl und schiebe ihm das Glas zu. »Es schmeckt mir.«

»Du bist nicht zum ersten Mal hier«, erinnert er sich. »Meistens trinkst du irgendeinen süßen Cocktail, redest mit niemandem und wirkst, als wärst du von der ganzen Welt genervt. Aber wenn du traurig bist, bestellst du Whisky. Lass mich raten«, setzt er interessiert nach. »Es ist das Lieblingsgetränk von deinem Ex?«

»Auf eine Therapiestunde kann ich gut verzichten!«, fahre ich ihn an und fluche innerlich wegen des verräterischen Bebens meiner Stimme. Er hat ins Schwarze getroffen und mich damit kalt erwischt. »Gibst du mir jetzt noch einen, oder muss ich mir eine andere Bar suchen? Vorzugsweise eine, in der die Barkeeper nicht Seelenklempner spielen.«

Ergeben greift er nach meinem Glas und tritt zurück. »Kapiert. Es geht mich nichts an, weshalb du dich volllaufen lässt. Ich halte ab jetzt die Klappe.«

Zugegeben, Whisky ist nicht gerade mein Lieblingsgetränk, aber mit der Zeit habe ich gelernt, ihn zu mögen. Nicht nur wegen des warmen Gefühls im Magen und des angenehmen Brennens im Hals. Vor allem liegt es an den Erinnerungen, die jeder Schluck mit sich bringt. Erinnerungen daran, wie sein Kuss schmeckte, und an Abende, die wir friedlich auf unserer Hollywoodschaukel vorm Haus verbrachten. Die feine Whiskynote stieg mir in die Nase und überdeckte den Geruch meines Weines, während wir uns ausmalten, wie unsere Zukunft sein würde. Wenn ich ihn trinke und die Augen schließe, kann ich mir einbilden, Christian sei noch da, hätte mich nicht verlassen und mein Herz mit sich ins Grab genommen. Während dieser winzigen Zeitspanne ist alles gut. Mein Herz ist heil, und meine Seele trauert nicht um seine zweite Hälfte.

Ein glockenhelles Lachen lenkt meinen Blick nach rechts, und prompt überkommt mich eine Welle des Neids. Isabella steht vor dem Billardtisch, lacht und unterhält sich mit einem Mann, der sie ansieht, als habe er im Lotto gewonnen. Ihr schlanker Körper steckt in einem ockerfarbenen Kleid mit langen Ärmeln, das ihre Rundungen perfekt in Szene setzt. Auf mich hat sie so lange eingeredet, bis ich keine Lust mehr hatte zu diskutieren und mir ebenfalls ein Kleid anzog. Zwar ein schlichtes schwarzes, aber immerhin ist es ein Kleid.

Isa streicht sich ihre neuerdings schokoladenbraunen Haare kokett hinters Ohr und zwinkert dem Mann flirtend zu. Sich vom Blond zu verabschieden fiel ihr leicht, ebenso wie es ihr damals in Mexiko leichtfiel, die Haare abzuschneiden. *Etwas zu verlieren scheint ihr allgemein nicht sonderlich schwerzufallen.* Dass ich mich von meinen Haaren nach wie vor nicht trennen will, ist zu einem leidigen Streitthema zwischen uns geworden. Wenn wir ausgehen, glätte ich meine wilden Locken, um weniger Aufsehen zu erregen. Meistens binde ich sie aber einfach zu einem unordentlichen Dutt zusammen. Mom würde durchdrehen, wenn sie sehen könnte, was ich meinen Haaren antue. Aber wozu sollte ich mich aufwendig stylen? Damit ein Mann auf mich aufmerksam wird, sicherlich nicht. Wie aufs Stichwort wird der Hocker neben mir zurückgezogen, und auch wenn ich es nicht will, zwingt mich die Neugier hinzusehen. Darauf sitzt nun ein Kerl mit dunklem Haar, hellbraunen Augen und beeindruckendem Bizeps, der von einem eng anliegenden weißen T-Shirt betont wird.

»Eine Schönheit wie du sollte hier nicht allein sitzen.«

Er sieht gut aus und ist genau der Typ Mann, der mich früher angezogen hätte. Die alte Camy würde frech antworten und schauen, wohin das Geplänkel führt. Die heutige Camy hingegen schnaubt. »Kein Interesse.«

»Woher willst du das wissen, wenn du meine Vorzüge noch gar nicht kennst?«, kontert er mit laszivem Lächeln.

»Lass mich raten«, sage ich und greife nach dem frisch gefüllten Whiskyglas vor mir. »Eine Nacht mit dir bringt meine Welt zum Beben und versaut mich für jeden Mann, der nach dir kommt. Sorry, aber meine Welt liegt in Trümmern, du kannst also nichts beben lassen.«

»Ich beweise dir das Gegenteil«, prophezeit er und legt mir eine Hand aufs nackte Knie. Noch bevor er auch nur den kleinen Finger rühren kann, packe ich sein Handgelenk und verdrehe es nach hinten. Er jault schmerzhaft und reißt die Augen auf. Seelenruhig biege ich das Gelenk ein Stückchen weiter und bringe mein Gesicht so nah vor seins, dass ich winzige gelbe Sprenkel in seinen Augen erkennen kann.

»Du solltest lernen, ein Nein zu akzeptieren«, lasse ich ihn wissen und gebe ruckartig seine Hand frei. »Die nächste Frau ist vielleicht nicht so nett zu dir.«

»Freak«, beleidigt er mich und springt vom Hocker, als säße er auf einer Nadel. »Kein Wunder, dass du allein bist, wenn du auf so einen Mist stehst!«

Er geht zu einem Tisch an der linken Wand, wo seine johlenden Freunde bereits auf ihn warten und ihm bemitleidend auf den Rücken klopfen.

Kopfschüttelnd exe ich meinen Drink und sehe mich erneut

nach Isa um. Ihr Fang des Abends hat inzwischen seinen Arm um ihre Taille geschlungen und flüstert ihr etwas ins Ohr, das sie zum Kichern bringt. Sie legt den Kopf schief, um ihm zu antworten, wobei sie meinen Blick auffängt und die Fröhlichkeit übergangslos ihr Gesicht verlässt. Abrupt schiebt sie die Hand des Mannes von sich und kommt auf mich zu.

»Ich geh mit ihm mit«, verkündet sie.

»Hab ich mir gedacht.«

»Sein Freund findet dich übrigens heiß.«

»Ich hoffe, er kann mit Enttäuschungen umgehen«, kommentiere ich trocken und stehe auf. »Ich nehme mir ein Taxi und haue ab. Wir sehen uns morgen früh. Meld dich, falls etwas ist.«

»Camy …«, setzt Isabella an, unterbricht sich aber selbst. Sie weiß, dass es keinen Sinn hat, zu versuchen, mich zum Bleiben zu überreden. »Komm gut nach Hause«, beendet sie, ehe sie zu ihrer Abendbegleitung zurückkehrt.

Zweifelnd starre ich ihr nach. Ich sollte kein schlechtes Gewissen haben, weil ich sie allein lasse, und ich sollte auch nicht neidisch sein, weil es ihr so leichtfällt, Spaß zu haben. Isabella wusste von vornherein, dass ich nicht lange bleiben würde, und hat sich darauf eingestellt, ohne mich heimzugehen – was ihr nicht sonderlich viel ausmacht, wie ich inzwischen weiß. Trotzdem fühlt es sich nicht richtig an, einige Scheine auf den Tresen zu werfen und mich durch die feierwütigen Menschen hindurch aus der Bar rauszuschlängeln. Vor der Tür schließe ich die Augen und atme die kühle Nachtluft ein, um mein nagendes Gewissen zu beruhigen. Das klappt aber nur für einen extrem kurzen Augenblick, denn sobald ich die Augen wieder öffne, finde ich mich inmitten angetrunkener Pärchen wieder, die knutschen oder sich innig im Arm halten. Die Paare anzusehen und zu wissen, dass meine Chance auf wahre Liebe vorüber ist, ist kaum zu ertragen. Um dem Anblick zu entkommen, suche ich nach einem Taxi. Das *Clocks,* wie die Bar heißt, befindet sich mitten auf einer Amüsiermeile. Hier reihen sich Klubs, Bars und Imbisse aneinander, wodurch es ein beliebter Halt für Taxen ist. Dass ich, ohne warten zu müssen, eines am Ende der Straße finde, ist demnach kein Wunder.

Ich nenne dem Fahrer meine Adresse und lehne mich erschöpft im Sitz zurück. Der Tag war lang und deprimierend, aber daran liegt es nicht, dass ich so müde bin. Zumindest nicht nur. Egal, wie lange ich schlafe, die Müdigkeit vergeht nicht. Ich bin müde vom Leben, müde vom Kämpfen und müde vom Durchhalten. Außerdem sind die Nächte seit Monaten unerträglich kurz. Entweder wälze ich mich ewig hin und her, oder ich schrecke mitten in der Nacht aus einem Albtraum auf. Wieder und wieder höre ich den Schuss, sehe das Blut und fühle den Schmerz, als mein Herz zeitgleich mit seinem starb. Früher war Schlafen eine meiner Lieblingsbeschäftigungen, heute scheint es unmöglich, auch nur für eine Nacht Ruhe zu finden.

Je länger die Fahrt dauert, desto schwerer wird es, die Lippen zusammenzupressen und das Schluchzen nicht herauszulassen. Aber ich muss mich zusammenreißen, denn ich habe mir vor vier Monaten etwas versprochen. Als Isa und ich in Kanada aus dem Flugzeug stiegen, schwor ich mir, anderen nicht zu zeigen, wie kaputt ich innerlich bin. Abweisend und gemein zu sein ist eine Sache, traurig und gequält eine ganz andere.

Der Fahrer wirft mir einen neugierigen Blick im Rückspiegel zu, als er die belebten Straßen hinter sich lässt. Vermutlich wundert er sich darüber, dass eine junge Frau in einem solchen Viertel lebt. Es ist keine Gegend, in der Studenten oder Touristen wohnen würden. Die Häuser sind groß, modern und haben direkten Zugang zum Strand. Unseres ist das letzte in der Straße, wodurch wir vor den meisten Blicken geschützt leben.

Ich drücke ihm ein großzügiges Trinkgeld in die Hand und steige wortlos aus, sobald er am Gehweg anhält. Der Bewegungsmelder vor dem Haus leuchtet auf und wirft sein Licht auf den langweiligen Vorgarten. Isa und ich haben beide keinen grünen Daumen, weshalb er aus tristen ockerfarbenen Steinen besteht. Hier und da stehen große Kakteen in Blumenkübeln, aber das war es auch schon.

Ich schließe das Tor auf, schlüpfe hindurch und verriegle es direkt wieder. Erst dann gestatte ich es mir, zitternd einzuatmen und meinen Emotionen Raum zu geben. Die Tränen sind nun nicht mehr zu stoppen und vernebeln meinen Blick, dennoch steuere ich zielsicher an der weißen Hausfassade vorbei auf die Terrasse im Hinterhof zu. Die Holztreppe hinter dem Haus führt zum Strand hinunter und wird durch einen hohen Zaun abgesperrt. Ich schließe ihn auf, streife die Schuhe ab und lasse sie achtlos auf den Stufen zurück, während ich die Treppe hinuntersteige. Auch meine Tasche werfe ich weg und renne über den kühlen Sand zum offenen Meer. Ich habe meine Gefühle stundenlang zurückgehalten, nun brechen sie ungezügelt hervor und lassen mich unter ihrer Last auf die Knie sinken. Das Wasser umspielt meine nackten Beine und vermischt sich mit den Tränen. Ich schließe die Augen und recke das Gesicht zu den Sternen. Seit der Nacht, die mir den Lebensmut nahm, finde ich mich häufig so wieder. Es erinnert mich an die letzten Momente, die ich mit Chris verbrachte. Er wollte die Welt, in die er hineingeboren wurde, hinter sich lassen. Für mich. Für uns und vor allem für sich selbst.

Ich schluchze auf und vergrabe die Hände im feuchten Sand. Ein Schrei weht meinen Schmerz in die Weite des Meeres hinaus, bis mein Hals rau und meine Stimme heiser ist.

Chris ist tot, und nichts kann ihn zu mir zurückbringen. Das ist eine Tatsache, mit der ich endlich lernen muss umzugehen, wenn ich daran nicht vollends zugrunde gehen will.

Morgen fange ich an, nach einem Weg zu suchen, um wieder am Leben teilzunehmen, verspreche ich mir. Heute jedoch lasse ich ein letztes Mal zu, dass die Traurigkeit mit kaltem Griff mein Herz umfasst. Lasse zu, dass mein Magen zu einem unlösbaren Knoten wird und der Kummer mich überrennt.

Erneut schaue ich zu den Sternen hinauf. Ich werde darum kämpfen, ein Ziel zu finden, das mich aufrecht hält. Etwas, das mir den Willen schenkt, mich aus der Lethargie zu befreien. *Vergessen werde ich dich dennoch niemals, Christian Green.*

2

Camy

Auf dem Sofa zu liegen und fernzusehen fühlt sich an, als befände ich mich im Wartezimmer einer Arztpraxis. Vom Sofa über den Couchtisch, das Sideboard, bis hin zum Fernsehschrank wirken die Wohnzimmermöbel beinahe steril. Sie sind cremeweiß, und nicht ein einziger Fleck ist darauf zu sehen. Geht man nach nebenan ins Esszimmer, scheint es plötzlich, als wäre man in eine andere Welt geraten. Dort steht ein riesiger Esstisch aus dunklem Holz, an den Wänden hängen bunte Drucke, und die Sitzflächen der Stühle haben unterschiedliche Farben, mit denen sie den gesamten Regenbogen abdecken. Wer das Haus betritt und durch die Räume geht, muss denken, hier lebt jemand mit einer multiplen Persönlichkeit. Die Küchenmöbel und die fürs Gästezimmer haben wir vom Vorbesitzer übernommen, der auf gedeckte Farben und klassische Akzente stand. Einen einheitlichen Style sucht man in unserem Haus vergeblich.

Wir teilten die Räume beim Einzug untereinander auf. Isa richtete das Wohnzimmer ein, ich das Esszimmer. Die Schlafzimmer und angrenzenden Bäder gestaltete jede für sich. So gingen wir Streit aus dem Weg, zu dem wir damals ohnehin keine Kraft gehabt hätten.

Als wir in Kanada ankamen, wohnten wir zunächst in einem billigen Motel in Britisch-Kolumbien. Dort legte niemand Wert auf einen Ausweis, sodass wir in Ruhe unsere Wunden lecken und uns notdürftig versorgen konnten. Nach wenigen Tagen schüttelte Isa den Kummer jedoch ab und besorgte gefälschte Papiere für uns. Wenig später verkündete sie, sie hätte ein Haus in Ontario gekauft, das direkt am Meer liegt. Ich bin mehr als dankbar, dass Isabella damals das Steuer an sich riss. Ohne ihre Initiative säßen wir vermutlich noch immer in dem schäbigen Motel und würden uns von Chips und Sandwiches aus dem Automaten ernähren.

Wie leicht es ihr fiel, nach so kurzer Zeit weiterzumachen, lässt mich allerdings bis heute nicht los. Ich bin wütend und neidisch zugleich – was nicht fair ist. Wäre Isa nicht so, wie sie ist, und hätte nicht dermaßen erwachsen gehandelt … keine Ahnung, wo ich dann heute wäre.

Ich reibe mir über die müden Augen und setze mich auf. Die Cornflakesschale steht unberührt auf dem Tisch, und inzwischen sind die zuckrigen Einhörner darin aufgequollen und kaum noch zu erkennen. Der Appetit ist mir vergangen, nachdem ich die Nachrichten eingeschaltet habe. Es gab einen Bericht über den alljährlich Schönheitswettbewerb in Dallas. Ich weiß, dass Mom dort regelmäßig als Visagistin aushilft, und sah mir die Doku in der Hoffnung an, sie durchs Bild huschen zu sehen. Was sie nicht tat. Meine Familie denkt, ich wäre noch immer im Zeugenschutz – zumindest hoffe ich das. Seit der Flucht aus Irland habe ich nicht mit ihnen gesprochen. Es bringt mich um, nicht zu wissen, ob die Behörden sie auf der Suche nach uns kontaktiert haben. Machen sie sich Sorgen, oder denken sie, ich wäre mit der Liebe meines Lebens verheiratet und glücklich? Ich habe mich nicht bei ihnen gemeldet, um sie nicht in mein Chaos mit hineinzuziehen und möglicherweise sogar in Gefahr zu bringen.

Kurz entschlossen springe ich vom Sofa auf und knöpfe das schwarze Hemd zu. Es ist zu lang und weit, aber das ist mir egal.

In Chris' Klamotten fühle ich mich wohl, und ich danke dem Himmel dafür, dass mir zumindest ein Teil seiner Sachen erhalten geblieben ist. Der Inhalt seiner Reisetasche stellt alles Greifbare dar, was von meinem Seelenverwandten übrig ist. Sonderlich viel ist das nicht, aber jede Kleinigkeit ist bedeutend. Selbst wenn ich nur eine Socke von ihm hätte behalten dürfen, würde ich sie behüten wie den Heiligen Gral.

Ich schalte den Fernseher aus und eile in den Eingangsbereich. Hier gibt es nicht viel mehr als eine vollgestopfte Garderobe. Vorsichtshalber überprüfe ich im Spiegel neben der Haustür, ob die Shorts unter dem Hemd fleckenfrei sind. Ich schlüpfe gerade in meine Sandalen, als die Haustür aufgerissen wird und ich erschrocken zurückstolpere und beinahe auf dem Hintern lande.

Isa grinst mich fröhlich an und wirft ihre Peeptoes achtlos zur Seite. »Guten Morgen, Sonnenschein«, begrüßt sie mich. »Wohin willst du so früh?«

»Weg«, entgegne ich knapp und spüre prompt ihren wachsamen Blick auf mir.

»Definiere *weg.*«

»Ich will meine Eltern anrufen.«

»Auf keinen Fall!«, ruft Isa und schüttelt so heftig den Kopf, dass ihre kurzen Haarsträhnen ihr Gesicht verdecken.

»Das hast du nicht zu bestimmen«, entscheide ich und will mich an ihr vorbeidrängen, doch das lässt sie nicht zu.

Entschlossen stellt Isa sich vor die Haustür und versperrt mir den Weg. Ihre Miene ist ebenso stur verzogen wie meine, und innerlich wappne ich mich für die bevorstehende Diskussion.

»Wir leben seit vier Monaten sicher und frei in diesem Land. Wenn du deine Eltern anrufst, riskierst du das Leben, das wir uns hier aufgebaut haben.«

»Wir existieren, aber wir leben nicht, Isa.«

Sie schnaubt. »Wir gehen aus, lernen die Stadt kennen und

treffen neue Leute. Stück für Stück kommen wir der Normalität näher. Was daran soll kein Leben sein?«

»Wir gehen aus, aber nur du hast Spaß«, werfe ich ihr vor, und plötzlich sieht sie schuldbewusst aus. »Und die neuen Leute, die wir treffen, müssen wir belügen. So ist es unmöglich, Freundschaften zu schließen. Wir dürfen ihnen nicht einmal unsere echten Namen sagen, verdammt! Denkst du ernsthaft, dass das ein vernünftiges Fundament für ein Leben darstellt? Und was ist mit einem Job?«

»Meine Güte«, ruft sie und löst die Arme vor der Brust. »Dann such dir eben einen Job, wenn es für dich so wichtig ist. Du könntest aber auch einfach von dem Geld leben, das wir haben, und aufhören, einen auf gutbürgerlich zu machen.«

»Was meinst du, wie lange das Geld noch reicht? Ich will nicht eines Morgens mittellos dastehen«, erwidere ich wütend. »Was ich will, ist wieder als Journalistin arbeiten, aber das ist nicht möglich, solange auf meinem gefälschten Ausweis ein anderer Name steht als auf den Zeugnissen meiner Uni, Praktika oder von Arbeitgebern«, rufe ich aufgebracht.

Isabella sieht plötzlich betroffen aus.

Überrascht trete ich auf sie zu und strecke die Hand aus. »Du bist das Versteckspiel auch leid, oder?«

Nachdenklich sieht sie auf meine ausgestreckte Hand und atmet aus – dann greift sie zu.

Ohne nachzudenken, ziehe ich Isa an mich und schlinge die Arme um sie. Sie ist nicht dafür bekannt, besonders emotional zu sein, weshalb es umso mehr bedeutet, dass sie die Umarmung tatsächlich erwidert und den Kopf an meine Schulter lehnt.

»Ich will auch nicht mehr weglaufen«, gesteht sie leise, und ich drücke sie noch fester an mich.

Wie lange wir uns in dem Trost der Umarmung verlieren, weiß ich nicht. Aber als wir uns schließlich voneinander lösen, fühlt sich das Atmen leichter an, und der Schmerz ist erträglicher geworden. Das wird nicht lange anhalten, aber ich nehme, was ich kriegen kann, und genieße die winzige Verschnaufpause.

Wortlos deute ich zur Küchentür und gehe vor, ohne mich nach Isa umzusehen. Dass sie mir folgt, spüre ich auch so. Aus dem Vollautomaten brühe ich zwei Kaffee auf und trage sie zur Frühstückstheke in der Mitte des Raums. Ich stelle die Tassen darauf ab, da holt Isa Luft und setzt sich auf einen der Barhocker, die die Frühstückstheke umringen.

»Du hast recht«, sagt sie unvermittelt und greift nach ihrer Tasse. »So kann es nicht weitergehen. Wir tun, als wäre alles okay, dabei ist es das nicht.«

»Ich tue nicht so«, erwidere ich und schenke ihr ein sanftes Lächeln. »Jeder geht anders mit Verlusten um. Du stürzt dich in Partys und Affären und schiebst alles von dir weg, was dich verletzen könnte. Ich bin da anders. Ich vertreibe jeden, der mir zu nahe kommt, und meckere über die unwichtigsten Dinge. Dabei gebe ich aber niemals vor, alles wäre super.«

»Meckern können wir beide extrem gut«, scherzt sie und erwidert mein Lächeln, dann wird sie wieder ernst. »Fest steht, dass wir so nicht weitermachen können. Die Frage ist, was wir dagegen tun wollen.«

»Um das zu planen, müssten wir wissen, ob Reyna ihre Worte damals ernst meinte.« Ich nippe am Kaffee. »Sie hat behauptet, mich gehen zu lassen, weil sie mich nicht dafür bestrafen will, mich in Christian verliebt zu haben. Aber das war, bevor ich ihr vorgeworfen habe, ihr Sohn sei ohne sie besser dran. Außerdem dachte sie zu diesem Zeitpunkt, es wäre mir irgendwann egal, dass sie Chris … dass Chris nicht mehr da ist«, beende ich stockend und wende den Blick ab.

Ich kann es selbst nach all den Monaten noch immer nicht aussprechen. Mir gedanklich einzugestehen, dass meine große Liebe tot ist, schmerzt so tief, dass es mich zerreißt. Und wenn Isa es sagt, fühlt es sich jedes Mal aufs Neue an, als würde sie mir eine glühende Klinge in den Magen bohren und langsam drehen. Aber die Worte aus meinem eigenen Mund zu hören würde mich brechen.

»Nach dem, was du zum Abschied zu ihr gesagt hast, müsste dem Miststück klar sein, dass du ihr nie verzeihen wirst«, höre ich Isa sagen. »Allerdings können wir nicht wissen, ob sie es auf uns abgesehen hat oder sich an ihr Wort hält«, wirft sie ein. »Ich werde ein paar Anrufe machen und schauen, ob ich etwas herausfinden kann. Das hätte ich schon vor Monaten tun sollen.«

»Es war einfacher, sich einzureden, dass wir uns vor der Welt verstecken müssen, als uns der Welt zu stellen«, erwidere ich und sehe zu ihr auf.

»Weißt du, was ich bis heute nicht begreife?«

Ich schüttle den Kopf und stelle meinen Becher neben Isas.

»Wieso sie überhaupt in Erwägung gezogen hat, uns nichts zu tun. Ich bin in diesen Kreisen aufgewachsen, und glaub mir, es wurde nie dazwischen unterschieden, ob jemand Brüste oder einen Penis hat. Jeder wird als potenzielle Gefahr angesehen, der Geld, Einfluss und einen Grund hat, um etwas gegen einen zu unternehmen.«

»Sie hat damals gesagt, ich wäre ebenso in diese Welt hineingezogen worden wie sie«, erinnere ich mich. »Und dass ich Reyna an sie selbst erinnere.«

Isa verdreht die Augen und schüttelt verächtlich lachend den Kopf. »Du willst mir nicht ernsthaft erzählen, dass sie uns aus Mitgefühl oder Sentimentalität verschonen wollte, oder? Die Frau führt einen Drogenring an, Camy. Ich bezweifle, dass sie zu aufrichtigen Gefühlen und moralischem Handeln fähig ist.«

Die Szene am Strand in Mexiko kommt mir in den Sinn. Wie Reyna die Waffe in der Hand hielt. Ihre Stimme, mit der sie mir zurief, ohne Chris sei ich besser dran, und die Überzeugung in ihren Augen, das Richtige getan zu haben. Ihre Gründe spielen keine Rolle. Nichts rechtfertigt einen Mord, und kein Trauma kann aufwiegen, einem anderen Menschen einen solchen Schmerz zuzufügen wie sie mir, als sie schoss und mir mein Herz herausriss. Ihre Vorgeschichte ist mir egal. Diese Frau hat weder Mitleid noch Vergebung verdient. Das Einzige, das ihr zusteht, ist für all den Kummer und die Qualen, die sie verursacht hat, die Rechnung zu bezahlen.

»Als wir in Mexiko vom Strand geflüchtet sind und durch das Gestrüpp im Park liefen, um zum Einkaufszentrum zu kommen, haben wir uns versprochen, Chris zu rächen«, erinnere ich Isa, und prompt glüht es in ihren hellen Augen auf. »Und später haben wir beschlossen, diesen Weg zu gehen, wenn die Zeit gekommen ist. Ich bin bereit, den ersten Schritt zu machen, Isa. Du auch?«

Einen Moment lang erwidert sie nichts, und ich bete stumm, dass sie ihre Worte damals ebenso ernst meinte wie ich. Dass es nichts war, das sie im Affekt oder aus der Situation heraus sagte, sondern etwas, das ihr ebenso auf der Seele brennt wie mir. Gleichzeitig bin ich entschlossen, es durchzuziehen. Mit Isas Hilfe oder ohne.

»Wir brauchen Waffen, verschiedene Ausweise, Bargeld und einen Anhaltspunkt, wo sie sich verstecken könnte«, verkündet Isa, und mein Herz hüpft vor Erleichterung so heftig auf, dass ich den Nachhall im ganzen Körper spüre. »Machen wir das Miststück fertig.«

»Für Chris«, füge ich hinzu, und Isa prostet mir mit ihrer Tasse bestätigend zu. Dabei leuchten ihre Augen auf eine Weise, die ich schon ewig nicht mehr an ihr gesehen habe. Sie wirkt stark, entschlossen und bereit, zu tun, was nötig ist. Allen Konsequenzen und Ängsten zum Trotz.

»Für Chris«, wiederholt Isa und geht damit den ersten Schritt eines Weges, dessen Ziel völlig ungewiss ist.

3

Mister X

Ich hasse diese Abende. Wenn sie mir eine Aufgabe geben, habe ich etwas, auf das ich mich konzentrieren kann. Etwas, das mich ablenkt und mir keine Zeit lässt, einen Fehler zu begehen, der mich später den Kopf kosten kann.

An Abenden wie heute muss ich mich hingegen zusammenreißen, mich nicht auf mein Zimmer zu verziehen, um den Idioten aus dem Weg zu gehen. Es ist noch früh am Abend, und ich darf keine Aufmerksamkeit erregen, indem ich mich von ihnen abschotte. Bei den anderen im Wohnzimmer zu hocken kommt allerdings nicht infrage. So viel Dummheit auf einen Haufen ertrage ich nicht.

Der einzige Ort, der mir als Rückzugspunkt bleibt, ist der weitläufige Garten. Er ist trostlos, heruntergekommen, und am Zaun stapeln sich die Müllsäcke. Durch die hohen Temperaturen stinkt es erbärmlich, aber der Garten bietet mir eine Ausrede, um allein zu sein, denn Rauchen ist im Haus verboten. Dafür nehme ich den Gestank zu gern in Kauf.

»Hast du eine Zigarette für mich?«

Betont langsam stoße ich den Rauch aus und sehe zu Trip. Wie immer sind seine Haare auf exakt drei Millimeter gestutzt, und sein Gesicht ist glatt rasiert. Welche Haarfarbe der Typ hat, kann ich selbst nach all den Monaten noch nicht sagen. Auf jeden Fall ist es kein Blond, so viel sieht man anhand der Stoppel zumindest. Seine Mundwinkel sind starr und seine Augen ausdruckslos. Man erkennt nie, was er denkt oder fühlt.

Ich vertraue Trip nicht, aber er stellt meine einzige Möglichkeit dar, um Dinge zu erfahren, die ich nicht wissen darf. Also muss ich über sein Verhalten hinwegsehen oder mit der Ungewissheit leben. Zwischen diesen Optionen zu wählen fällt mir mehr als leicht.

Ich ziehe eine Zigarette aus der Schachtel und halte sie ihm entgegen. Trip nimmt sie mir ab und schiebt mir dabei unauffällig einen Zettel in die Hand.

»Danke, Kumpel. Mach's gut.« Er steckt sich die Zigarette hinters Ohr und verschwindet ebenso lautlos in der Dunkelheit des Gartens, wie er gekommen ist.

Ich lehne mich an die Hauswand und wähle dafür eine Stelle aus, von der ich inzwischen weiß, dass sie kaum einsehbar ist. Sobald ich sicher bin, durch die Fenster nicht gesehen zu werden, ziehe ich an meiner Zigarette und vergewissere mich erneut, dass niemand in der Nähe ist. Erst dann falte ich den Zettel auseinander.

Schon beim zweiten Wort gerät mein Puls ins Stolpern. Ein derber Fluch liegt mir auf den Lippen, und meine Finger verkrampfen sich um das dünne Blatt Papier. Am liebsten würde ich vor Frust auf etwas einschlagen, aber damit muss ich mich leider gedulden, bis ich in meinem Zimmer bin.

Ehe jemand kommen und mich erwischen kann, zünde ich den Zettel mit der Zigarettenglut an und sehe dabei zu, wie er verbrennt. Ich wünschte, die Worte der Nachricht würden sich auch so einfach auflösen. Aber das tun sie nicht. Sie nisten sich in meinem Kopf ein wie eine Krankheit und treiben ein eiskaltes Gefühl durch meinen Körper. Eines, das ich schon ewig nicht mehr gespürt habe: Angst.

Wieso tut sie das? Wieso lässt sie es nicht auf sich beruhen und bohrt in der Wunde, statt sie nach all der Zeit endlich heilen zu lassen?

»Fuck«, fluche ich und werfe wütend die Zigarette auf den Rasen. Die Asche des Zettels wird vom Wind in der Luft verteilt und fliegt in alle Himmelsrichtungen davon. Fürs Erste bin ich sicher davor, aufzufliegen und erwischt zu werden – aber *sie* ist es nicht.

4

Camy

Auch wenn ich es nicht laut zugeben werde, habe ich mich gefreut, als Isa heute Morgen sagte, wir würden in die Innenstadt fahren und einkaufen gehen. Früher habe ich es geliebt zu shoppen. Ich habe dabei regelmäßig mehr Geld ausgegeben, als ich mir hätte leisten können, und nie einen Cent bereut. Zuletzt war ich in Irland shoppen, was eine Ewigkeit zurückliegt. Isa hat die Klamotten besorgt, die ich seit unserer Ankunft in Kanada trage, und bisher hat es mir nichts ausgemacht, denn sie hat einen tollen Geschmack. Dennoch habe ich mich darauf gefreut, selbst loszuziehen und mir etwas auszusuchen. Allerdings dachte ich dabei nicht an so einen Laden. Um ehrlich zu sein, habe ich noch nie an so einen Laden gedacht, wenn es ums Shoppen ging.

»Hast du keine mit weißem Griff oder Verzierungen?«

»Eine Waffe ist kein Modeaccessoire«, kommentiert Rick schmunzelnd. »Sie soll funktionieren und dich im Notfall beschützen, nicht zu deiner Handtasche passen.«

»Das eine muss das andere nicht ausschließen«, erwidert Isa pikiert und nimmt so widerwillig die schlichte schwarze Pistole entgegen, als würde Rick ihr ein Insekt überreichen.

Isa hat nicht erwähnt, woher sie den teddybärhaften Ladenbesitzer mit dem rauschenden Vollbart kennt, aber im Grunde spielt das keine Rolle. Was zählt, ist, dass er uns die nötigen Waffen verkauft, ohne viele Fragen zu stellen. Außerdem ahne ich auch ohne ihre Erklärung, wie sie ihn kennengelernt hat. Rick nimmt vermutlich einen Platz auf der langen Liste von Männern ein, die Isa in den Klubs und Bars der Umgebung getroffen hat. Er ist zwar nicht ihr Typ, aber sie versteht sich extrem gut darin, jemanden abblitzen zu lassen und ihm zeitgleich das Gefühl zu geben, etwas Besonderes für sie zu sein.

Isa beäugt die Pistole akribisch genau und zielt probehalber auf einen imaginären Punkt an der Wand hinter dem Verkaufstresen. »Wenn du nichts Besseres dahast, nehme ich die Glock.«

»Ich könnte dir noch eine Taurus 92 anbieten. Die hab ich in Stahlgrau und in Schwarz«, lässt Rick sie wissen.

»Wie viel willst du für die Glock?«

»Neunhundert.«

»Und für die Taurus?«

»Auch neunhundert.«

Isa schnaubt und legt die Glock zurück auf den dunklen Tresen. »Ich bin zwar eine Frau, aber ich bin kein dummes Weibchen, Rick. Denkst du wirklich, ich würde mich von dir über den Tisch ziehen lassen? Nenn mir vernünftige Preise, oder ich bin weg.«

Preisverhandlungen sind nicht mein Fall, also sehe ich mich stattdessen im Laden um. Wobei es nicht sonderlich viel zu entdecken gibt. Über die rechte Wand zieht sich eine verschlossene Vitrine, auf der ein Sticker ankündigt, das Glas sei bruchsicher, und hinter dem Gewehre und Schrotflinten aufgereiht wurden. Gegenüber davon stehen mehrere kleine Vitrinentische, in denen Elektroschocker und abschreckend lange Messer liegen. Die dunkelbraunen Wände sind übersät mit allen möglichen Postern, Postkarten und Gesetzesausdrucken zum Waffenbesitz, die den Verkaufsraum zu einer überdimensionalen Pinnwand machen.

»Camy.«

»Ja?«, frage ich und sehe zurück zum Tresen.

»Komm her und sieh dir die Taurus an«, fordert Isa.

»Geht's noch herrischer?«

Sie rollt theatralisch mit den Augen und hält mir eine kleine schwarze Pistole entgegen. »Stell dich nicht so an und nimm. Ich muss wissen, ob sie zu schwer für dich ist.«

Widerstrebend greife ich danach, und in der Sekunde, in der meine Haut das kühle Metall berührt, zieht ein Blitz durch meinen Körper. Kalter Schweiß bildet sich auf meiner Stirn, und plötzlich verengt sich mein Blickfeld, als würde ich durch ein Schlüsselloch sehen. Alles fokussiert sich auf die Waffe in meiner Hand. Auf ihr schwarzes Gehäuse, den Sicherungsbügel und den Abzug.

Ich versuche zu blinzeln, mich zu bewegen oder zumindest tiefer zu atmen, aber mein Körper reagiert nicht. Jeder Atemzug ist so flach, dass ich das Gefühl bekomme zu ersticken. Der Boden dreht sich, und das wenige, das ich durch den Tunnelblick sehe, färbt sich von Schwarz zu Beige. Schlagartig bin ich nicht mehr in dem Waffengeschäft in Toronto, sondern stehe in einem Haus in Mexiko, das mir leider viel zu bekannt ist.

Das Licht der untergehenden Sonne strahlt durch die bodentiefen Fenster und verschafft dem Raum eine trügerische Sanftheit. Eine, auf die ich nicht hereinfallen darf, denn sie passt nicht im Geringsten zur ausweglosen Situation.

Ich spüre den verängstigten Blick von Eduardo auf mir, höre das Schlagen meines Herzens wie das Ticken einer Bombe und weiß, dass eine einzige falsche Bewegung die Welt in Scherben zerspringen lässt.

Jemand ruft meinen Namen, aber ich bin unfähig, dorthin zu sehen. Mein Bewusstsein hat sich an etwas festgefressen. An einer Tatsache, von der ich mich niemals werde reinwaschen können.

Ich trage die Schuld.

Ich habe das Leid verursacht und bin dafür verantwortlich. Er hätte mich nicht retten müssen, hätte ich mich nicht gefangen nehmen lassen. Eduardo hätte die Szene nicht mit ansehen müssen, und keiner wäre gestorben. Nichts davon wäre ohne mich geschehen.

Es.Ist.Alles.Meine.Schuld!

Dunkelrotes Blut läuft aus der Schusswunde an Kelvins Bein und verfärbt den Boden vor seinen Füßen. Er schreit vor Schmerz auf und umklammert die Wunde, während meine Finger an der Waffe zittern und …

»Camy!«

Meine Wange brennt, und das Gewicht aus meiner Hand verschwindet abrupt. Wie von selbst beginnen meine Lider zu flattern, und die Umgebung verändert sich erneut. Mit wild pochendem Herzen lande ich in einer sich drehenden Realität und starre in Isabellas sorgenvoll geweitete Augen.

»Was …«, setze ich an und schlucke gegen die Trockenheit im Hals an. »Hast du mich geohrfeigt?«

Sie nickt und legt die Waffe zurück auf den Tresen, ohne mich aus den Augen zu lassen. »Du bist kreidebleich geworden und hattest einen leeren Blick. Ich schätze, du hattest eine Panikattacke.«

Ich schüttle den Kopf, nicke dann aber und reibe mir ungläubig über die brennende Wange. *Eine Panikattacke. Verdammt! Das darf nicht passieren.* Hier, hinter verschlossener Tür, ist es schon schlimm und peinlich genug. Aber wenn mir so etwas in einer ernsten Situation passiert, in der es darauf ankommt, dass ich funktioniere, sind wir geliefert.

Ich sehe zu Rick. Er starrt mich an, und ich erkenne in den nachdenklichen Falten auf seiner hohen Stirn überdeutlich, dass er sich weigern will, eine Pistole an mich – den Freak mit der Panikattacke – zu verkaufen.

»Es war keine Panikattacke«, lüge ich schnell und zwinge mir ein Lächeln ins Gesicht, das sich wie eine zu enge Maske anfühlt. »Mein Kreislauf ist abgesackt. Ich hätte frühstücken sollen.«

Rick legt den Kopf schief und öffnet den Mund, aber bevor er etwas erwidern kann, wirft Isa einen Stapel Hundertdollarnoten vor ihn auf den Tresen. »Mach den Kauf fertig. Ich muss Camy etwas Süßes besorgen, damit sie nicht zusammenklappt.«

»Leg bitte noch einen Elektroschocker dazu«, werfe ich ein. Meine Stimme ruhig zu halten fällt mir ungemein schwer. Aber wenn ich jetzt schwach werde, vermassle ich alles.

»Mach zwei draus«, fordert Isa und sieht wieder zu mir. »Du solltest rausgehen und frische Luft schnappen. Ich komme nach, sobald Rick seinen Hintern in Bewegung gesetzt hat und endlich tut, wofür er bezahlt wird.«

Dankbar nicke ich Isa zu und eile so schnell durch die mit Sicherheitsgittern verstärkte Tür, dass es vermutlich aussieht, als würde ich flüchten.

Sobald das Schloss hinter mir einrastet, stütze ich die Hände auf die Oberschenkel und hole bebend Luft. Dabei fluche ich innerlich über meine Schwäche. Es ist nicht so, dass ich nicht damit klarkomme, Kelvin angeschossen zu haben. Das hatte der Dreckskerl mehr als verdient. Es geht um viel mehr. Darum, dass Eduardo es gesehen hat, dass Chris nur aufgrund seiner Rettungsaktion gefunden und erschossen wurde, und vor allem geht es darum, dass ich durch meine unüberlegte Flucht aus dem Hotel damals diese Welle der Katastrophen losgetreten habe.

Reynas Sohn hätte die Gewalt nicht miterleben sollen. Er ist noch so klein und unschuldig, und ich habe ihm ein Trauma bereitet, das ihn mit Sicherheit ebenso verfolgt wie mich die Schuld. Ich kann nur hoffen, dass Reyna oder wer auch immer ihm beisteht und hilft, damit umzugehen.

Ein letztes Mal hole ich tief Luft, dann richte ich mich auf und reibe mir übers Gesicht. Wäre ich in einem anderen Viertel, würde ich mir Gedanken darüber machen, was Passanten von meinem fluchtartigen Auftritt halten könnten. Allerdings befinde ich mich in einer Ecke von Toronto, um die man normalerweise einen weiten Bogen machen sollte und die voller merkwürdiger Gestalten ist. Die Häuser sind hoch, die Wände vollgeschmiert mit Graffiti, und an heißen Tagen stinkt es hier unerträglich nach Urin.

Auf der anderen Straßenseite entdecke ich drei Mädchen, die nicht älter als sechzehn sein können und die um diese Zeit in der Schule sitzen müssten. Stattdessen stehen sie vor einem Hauseingang, rauchen und lachen so unkontrolliert, als hätten sie zu tief ins Glas geguckt. Da ich keine Lust habe, ihre Aufmerksamkeit auf mich zu lenken, wende ich mich von ihnen ab – und kneife überrascht die Augen zusammen.

An der Straßenecke gegenüber steht ein Mann und telefoniert. Ein ungutes Gefühl presst meinen Magen zu einer festen Kugel, als hätte jemand Beton hineingekippt. Ich habe zu viel erlebt, um nicht skeptisch zu werden und ihn genauer zu betrachten. Der Typ trägt ein unauffälliges Outfit, das aus einer schlichten Jeans und einem weißen Shirt besteht. Seine Haare sind nur wenige Millimeter lang, was mich an einen Militärschnitt erinnert. Den Ausdruck auf seinem Gesicht kann ich aus der Entfernung nicht erkennen, aber so ruhig, wie er dasteht, würde ich darauf wetten, dass sich kein Muskel regt. Es juckt mich in den Beinen, die Straße zu überqueren und ihn genauer zu mustern, jedoch siegt ausnahmsweise die Vernunft über die Neugier und hält mich an Ort und Stelle gefangen.

Obwohl der Mann bemerkt, dass ich ihn beobachte, wendet er sich nicht von mir ab. Beinahe ist es, als würde er wollen, dass ich weiß, dass er da ist und zu mir sieht. Als hoffe er, dass ich mir sein Gesicht einpräge.

Hinter mir geht die Tür auf, aber ich sehe nicht weg. Selbst als Isa sich hinter mir vernehmlich räuspert, halte ich den Blick auf den Fremden gerichtet.

»Lass uns abhauen, bevor Rick es sich doch noch anders überlegt und die Waffen zurückhaben will«, sagt sie auffordernd.

»Wieso sollte er das?«, frage ich.

»Vielleicht, weil er sich unwohl dabei fühlt, jemandem eine Pistole zu verkaufen, der beinahe zusammenbricht, wenn er sie anfasst?«

Ruckartig sehe ich über die Schulter und funkle Isa wütend an. »Ich bin nicht zusammengebrochen! Es war nur mein Kreislauf.«

»Natürlich«, erwidert sie trocken. »Lass uns einen Kaffee trinken und etwas essen gehen, um deinen *Kreislauf* wieder in Schwung zu bringen.«

»Ich will kein falsches Mitleid von dir«, entgegne ich patzig. »Und ich will auch nicht, dass du mich wie ein rohes Ei behandelst. Ich muss nicht beaufsichtigt werden, Isabella. Noch mehr Risse kann ich gar nicht bekommen.«

»Und wenn ich dir was Süßes spendiere?«, lockt sie, und prompt meldet sich mein Magen mit einem lauten Knurren zu Wort. Es war nicht gelogen, dass ich nichts gefrühstückt habe.

»Ich will zwei Portionen«, fordere ich.

Meine Freundin grinst zufrieden und hängt sich ihre Handtasche über die Schulter, die verdächtig schwer wirkt. Der Henkel schneidet Isa in die Schulter, und der Stoff hängt in der Mitte durch. Mit einer Tasche voller Waffen, Munition und Elektroschockern einen Kaffee trinken zu gehen fühlt sich dermaßen surreal an, dass ich mir ein Lachen nicht verkneifen kann.

Isa zieht irritiert die Brauen hoch, aber ich winke ab und wende mich der Straße zu. Die Mädchen im Hauseingang zu sehen erinnert mich schlagartig an den Typen mit dem Handy. Mein Lachen versiegt, und sofort schießt mein Blick zur Straßenecke zurück. Hektisch suche ich den Gehweg ab und spähe in die Hauseingänge an der Ecke, doch von ihm ist nichts mehr zu sehen. Er ist verschwunden.

5

Camy

Vorlieben ändern sich. Früher wollte ich mitten im Geschehen sein und nichts verpassen. Außerdem kam ich mit Stille nicht zurecht und fühlte mich nur im Lärm wohl. Inzwischen genieße ich es, wenn alles ruhig ist. Es bedeutet, dass nichts Schlimmes passiert. Niemand weint, niemand leidet. *Niemand stirbt.*

Dass ich einen Tisch am Fenster wähle, weit entfernt von anderen Menschen, ist Routine geworden. Ebenso, dass ich mich in einer Bar und sogar im Supermarkt als Erstes nach den Notausgängen umsehe. Ich tue das nicht bewusst, sondern instinktiv. So weiß ich zum Beispiel, ohne aktiv danach geschaut zu haben, dass die Tür hinter der Theke in den Hinterhof führt und wir von unserem Tisch aus schnell dorthin gelangen können. Außerdem habe ich von meinem Platz den winzigen Parkplatz vor dem Café im Auge.

»Einen Mokka-Latte mit extra Milchschaum bitte.«

Isas Stimme lenkt meine Aufmerksamkeit zu der jungen Kellnerin, die neben unserem Tisch steht. Dass sie keine Lust auf ihren Job hat, ist mehr als offensichtlich. Der Kaugummi, mit dem sie unentwegt Blasen macht, scheint wesentlich interessanter zu sein als ihre Arbeit.

»Einen Schoko-Latte, eine Zimtschnecke und einen Double Choco Muffin bitte«, bestelle ich und ernte einen abschätzigen

Blick, der einmal quer über meinen schlanken Körper gleitet. »Ist irgendwas?«, frage ich amüsiert.

»Nope, alles gut«, lügt sie und schmatzt auf ihrem Kaugummi herum. »Ich brauche noch die Namen, damit ihr aufgerufen werden könnt, wenn die Bestellung fertig ist.«

»Is…«, setze ich an und bekomme ohne Vorwarnung einen Tritt gegen das Knie, bei dem ich mir auf die Lippen beißen muss, um nicht schmerzvoll aufzustöhnen.

»Camille und Madison«, antwortet Isa an meiner Stelle.

»Alles klar.« Die Kellnerin notiert sich die falschen Namen und schlendert lustlos zurück an die Theke.

»Das war knapp«, sage ich und werfe Isa ein entschuldigendes Lächeln zu, während ich mir übers pochende Knie reibe. »Trotzdem hättest du mich nicht treten müssen.«

»Knapp? Erst die Panikattacke und dann sagst du beinahe meinen richtigen Namen. Wenn du nicht anfängst, dich zu konzentrieren, blasen wir die Sache ab.«

»Was? Nein!«, widerspreche ich panisch und setze mich stocksteif auf. »Es tut mir leid, okay? Heute ist nicht mein Tag, aber ich verspreche, es kommt nicht wieder vor.«

»Versprich nichts, was du nicht halten kannst«, kommentiert Isa streng. »Wir wissen beide, dass Chris' Tod nicht von heute auf morgen aufhört wehzutun. Aber wenn du das durchziehen willst, musst du den Schmerz unterdrücken.«

»Das kann ich nicht.«

»Du musst«, fordert sie unnachgiebig. »Wenn du es nicht schaffst, wird unser Plan zu einer Selbstmordmission, und ich bin nicht bereit, mich auf so einen Mist einzulassen.«

Ich weiß, dass Isabella recht hat. Solche Fehler dürfen nicht passieren. Wenn auch nur eine falsche Person aufmerksam auf uns wird, sind wir geliefert. Aber wie soll ich die Last der Vergangenheit unterdrücken, wenn ich nur aufgrund dessen überhaupt etwas unternehme?

Erschöpft stoße ich den Atem aus und senke den Blick auf meine Hände. Die Narben sind mit der Zeit zwar blasser geworden, dennoch sind sie noch zu erkennen. Jedes Mal, wenn ich sie sehe, spüre ich die Angst, die mich damals in diesem Keller dominierte. Spüre die rauen Hände, die mir die Luft abschnüren, und erinnere mich an das Gefühl, tiefer ins Wasser zu sinken. Ich dachte, ich würde an den Stuhl gebunden sterben, doch dann kam Chris. Er war der Held, den sich jeder Mensch in dieser Situation wünscht. Immer wieder frage ich mich, was geschehen wäre, wenn er mich nicht gerettet hätte. Wäre ich gestorben und er würde leben, oder hätte Reyna ihn trotzdem gefunden?

»Ich muss auf die Toilette.« Isa steht auf und bedenkt mich mit einem warnenden Blick. »Mach keinen Mist, während ich weg bin. Am besten guckst du einfach nur aus dem Fenster und redest mit niemandem.«

Angefressen sehe ich meiner Freundin nach, wie sie an der Theke vorbei zu den Waschräumen läuft und die Tür hinter sich zuschlägt – da nehme ich unvermittelt einen Schatten wahr.

»Darf ich mich zu Ihnen setzen?«

Die dunkle Männerstimme entlockt mir ein genervtes Schnauben. »Nein, dürfen Sie nicht«, antworte ich, ohne aufzusehen. »Meine Freundin kommt gleich wieder, und ich habe kein Interesse, sie durch einen Fremden zu ersetzen.«

»Sind Sie sich sicher, Camy?«

Erschrocken blicke ich auf und schnappe nach Luft. Den Mann von der Straßenecke vor mir stehen und ihn meinen Namen sagen zu hören, treibt meinen Puls in die Höhe und befördert so viel Adrenalin durch meine Adern, dass jeder meiner Muskeln zittert. »Wer sind Sie?«, flüstere ich und spähe unauffällig zu Isas Tasche auf dem Boden. Ob ich es im Notfall wohl schaffe, an den Elektroschocker zu kommen?

»Wer ich bin, spielt keine Rolle«, entgegnet der Mann ruhig

und zieht einen zusammengefalteten Zettel aus der Hosentasche. Unauffällig legt er ihn vor mich auf den Tisch und sieht sich wachsam im Café um. »Sie sollten das lesen und sich die Worte zu Herzen nehmen, wenn Ihnen etwas an Ihrem Leben liegt. Es ist natürlich Ihre Sache, was Sie tun, aber wenn ich Sie wäre, würde ich auf mich hören.«

»Wer sind Sie?«, wiederhole ich drängend. »Und wieso interessiert es Sie, was ich tue?«

»Ich bin bloß der Freund eines Freundes«, antwortet er geheimnisvoll. »Am besten vergessen Sie, dass Sie mich jemals gesehen haben.« Mit diesen Worten wendet er sich ab.

»Hey!«, rufe ich ihm nach. »Warten Sie! Sie können nicht einfach so abhauen!«

Ohne auf meine Worte zu reagieren, verschwindet der Mann durch die Schwingtür des Cafés, als wäre nichts geschehen.

Ich zwinge mich, mir die Züge seines Gesichts ins Gedächtnis zu brennen. Mir den Klang seiner Stimme und jedes Wort, das er sagte, genau einzuprägen. Alles könnte wichtig sein, auch wenn es mir jetzt vielleicht noch nicht so erscheint.

Schließlich sehe ich von der Tür weg und blicke stattdessen auf den gefalteten weißen Zettel, der so harmlos vor mir auf dem Tisch liegt. Ich zögere, ihn in die Hand zu nehmen, und knete unentschlossen die Finger im Schoß. Wer weiß, was dort steht? Vielleicht ist es etwas, das unser Ziel in Luft auflöst. Das uns davon abhält, die Rache zu nehmen, die wir brauchen, um endlich mit der Vergangenheit abzuschließen und vielleicht sogar weiterzumachen. Trotz der Bedenken siegt wie meistens die Neugier. Kurz entschlossen greife ich nach dem Zettel und falte ihn auseinander.

Es ist gefährlich, in der Vergangenheit zu leben. Denk daran, es gibt kein Zurück.

Kein Zurück. Kein Zurück? Das kann nicht sein. Oder doch? Nein, das ist unmöglich. Das muss Zufall sein. Aber wer, wenn nicht er, würde ausgerechnet diese Worte benutzen?

Meine Gedanken fahren Achterbahn, ebenso wie meine Gefühle. Ein Teil von mir will sich einreden, die Nachricht stamme von Chris. Ein anderer, lauterer Teil ruft mir zu, dass das nicht sein kann. Es ist schlicht unmöglich. Chris ist tot, und aus dem Jenseits kann er keine Nachrichten verfassen, sosehr ich mir das auch wünschen würde. Dennoch setzt sich eine unrealistische Hoffnung in mir fest, die den Schmerz von meinem Herzen nehmen und mich drängen will, an ein Wunder zu glauben.

Das Knallen einer Tür reißt meinen Blick ruckartig vom Zettel los. Isa geht an der Theke vorbei auf unseren Tisch zu, und ich stopfe die Nachricht hektisch in die Tasche meiner Shorts.

Sie bleibt neben mir stehen und sieht mit gerunzelter Stirn zu mir herab. »Was ist passiert?«

»Nichts«, erwidere ich zu schnell. »Was soll passiert sein?«

Sichtlich skeptisch setzt sie sich auf ihren Stuhl. »Als ich zur Toilette ging, warst du ein emotionales Häufchen Elend, das sich nicht unter Kontrolle hat. Jetzt wirkst du … aufgeregt. Beinahe euphorisch.«

Unschuldig zucke ich mit den Schultern und weiche ihrem forschenden Blick aus. Dabei frage ich mich, weshalb ich ihr den merkwürdigen Mann und die Nachricht verheimliche. Dafür gibt es keinen Grund. Und doch weigert sich etwas in mir, die Szene mit Isa zu teilen. Sie würde mir die fragile Hoffnung austreiben, raunt es in meinem Kopf. Isa ist eine Realistin, die keinen Gedanken daran verschwenden würde, an Chris' plötzliche Wiederauferstehung zu glauben. Und das sollte ich auch nicht tun, wenn ich schlau wäre. Aber ich kann einfach nicht anders. Wenn auch nur der Hauch einer Chance besteht, dass die Liebe meines Lebens nicht gestorben ist, muss ich dem nachgehen. Es nicht zu tun würde einer Kapitulation gleichkommen, und das könnte ich mir niemals verzeihen.

»Es ist nichts«, wiegle ich ab. »Wirklich nicht. Vermutlich freue ich mich einfach auf meinen Muffin.«

»Das soll ich dir glauben?«

»Tu es oder lass es«, erwidere ich. »Was du denkst, ist dein Ding, Isa. Ich werde mich jedenfalls nicht dafür rechtfertigen, mich gefangen zu haben.«

Es vergeht ein Moment, in dem sie mich intensiv ansieht und ich angespannt den Atem anhalte. Dann schüttelt Isabella plötzlich den Kopf.

»Skeptikerin sollte mein zweiter Vorname sein«, scherzt sie und lässt die Schultern kreisen. »Manchmal vergesse ich, was für eine Rarität du bist, wenn es um Süßkram geht.«

Erleichtert, aber mit schlechtem Gewissen, schiele ich zur Verkaufstheke, auf der inzwischen die Teller mit der Zimtschnecke und dem Muffin bereitstehen. »Ich bin gerne eine Rarität, wenn ich dafür mit so leckeren Sachen belohnt werde.«

Die Kaugummikauerin drapiert unsere Bestellung auf einem Tablett. Während Isa sie penibel dabei beobachtet, gleitet meine Hand wie von selbst in meine Hosentasche und tastet nach dem Zettel, um sich zu vergewissern, dass ich mir das alles nicht eingebildet habe.

Keine Ahnung, von wem die Nachricht stammt und ob es sich überhaupt lohnt, sie ernst zu nehmen. Was allerdings feststeht, ist, dass wer auch immer sie verfasst hat weiß, wo ich bin, was wir vorhaben und welchen Wortlaut er benutzen muss, um mich zum Nachdenken zu bringen.

Aber woher zum Teufel weiß diese Person das alles?

6

Mister X

Ich stecke in einem gigantischen Spiel fest, in dem ich der Joker bin. Derjenige, der unverhofft auftaucht und den Spielstand entscheidend verändert. Dafür muss ich genug Infos über die Taktik der Gegner sammeln und in Deckung bleiben, bis der Moment gekommen ist. Inzwischen bin ich das Warten allerdings mehr als leid. Die Füße still zu halten und untätig vom Spielfeldrand zuzusehen, fällt mir von Tag zu Tag schwerer. Ich will endlich aktiv werden, nach vorn preschen und mir den Weg zum Sieg freikämpfen. Mit allen Mitteln, die dazu nötig sind. Aber das darf ich nicht tun, egal, wie sehr es mir in den Fingern juckt. Das frustriert mich mehr als alles andere.

»Wir müssen los. Bist du endlich fertig?«

»Ich komme, wenn ich so weit bin, also hör auf, mich zu nerven!«, brülle ich durch die geschlossene Tür zurück.

Ich höre jemanden genervt schnaufen und dann schwere Schritte, die immer leiser werden, bis sie endgültig verklingen. Auch wenn er mir den kurzen Sieg zugesteht, drängt die Zeit. Lange warten sie nicht mehr, ehe sie ins Zimmer stürmen und mich unsanft daran erinnern, dass nicht ich hier die Regeln mache. Dass nicht ich derjenige bin, der die Zügel in der Hand hält, und dass ich mich zusammenreißen muss, wenn ich nicht alles versauen will.

Unwillig streife ich mir das Shirt über den Kopf und werfe es hinter mich aufs zerwühlte Bett. Aus der schmalen Kommode greife ich mir ein frisches schwarzes T-Shirt und will die Schublade wieder zuknallen, stocke dann aber. Mein Blick bleibt am Spiegel darüber hängen und frisst sich an einem Detail auf meinem Körper fest. An einer Stelle, die ich abgrundtief hasse, denn sie steht für den Moment, der alles ruinierte. Wenn man darüber nachdenkt, erscheint es unrealistisch, dass wenige Sekunden ausreichen, um mehrere Leben zu verändern. Man sollte annehmen, dass mehr dazu nötig ist. Aber das ist es nicht.

Wie von selbst landen meine Finger zwischen meinen Rippen und ertasten die Unebenheit, die mein Leben definiert. Die wulstige Narbe, die mir täglich vor Augen führt, was ich verloren habe. Zumindest, bis der Joker zum Einsatz kommt, das Spiel endlich gewinnt und die Königin schachmatt setzt.

Ich werde ihr Königreich niederreißen, die Monarchie zerstören und mir die Freiheit zurückholen.

Ich werde mir *alles* zurückholen.

7

Camy

Frustriert werfe ich die Lupe auf den Couchtisch und ärgere mich über mich selbst. Was hat mich geritten, die Nachricht damit zu untersuchen, als wäre ich eine Detektivin? Ich habe keine Ahnung, wie man professionell nach Spuren sucht! Und außerdem: Was hatte ich erwartet, auf dem Zettel zu finden? Eine kaum erkennbare Botschaft, die mir den Absender verrät? Vielleicht sogar eine versteckte Unterschrift und eine »Liebe Grüße«-Floskel? *Das ist lächerlich.*

Ich falte den abgegriffenen Zettel vorsichtig zusammen und schiebe ihn zurück in meinen BH. Seit der Fremde ihn mir vor zwei Tagen gegeben hat, werde ich den Gedanken nicht los, Chris könnte dahinterstecken – was völlig absurd ist. Ich habe gesehen, wie er starb. Hörte seine letzten Worte und weinte bitterlich, während ich mich über seine Leiche beugte. Wenn ich mich von der Wahnvorstellung, er könnte noch am Leben sein, nicht bald distanziere, wird es mir einen langen ungemütlichen Aufenthalt in der Gummizelle einbringen.

»Reiß dich zusammen!«, ermahne ich mich und springe vom Sofa auf. Ziellos tigere ich durchs leere Haus, spähe in jedes Zimmer, auf der Suche nach etwas, von dem ich nicht sagen kann, was es ist. Schließlich lande ich in der Bibliothek, wobei der Raum diesen Namen nicht verdient hat. In den deckenhohen Regalen steht nicht viel mehr als ein Groschenroman, den

Isa am Strand gefunden hat, ein Lexikon und eine Broschüre vom Italiener an der Ecke. Ziemlich trostlos.

Da ich nicht weiß, wohin mit mir, gehe ich auf den Schreibtisch zu, der den Mittelpunkt des großen Raums ausmacht, und setze mich auf den ledernen Bürostuhl. Unentschlossen schiele ich zur Tür des integrierten Schranks und trommle mit den Fingern auf meinen Oberschenkeln herum.

Hinter der unscheinbaren Schranktür befindet sich ein Safe, in dem wir die Pistolen und gefälschten Ausweise aufbewahren. Außerdem sind noch Geld für den Notfall, zwei Einweghandys und die Elektroschocker darin.

Ich habe die Pistole seit dem Kauf nicht wieder berührt. Dass ich mich nicht ewig davor drücken kann, steht allerdings fest. Irgendwann werde ich die Waffe halten und im schlimmsten Fall sogar benutzen müssen. Allein daran zu denken jagt mir eine Gänsehaut über den Körper.

»Ängste sind nichts weiter als Gefühle, die man überwinden und steuern kann, wenn man sich Mühe gibt.« Chris hat das einmal zu mir gesagt, und ich bin davon überzeugt, dass er damit recht hatte.

Ich wispere die Worte wieder und wieder vor mich hin, während ich die Schranktür öffne. Meine Finger beben, dennoch tippe ich die Kombination konzentriert in den Safe ein, der sich daraufhin mit einem leisen *Pling* entriegelt. Bevor mich die Entschlossenheit verlassen kann, atme ich tief durch und beuge mich vor. Wo der Unterschied zwischen einer Taurus und einer Glock liegt, weiß ich nicht. Sie sehen anders aus, mehr Unterschiede kann ich nicht erkennen. Im Grunde gibt es auch keine. Waffe bleibt Waffe, egal, wie man sie nennt.

Behutsam, als würde ich einen verschreckten Welpen streicheln wollen, strecke ich die Hand nach der Glock aus – da knallt die Haustür zu. Erschrocken reiße ich die Finger zurück und schließe hektisch den Safe.

Ehe Isa mich hier drinnen finden und Fragen stellen kann, auf die ich nicht antworten will, stehe ich auf, haste aus der Bibliothek und eile den langen kahlen Flur entlang. Im Wohnzimmer treffe ich auf meine Freundin und bleibe verwundert stehen. Isa stellt mindestens ein Dutzend Tüten aufs Sofa und grinst, als habe sie den Jackpot geknackt.

»Ich war shoppen«, verkündet sie statt einer Begrüßung.

»Was nicht zu übersehen ist.«

»Den vorwurfsvollen Blick kannst du dir sparen«, erwidert sie und kramt in einer der Tüten. Ohne Vorwarnung wirft sie mir einen schwarzen Stoff zu, den ich reflexartig auffange. »Der ist für dich.«

Ich entfalte den Stoff und erkenne einen Pullover mit tiefem V-Ausschnitt. »Du hast mir etwas zum Anziehen gekauft?«, frage ich ungläubig und sehe über den Pullover hinweg zu Isa. »Schon wieder?«

Sie überkreuzt bockig die Arme vor der Brust und zieht eine Braue hoch. »Sag es.«

»Was soll ich sagen?«

»Dass du mich für oberflächlich hältst«, erklärt sie, und die Wut hinter den Worten wirft mich beinahe um. »Du denkst, ich würde fröhlich shoppen gehen und den Tag genießen, statt nach einem Weg zu suchen, Reyna zu finden und Chris zu rächen. Hab ich recht?«

»Ja«, gestehe ich. »Ich denke, du umgibst dich mit Partys, Affären und Shoppingtrips, um der Realität zu entfliehen. Genau darüber haben wir erst vor Kurzem geredet. Du meintest, du würdest es einsehen und dass es so nicht weitergehen kann. Aber wie die Beweisstücke zeigen …«, erkläre ich und deute auf die vielen Tüten. »… machst du genauso weiter. War deine Entschlossenheit vorgestern echt, oder hast du nur gesagt, wir würden nach Reyna suchen, um mich zu beruhigen? Hast du nach einem Weg gesucht, Zeit zu schinden, in der ich die Füße stillhalte und keinen Mist baue?«

»Klar«, sagt sie beleidigt. »Ich bin losgezogen, um Waffen und Ausweise zu besorgen, weil ich deine schlechte Laune loswerden wollte. Hat super funktioniert, oder nicht? Wie grandios sich die Stimmung verbessert hat, als du die Pistole gehalten hast, spricht für sich selbst. Denkst du nicht auch?«

Zerknirscht werfe ich den Pullover auf den Couchtisch, wobei ein Ärmel in meiner halb vollen Cornflakesschale landet. »Du sprichst so gut wie nie darüber, wie du dich fühlst oder was du denkst«, werfe ich ihr vor. »Man könnte meinen, du hättest mit allem abgeschlossen. Aber das will ich nicht denken, Isa. Ich will nicht glauben, dass ich allein dastehe. Dass ich die Einzige bin, die immer noch trauert, und dass du über Chris' Tod schon hinweg bist.«

Statt zu antworten, senkt sie den Kopf. Ein Laut entflieht Isas Lippen, der irgendwo zwischen Seufzen und Schluchzen liegt und mir direkt ins Herz sticht. Sie leidet, das ist nun offensichtlich, und sofort tun mir meine Worte leid.

»Sprich mit mir«, bitte ich sanft.

Sekunden vergehen, ohne dass sie sich regt. Ich will mich umdrehen, das Wohnzimmer verlassen und ihr Zeit geben, sich zu sammeln, aber da lässt Isa sich plötzlich zwischen die Tüten aufs Sofa plumpsen und atmet lautstark aus.

»Chris und Ian sind meine ältesten Freunde«, gesteht sie so leise, dass ich den Atem anhalten muss, um sie zu verstehen. »Egal, wo auf der Welt sich meine Familie versteckte, wir hielten immer Kontakt. Später lernte ich Violet kennen, und sie wurde meine engste Freundin. Wir haben so viel Müll durchgestanden, dass man annehmen sollte, irgendwann hätte das Universum genug und würde sich neue Opfer suchen. Aber jedes Mal, wenn ich denke, wir hätten es endlich geschafft, passiert etwas, das uns wieder auseinanderreißt.«

Ich gehe zum Couchtisch und setze mich auf die Kante. Isa hebt den Blick, und was ich in ihren Augen entdecke, fühlt sich ebenso schrecklich wie tröstend an. Sie leidet. Höllisch. Isa ist ebenso weit davon entfernt, über die Vergangenheit hinwegzukommen, wie ich.

»Ich vermisse sogar den Hosenscheißer Caleb«, spricht sie mit traurigem Lächeln weiter. »Und ich vermisse meine Familie. Als du vorgestern deine Eltern anrufen wolltest, hätte ich es gern zugelassen, Camy. Ich verstehe den Drang, wirklich. Aber wir dürfen das nicht tun, solange wir nicht wissen, ob wir sie dadurch in Gefahr bringen. Dass wir so lange unbehelligt hier gelebt haben, muss nicht bedeuten, dass Reyna sich an ihr Wort hält. Es könnte bedeuten, dass sie uns bisher nur noch nicht gefunden hat. Und sollte dem so sein, dürfen wir nichts riskieren.«

»Wieso hast du mir nicht früher gesagt, wie es dir geht?«

»Was hätte ich denn sagen sollen?«, fragt sie und klingt plötzlich unendlich erschöpft. »Dass es mir genauso beschissen geht wie dir? Was hätte das gebracht?«

»Manchmal ist es befreiend, sich mitzuteilen, und manchmal hilft es für den Moment, alles mit einem Schrei loszulassen«, erwidere ich und verschränke unauffällig meine Finger ineinander. Am liebsten würde ich Isa berühren. Die Hand auf ihre legen, um ihr zu symbolisieren, dass ich für sie da bin. Aber das würde es für sie nur schlimmer machen.

»So bin ich nicht«, gibt sie zurück. »Ich wurde anders erzogen. Bei uns hieß es immer: stark bleiben und die Fassade aufrechterhalten. Meistens schaffe ich das, aber es gibt Momente, in denen es mir unheimlich schwerfällt. Wenn ich merke, dass ich kurz davor bin einzuknicken, lenke ich mich mit Shopping ab oder gehe feiern. Ich wehre mich gegen den Schmerz, was aber nicht bedeutet, dass die Erinnerungen mich nicht auch hin und wieder umwerfen.«

»Es tut mir so leid, Isa«, raune ich und senke schuldbewusst den Blick. »Ich war so mit mir selbst beschäftigt, dass ich deinen Kummer nicht gesehen habe.«

»Dir muss gar nichts leidtun«, entgegnet sie energisch und legt mir die Hand unters Kinn. Vorsichtig hebt sie meinen Kopf und zwingt mich, ihr in die glasigen Augen zu sehen. »Ich hatte siebenundzwanzig Jahre, um mich in diesem Leben zurechtzufinden, und ich hadere dennoch oft damit«, lässt sie mich wissen. »Du hattest nicht so viel Zeit. Keiner hat dich gewarnt, was es für dein Leben bedeuten könnte, wenn du dich mit Violet anfreundest und dich später in Chris verliebst. Was für mich leider zum bekannten Schrecken geworden ist, ist für dich vollkommen neu. Niemand erwartet, dass du problemlos mit allem klarkommst.« Langsam nimmt sie die Hand von mir und legt sie stattdessen auf meine Finger. »Was ich allerdings von dir erwarte«, setzt sie streng nach, »ist, dass du dich zusammenreißt und es zumindest versuchst.«

Zwischen uns spannt sich ein unsichtbares Band. Fragil und doch unzerstörbar füllt es den Raum aus und bringt uns einander näher als je zuvor.

Ist das der Moment, in dem ich ihr von dem Zettel erzählen sollte? Wie von selbst teilen sich meine Lippen, doch die Worte kommen nicht heraus. Stattdessen hole ich zitternd Luft und nicke. Isa erwidert die Geste und zieht ihre Hand zurück.

Sie steht auf und drängt sich am Couchtisch vorbei. Ohne Erklärung verschwindet sie im Flur, und prompt sacken meine Schultern hinab. Wieso habe ich nichts gesagt? Ich vertraue Isabella. Aber sie ist eine realistische Frau, die mir den winzigen hellen Funken sofort austreiben würde. Egal, wie oft ich mir sage, dass Chris nichts mit der Nachricht zu tun haben kann, existiert ein Fleck in meiner Seele, der sich weigert, es ebenso rational zu betrachten.

»Ich war nicht nur shoppen«, ruft Isa vom Flur aus. Nur einen Moment später kommt sie ohne Schuhe und mit verräterisch geröteten Augen zurück. Ich kommentiere es nicht, denn wenn sie einen Augenblick für sich brauchte, um Tränen zu vergießen, ist das ihr gutes Recht.

»Was meinst du damit?«

»Konzentrierst du dich ab jetzt und kneifst den Hintern zusammen, um ans Ziel zu kommen?«

»Ja«, antworte ich und bin selbst überrascht über die Stärke dieses einfachen Wortes.

Isa lächelt zufrieden und greift nach einer der Tüten. Sie hält sie mir entgegen, als wäre deren Inhalt extrem bedeutsam, was mich sofort neugierig macht. Ohne zu zögern, greife ich danach und spähe hinein. Ein nachtblaues Kleid mit feiner Spitze liegt darin.

»Wir gehen zu einem Event?«, rate ich verwundert.

»Nein. In ein teures Restaurant«, verkündet meine Freundin schmunzelnd. »Ich habe ein Treffen arrangiert. Jemand ist bereit, uns Informationen über Reyna zu geben.«

Ruckartig lasse ich die Tüte fallen und springe auf. »Wirklich?«, rufe ich aufgeregt. »Das ist großartig! Wer ist es?«

»Keine Ahnung«, gesteht sie, und prompt bekommt meine Euphorie einen Dämpfer. »Mein Bekannter hat sich vorsichtig umgehört und ist auf diese Person gestoßen. Ich tippe auf einen verprellten Mitarbeiter, der seiner Chefin eins auswischen will. Also, rasier dir die Beine, kämm das Vogelnest auf deinem Kopf und sei um neunzehn Uhr bereit.«

Es geht los. Der Stillstand hat ein Ende. Wir bewegen uns vorwärts, befreien uns aus der Lethargie und unternehmen endlich etwas, das von Bedeutung sein könnte. So wie am Horizont der Himmel und die Erde aufeinandertreffen, warten am Ziel unseres Weges ein Abschluss und zeitgleich ein Neuanfang auf uns. Und ich kann es nicht erwarten, dort anzukommen.

8

Camy

Vornehme Restaurants waren noch nie mein Fall. Geziertes Kichern, aufgesetzte Freundlichkeit und die Angst, die falsche Gabel zu benutzen. Das verdirbt jedes noch so gute Essen. Würden wir uns in einem Diner mit Isabellas Kontaktmann treffen, würde ich mich wesentlich wohler fühlen. Zumindest rede ich mir ein, dass es so wäre.

Ich lasse die Schultern kreisen und betrachte mein Abbild im Spiegel über dem edlen schwarzen Waschbecken. Feuerrote Lippen und dunkel umrahmte Augen lassen mich fremd wirken – denn so stark würde ich mich normalerweise nicht schminken. Isa bestand allerdings darauf, da die Möglichkeit besteht, dass unser Kontakt verfolgt wird. Sie selbst trägt eine Brille mit dickem schwarzem Rahmen, der zusammen mit ihren braunen Haaren eine andere Person aus ihr macht.

Ehe ich den Waschraum verlasse, zupfe ich die Strähnen meiner Perücke zurecht und verziehe unwillig das Gesicht. Das Ding ist ein weiteres Opfer von Isas Shoppingtour. Es ist ein kohlrabenschwarzer Bob, mit dem ich mich partout nicht anfreunden kann.

Die Waschräume des Restaurants liegen auf einem kurzen schmalen Flur, direkt neben der Küchentür. Von hier aus kann man viele der Tische überblicken, und ich kann es mir nicht verkneifen, stehen zu bleiben und genau das zu tun. Die meisten

Gäste sind Paare, die sich leise unterhalten oder sich über ihre Teller hinweg verliebt in die Augen sehen. Nur an wenigen Tischen sitzen mehr Menschen zusammen. Ich mache einen Schritt aus dem Flur heraus und hinein in den Hauptraum, da entdecke ich eine Gruppe Männer, die aus der Masse heraussticht wie ein Papagei aus Schnee. Sie sprechen kein Wort und starren betont unauffällig vor sich hin. Einer von ihnen nippt an einem Kaffeebecher, vor den anderen stehen Wassergläser. Der Brotkorb in der Mitte des Tisches wirkt unberührt, ebenso wie der Teller mit den verschiedenen Dips, den es als Appetizer des Hauses gibt. Ganz so, als wären sie nicht zum Essen hergekommen.

Meine Alarmleuchten blinken rot auf, und meine Knie sind weich, während ich langsam zu unserem Tisch zurückkehre. Dabei sehe ich immer wieder unauffällig zu den Männern, die keinerlei Notiz von mir zu nehmen scheinen. Entweder bin ich inzwischen paranoid geworden und die Typen sind völlig harmlos, oder sie haben mich dank der Verkleidung bisher nicht erkannt.

»Wo warst du so lange?«, fragt Isa vorwurfsvoll, noch ehe ich mich auf meinen Stuhl gesetzt habe.

»Auf der Toilette. Ist das neuerdings ein Verbrechen?«

Sie rollt hinter der Brille mit den Augen und greift nach ihrem Weinglas. »Wir sollten uns nicht anzicken. Wenn der Kontakt da ist, müssen wir so tun, als wären wir uns in allem einig. Ich habe keine Lust, dass der Typ abspringt, weil er glaubt, wir würden uns gegenseitig zerfleischen.«

»Außerdem sollten wir keine Aufmerksamkeit erregen«, entgegne ich leise und deute mit einer knappen Bewegung meines Kopfes auf den Männertisch schräg hinter mir.

Isa versteht den Wink sofort. Sie lacht gekünstelt und sieht wie zufällig über ihr Weinglas hinweg dorthin. »Haben sie etwas gemacht? Dich angeglotzt oder so?«

Ich schüttle den Kopf. »Bisher nicht. Aber geheuer sind mir

die Typen trotzdem nicht. Guck sie dir an. Etwas stimmt nicht mit denen.«

Isa stellt ihr Glas ab und streicht sich die Haare hinter die Ohren. »Wir unterhalten uns normal weiter. Solltest du recht haben, dürfen wir uns nicht verdächtig machen.«

Auch wenn es mir schwerfällt, stimme ich zu und zwinge mich zu einem Lächeln. »Wie will dein Kontakt uns eigentlich erkennen?«, wechsle ich das Thema.

»Er hat den Tisch reserviert«, erinnert Isa mich. »Der Ober wird ihn herführen.«

Ich nicke und trommle rastlos mit den Fingern auf der Tischkante.

Nervenzerreißende Minuten vergehen. Minuten, in denen ich mir jeden genau ansehe, der das Restaurant betritt, und mir zudem extreme Mühe gebe, nicht zu den Männern zu spähen. Mein Rücken brennt, als würde ich von den Typen angestarrt werden. Da Isa aber immer wieder flüchtig zu ihnen sieht und bisher keinen Alarm geschlagen hat, bilde ich mir das vermutlich bloß ein.

»Hör endlich auf damit, oder ich muss dir wehtun«, stößt Isa plötzlich aus und legt ihre Hand auf meine, um meine trommelnden Finger zu stoppen.

»Hilft gegen die Aufregung«, erkläre ich frech und ziehe meine Hand unter ihrer hervor. »So verkniffen, wie du guckst, solltest du auch etwas finden, das dich beruhigt.«

Sie setzt zu einer bissigen Erwiderung an, da räuspert sich unvermittelt jemand. Ruckartig schießen unsere Blicke hoch und an dem Ober vorbei, der wie aus dem Nichts neben uns steht. Hinter ihm entdecke ich eine zierliche Frau, die die Hände vor dem Bauch gefaltet hält. Ihre Miene ist unlesbar, während ihr Blick sacht wie eine Feder über uns streicht. Der Ober deutet auf den letzten freien Stuhl an unserem Tisch und zieht ihn zuvorkommend zurück.

»Wenn Sie sich setzen möchten?«, bittet er. »Ich werde die Speisekarten für Sie holen und bin in wenigen Minuten wieder für Sie da.« Mit professionellem Nicken entfernt er sich und lässt die Frau bei uns zurück.

Auch wenn sie den Rücken durchstreckt, erkennt man an ihren fahrigen Bewegungen, dass sie nicht weiß, wie sie die Situation einschätzen soll. Sie beobachtet uns und wir sie, als wären wir Raubtiere, die ihre Chancen gegenüber dem Gegner abschätzen wollen, ohne unsere Deckung aufzugeben.

»Ich bin Lucandrá.« Sie bricht das Schweigen so unerwartet, dass ihre überraschend feste Stimme mich zusammenfahren lässt. »Sie haben vermutlich mit einem Mann gerechnet, aber wie Sie sehen«, sagt sie und legt sich demonstrativ eine Hand auf den Busen. »Bin ich keiner.«

»Offensichtlich«, kommentiert Isa trocken und beäugt die Fremde skeptisch.

Deren glänzend schwarze Haare sind offen und leicht gewellt, was dem rundlichen gebräunten Gesicht schmeichelt. Sie ist klein – wirklich klein. Ohne Absätze vermutlich bloß einen Meter fünfzig. Als sie neben dem Ober stand, konnte ich sehen, dass sie zur schlichten weißen Bluse einen stahlgrauen ausgestellten Rock trägt. Ihr Auftreten erinnert mich an das von Sekretärinnen, eben eher der zurückhaltende und schüchterne Typ Frau. Aber keineswegs erinnert er an jemanden, der mit den Herreros in Kontakt stehen könnte. Das einzige Indiz, das zu den Herreros passt, ist der südländische Akzent. Er ist nur minimal zu hören, trotzdem ist er da. Wie eine schwache Ermahnung an uns, wo sie herkommt.

»Wir haben mit einem Mann gerechnet«, sagt Isa. »Aber das Geschlecht ist mir egal. Mir geht es um die Informationen, die Sie haben. Also legen Sie los.«

Ehe Lucandrá die Gelegenheit bekommt, etwas zu sagen, erscheint der Ober erneut an unserem Tisch. Er verteilt die

Speisekarten und tritt abwartend einen Schritt zurück. Lucandrá bestellt einen trockenen Rotwein und nennt einen bestimmten Jahrgang, den ich mir nicht merke, dann sind wir wieder allein.

»Sie wollen Informationen von mir«, setzt sie an. »Aber zuerst sollten Sie erfahren, wer genau ich bin, denn das erklärt, weshalb ich so viel weiß. Das wird helfen, damit Sie meine Worte nicht infrage stellen.« In ihren dunklen Augen blitzt etwas auf. Etwas Verletzliches und Ängstliches, das sie sympathischer macht.

»Okay«, erwidere ich gedehnt. »Also, wer sind Sie?«

»Ich war Eduardo Herreros Verlobte.« Sie sagt es so schnell, als würde sie ein Pflaster abreißen. Mit einem Ruck, damit es weniger wehtut.

»Sie waren mit diesem Schwein verlobt? Freiwillig? Mit einem Mann, der im großen Stil mit Drogen dealt, Menschen ohne Rücksicht für seine Zwecke missbraucht und für den Erpressung zu einem Hobby geworden ist?«, hakt Isa überrascht nach. »Lassen Sie mich raten: Er hat Sie fallen gelassen, und jetzt wollen Sie Rache. Wir sind also Ihre Möglichkeit, ihn leiden zu lassen.«

»Nicht ganz«, verkündet Lucandrá mit einem Lächeln, und plötzlich ist nichts mehr von ihrer anfänglichen Unsicherheit und Unschuld zu spüren. »Ich will Rache, ja. Aber nicht Eduardo hat sie verdient, sondern die hinterhältige Männerdiebin Reyna. Sie hat mir meinen Mann, meinen Status und das Leben genommen, das mir zusteht.«

»Das Ganze muss doch ewig her sein«, sage ich verwirrt. »Der Sohn der beiden ist inzwischen wie alt? Fünf? Und Sie sind immer noch nicht über ihn hinweg?«

Sie schnaubt und wirft mir einen Blick zu, der so voller Schmerz und Hass ist, dass ihre Augen beinahe brennen. »Die Geschichte ist wesentlich länger und komplizierter.«

»Erzählen Sie sie uns«, fordert Isa, verstummt aber, als der Ober mit dem Wein zurückkommt.

Gekonnt stellt er das Glas auf den Tisch und sieht uns auffordernd an.

»Ich hätte gern das Steak. Medium«, erklärt Lucandrá, ohne in die Karte gesehen zu haben.

»Ich nehme das Gleiche«, sage ich spontan, und prompt meldet sich mein Magen mit einem freudigen Knurren zu Wort.

Isa bestellt lediglich einen Salat. Sobald der Kellner wieder außer Hörweite ist, beugt Lucandrá sich vor. »Eduardo und ich waren jahrelang ein Paar. Wir haben uns auf der Universität kennengelernt und beinahe sofort ineinander verliebt«, beginnt sie zu berichten. »Nach unserem Abschluss machte er mir einen Antrag, und natürlich sagte ich Ja. Ich plante den perfekten Tag und hätte nicht glücklicher sein können. Sogar der Termin stand fest. Dann platzte diese verarmte Kurierin in unser Leben und zerstörte alles, was wir uns aufgebaut hatten. Von dem Augenblick an, in dem Reyna einen Fuß in der Tür hatte, setzte sie alles daran, uns auseinanderzubringen.«

»Mit Erfolg«, mischt Isa sich wenig feinfühlig ein.

Warnend berühre ich unter dem Tisch ihr Knie und ernte einen Blick, der »Was denn?« sagen will. Augenrollend wende ich mich an Lucandrá. »Erzählen Sie bitte weiter.«

Sie sieht kurz zwischen uns hin und her, dann fährt sie fort. »Eduardo hat eine Affäre mit ihr angefangen. Ich wusste es, habe jedoch nichts dazu gesagt. Wenn Sie einen Mann wie ihn an Ihrer Seite haben, gehört das leider zum Paket dazu«, erklärt sie bitter und nimmt einen großen Schluck von ihrem Wein. »Etwa einen Monat vor unserer geplanten Hochzeit erfuhr ich, dass die Schlampe schwanger ist. Eine Affäre konnte ich übersehen, aber ein Kind? Ich stellte Eduardo zur Rede und … Sein Vater hatte inzwischen von der Schwangerschaft erfahren, und er bestand darauf, dass Eduardo Reyna heiratet. Das Kind sollte eine Familie haben. Außerdem halten die Herreros familiäre Werte und Moral sehr hoch. Das drängte ihn zu dieser Entscheidung.«

»Ihre Hochzeit fiel aus«, schlussfolgere ich mitfühlend.

»Die Feier fand statt«, berichtigt Lucandrá mich tonlos. »Allerdings wurde die Braut ersetzt. Da ich dennoch ein Teil der Gemeinschaft war und Anstand von mir erwartet wurde, musste ich als Gast daran teilnehmen. Wie demütigend das war, können Sie sich sicherlich vorstellen. Es brach mir das Herz, Reyna im Brautkleid zu sehen, auf einer Feier, die ich monatelang geplant hatte. Und dann weinte diese Heuchlerin, als würde sie gleich zur Schlachtbank geführt werden.«

»Moment«, unterbreche ich sie irritiert. »Sie wollte ihn nicht heiraten?«

»Zumindest tat sie so«, antwortet sie herablassend. »Sie jammerte rum, dass sie Eduardo zwar liebt, aber nicht heiraten will. Reyna wollte mich davon überzeugen, dass sie das nie geplant hätte und dass sie nur als Drogenkurierin gearbeitet hat, um sich etwas dazuzuverdienen und Mexiko irgendwann verlassen zu können. Die Begegnung mit Eduardo wäre reiner Zufall gewesen, und ein Kind mit ihm zu zeugen war ein Unfall.«

Auch wenn Lucandrá kein Wort davon zu glauben scheint, tue ich es dennoch. Es passt zu allem, was Reyna angedeutet hat, und auch dazu, dass sie behauptete, dieses Leben nie gewollt zu haben. So absurd es klingt, tut sie mir in genau diesem Augenblick leid.

»Ich hielt über all die Jahre Kontakt zu den Herreros, und es kam, wie es vorherbestimmt war«, erzählt Lucandrá weiter und reißt mich so aus den Gedanken. »Eduardo und ich begannen eine Affäre. Das war nur wenige Wochen, bevor er in Haft musste. Er wollte Reyna für mich verlassen. Das wollte er wirklich. Aber das hätte sein Vater niemals zugelassen. In dieser Familie endet eine Ehe nur durch den Tod. Solange Reyna lebt, werde ich ihn nicht zurückbekommen.«

»So schmalzig das alles auch ist«, sagt Isa. »Er sitzt im Gefängnis. Selbst wenn Reyna stirbt – und wir haben nicht vor, sie umzubringen –, haben Sie nichts davon. Wieso wollen Sie uns also helfen, sie zu finden?«

»Mir ist egal, ob er im Gefängnis sitzt«, braust Lucandrá auf. »Wenn Sie wirklich denken, dass das ein Hindernis für die Liebe darstellt, waren Sie nie verliebt. Und was das Umbringen angeht«, setzt sie mit boshaftem Lächeln hinzu. »Das können Sie mir überlassen. Finden Sie sie einfach und halten Sie sie fest. Den Rest erledige ich.«

Die zwei starren sich an, als würden sie sich gegenseitig erdolchen wollen.

Nach wenigen Sekunden unterbricht Lucandrá den Blickkontakt jedoch abrupt. Sie sieht über meine Schulter hinweg und tut etwas, das mir beweist, dass das, was ich vorhin gesehen habe, keine Einbildung war.

Lucandrá nickt jemandem zu.

Mit vorsichtigem Lächeln, als würde sie die Person beruhigen wollen, schüttelt sie den Kopf. Oder eben die Personen. Die Männer, die mir verdächtig vorkamen, gehören zu ihr, das wird mir nun klar.

»Ich weiß, weshalb Sie Reyna bestrafen wollen«, fährt Lucandrá erstaunlich ruhig fort und wendet sich wieder zu mir. »Rache für die Liebe ist ein Grund, den ich nicht nur nachvollziehen, sondern auch unterstützen kann. Daher möchte ich Ihnen sagen, wo Sie mit der Suche anfangen sollten.«

Sofort sind die Männer in meinem Rücken vergessen. »Wo?«, frage ich aufgeregt.

»Es gibt einen Ort in Arizona, an der mexikanischen Grenze, der plötzlich sehr wichtig zu sein scheint. Sierra Vista. Reyna hat die nervige Angewohnheit, neue Prozesse selbst überwachen zu wollen, weshalb ich glaube, dass Sie sie dort finden. Aber seien Sie vorsichtig«, fügt sie bedeutungsvoll hinzu. »Sie haben die Gegend unter Kontrolle. Außerdem arbeitet dort ein Mann, der Mister X genannt wird. Sie sollten sich von ihm fernhalten.«

»Was hat dieser Typ mit uns zu tun?«, will Isa wissen.

»Er ist erst seit Kurzem dabei, aber schon jetzt redet jeder über ihn«, erklärt Lucandrá. »Es heißt, er sei arrogant, clever und tödlich gut in seinem Job. Niemand kennt seinen echten Namen. Na ja, Reyna weiß es mit Sicherheit«, korrigiert sie sich. »Jedenfalls sollten Sie sich nicht von ihm beim Schnüffeln erwischen lassen. Können und Talent sind beneidenswerte Eigenschaften, aber dieser Mann ist die pure Arroganz auf zwei Beinen, was ihn, meinen Quellen zur Folge, unberechenbar macht.«

»Was wissen Sie noch über die Stadt und die Leute, die dort arbeiten?«, will Isa wissen. »Wir können immerhin nicht planlos eine ganze Stadt durchkämmen.«

»Ich werde Ihnen alles sagen, was ich weiß, solange Sie mir im Gegenzug versprechen, alles dafür zu tun, um dieses Miststück zu erwischen«, fordert Lucandrá düster.

Reyna hat Chris getötet.

Reyna ist die Mörderin meiner großen Liebe.

Wieder und wieder rufe ich mir das in Erinnerung. Verdränge das unpassende Mitleid, weil sie in dieses Leben gezwungen wurde, und erinnere mich an den Grund, aus dem ich hier sitze.

Sie ist schuld daran, dass Christian tot ist, das ist der einzige Fakt, der zählt.

9

Mister X

Seine Stimme zu hören jagt einen von Hass genährten Adrenalinstoß durch meinen Körper. Ich balle die Hände zu Fäusten und starre auf meine aufgeplatzten Fingerknöchel. *Verdammt! Wie sehr ich mir wünsche, das Blut wäre seins – oder würde sich mit seinem mischen, wenn ich meine Faust endlich in dieses überhebliche Grinsen ramme.* Aber sosehr es mich auch ankotzt, darf ich dem Wunsch nicht nachgeben. Nicht, wenn ich nicht alles auf einen Schlag versauen will.

»Find heraus, was er weiß.«

Ich nicke, ohne den Kopf zu heben, und schüttle meine steifen Hände aus. Keine Ahnung, ob er angepisst ist, weil ich ihm nicht den Respekt entgegenbringe, den er sich einredet zu verdienen, oder ob es ihm egal ist. So oder so wird er von mir keinen vorgespielten Respekt bekommen.

Nicht er. Niemals.

Die schwere Tür knallt hinter mir zu, und ich atme einen Teil des Hasses stoßartig aus. Zwar bin ich den Kerl fürs Erste los, aber jetzt liegt eine Aufgabe vor mir, die ich beinahe noch mehr hasse als ihn – weshalb ich sie nicht erfüllen werde.

Ich warte einen Moment ab, um sicherzugehen, dass er den Flur tatsächlich verlassen hat, dann sehe ich zu dem Mann auf dem Stuhl vor mir. Sein Gesicht ist unter der aufgeplatzten Lippe und dem zugeschwollenen Auge kaum noch zu erkennen.

Er ist mit viel zu engen Handschellen am Stuhl festgebunden, die sicherlich schmerzhaft in seine Haut schneiden. Seine Schultern hängen herab, und auf seiner Kleidung klebt verkrustetes Blut. Kein sonderlich schöner Anblick.

Ich mache einen Schritt auf ihn zu, und prompt zuckt er ängstlich zusammen. »Ganz ruhig«, raune ich und hocke mich vor ihn. »Ist dein Hals zugeschwollen?«

Er reagiert nicht sofort, sondern starrt mich zunächst irritiert an, ehe er vorsichtig den Kopf schüttelt.

»Das ist gut«, erwidere ich und ziehe die Tabletten aus meiner Hosentasche, die ich vorsorglich eingesteckt habe. »Du musst zwei davon schlucken«, erkläre ich ihm ernst. »Sie werden deinen Puls abflachen und deine Atmung aufs Minimum senken. Für dich wird es sein, als würdest du tief und fest schlafen, für die Idioten vor der Tür wirst du hingegen wie tot wirken. Das ist dein Ticket hier raus. Dein einziges.«

Er öffnet den Mund, aber außer einem Ächzen dringt kein Laut aus ihm. Ohne den Typ aus den Augen zu lassen, drücke ich zwei Tabletten aus der Packung und stecke den Rest zurück in meine Tasche.

»Du willst wissen, wieso ich dir helfe?«, sage ich und erkenne ein schwaches Nicken. »Du hast es nicht verdient, hier zu sein und diesen Scheiß durchmachen zu müssen. Soweit ich das einschätzen kann, hast du nichts verbrochen, sondern nur versucht auszusteigen und den richtigen Weg zu gehen. Aber das ist lediglich ein Teil der Wahrheit.« Ich richte mich auf. »Hierbei geht es nicht nur um dich. Es geht auch darum, dass ich diesen Arschlöchern nichts gönne, das sie zufrieden macht. Ich verabscheue jeden Einzelnen in diesem Haus, und ich werde einen Teufel tun, ihnen bei irgendwas wirklich behilflich zu sein.«

Auffordernd halte ich dem Kerl die Tabletten vor den Mund und sehe ihm direkt in die blutunterlaufenen Augen. Er ringt mit sich, das weiß ich, denn das tun sie alle. Schlussendlich willigt aber jeder ein. Es ist die einzige Hoffnung, die die Typen haben, die in den Keller gebracht werden. Das Einzige, woran sie sich klammern können, um sich vor Angst nicht in die Hosen zu machen. Und bisher habe ich noch keinen enttäuscht.

»Jetzt schluck die Tabletten und hilf mir, die Schweine nicht gewinnen zu lassen.«

10

Camy

Ernste Situationen erfordern den nötigen Respekt. Man muss wachsam und konzentriert bleiben, die Umgebung im Auge behalten und darf nichts und niemanden übersehen. Dennoch habe ich in den letzten Stunden ständig gelacht. Viel, laut und ungehemmt. Jedes Mal, wenn ich Isabellas pikierten Blick auffing, brach es aus mir heraus, wie das Wasser bei einem Rohrbruch – und zu lachen fühlt sich absolut berauschend an! Vor allem, weil ich zum ersten Mal seit Monaten nicht von Schuldgefühlen zerfressen werde. Das ist genauso großartig wie angsteinflößend, denn ich warte auf den Knall, der mein Lachen unweigerlich irgendwann verstummen lässt.

Nach meiner ersten Lachattacke am Flughafen von Toronto hielt ich panisch die Luft an und horchte in mich hinein. Ich wappnete mich für die Welle aus Scham und Schuld, doch sie kam nicht. Während des fünfstündigen Fluges dachte ich viel darüber nach, was sich in mir verändert hat. Wieso mir das Lachen plötzlich wieder so leichtfällt. Und dann war die Antwort auf einmal da. Klar und verständlich.

Über Isas Blicke in der Holzklasse zu lachen ist okay, denn wir sind unterwegs, um endlich unsere Versprechen einzulösen und voranzukommen. Um Chris zu ehren und um ein Ende sowie einen Neuanfang zu finden. Dafür nimmt Isa sogar das lange Boarding, die winzigen Sitze und das schlechte Essen auf dem Flug in Kauf.

Damit sich ihre Laune bessert, haben wir mit dem Wagen, den wir nach unserer Landung in Phoenix gemietet haben, einen Halt am nächstbesten Supermarkt eingelegt. Die Fahrt nach Sierra Vista dauert laut Navi circa drei Stunden, also müssen wir uns mit Proviant versorgen, bevor wir auf den Highway fahren. Außerdem liebt Isa Shopping. Selbst wenn es nur Lebensmittel in einem Supermarkt sind.

Inzwischen ist sie seit mehr als zwanzig Minuten drin, während ich an den Wagen gelehnt auf dem Parkplatz warte. Da es früher Morgen und noch dunkel ist, habe ich keine Sorge, hier offen herumzustehen. Immerhin kann Reyna nicht wissen, dass wir auf dem Weg zu ihr sind. *Auf dem Weg, obwohl ich davor gewarnt wurde.*

Seufzend ziehe ich den Zettel aus meinem BH. Kein Zurück, so steht es schwarz auf weiß vor mir. Nur Chris, Dylan, Isa und ich kennen die Bedeutung dieser Worte. Mehr als einmal habe ich in Betracht gezogen, dass Dylan derjenige sein könnte, der versucht, mir zu helfen. Dass er den ominösen Freund eines Freundes zu mir geschickt hat. Aber welchen Grund hätte er dafür?

»Ich hab dir Schokolade und so ein widerlich ungesundes Gummidropszeug mitgebracht. Außerdem zwei Dosen Red Bull.«

Blitzartig balle ich die Hand um den Zettel und sehe mit schreckgeweiteten Augen zu Isa auf. Die Einkaufstüte schwebt bewegungslos zwischen uns, und ihr Blick ist misstrauisch auf meine Faust gerichtet.

»Was ist das?«

»Gar nichts«, erwidere ich zu schnell und will die Hand senken, aber das lässt sie nicht zu. Ehe ich es verhindern kann, schießen ihre Finger vor und umfassen meine Faust.

»Zeig her.«

»Nein«, entgegne ich trotzig und versuche, mich aus ihrem Griff zu begreifen. »Isa, das ist bloß ein Zettel mit Notizen und Gedanken von mir. Das geht dich nichts an.«

»Wenn es bloß ein unwichtiger Zettel ist, kannst du ihn mir ja zeigen. Was du denkst, weiß ich schließlich schon.«

Isa zieht fordernd an der Faust, und auch wenn ich nicht nachgeben will, zwingt mich mein Gewissen, es zu tun. Ich löse langsam die Finger und entblöße den zerknitterten und abgegriffenen Zettel auf meiner Handfläche.

Sofort reißt Isa ihn an sich und lässt die Tüte achtlos auf den Boden fallen. Sie tritt zurück und entfaltet das Papier. Mein Herz wummert immer heftiger gegen meine Rippen, während Isas Stirn sich in Falten legt und sie die Brauen zusammenzieht. Dann sieht sie zu mir auf.

Ein Schatten zieht über Isas Gesicht, der mir direkt in die Brust sticht und sich wie ein schweres Gewicht auf meine Lunge legt.

»Sag mir, dass du nicht glaubst, diese Nachricht würde von Christian stammen. Sag mir, dass ich mich nicht auf der Jagd nach einem Toten befinde, und vor allem«, setzt sie nach und sieht zu mir auf. »Sag mir, wo du die Nachricht herhast.«

»Von einem Mann«, gestehe ich kleinlaut und fühle mich plötzlich wieder wie mit vierzehn Jahren, als ich zum Schuldirektor musste. Und genau wie damals rattere ich die Geschichte herunter, ohne zu stoppen oder mir Zeit zum Nachdenken zu lassen. Wenn ich anders handeln würde, würde mich der Mut verlassen. »Er stand auf der anderen Straßenseite. Vor Ricks Waffenladen und beobachtete mich. Als du rauskamst, ist er verschwunden. Dann ist er im Café aufgetaucht und kam zu mir an den Tisch. Du warst gerade auf der Toilette. Er gab mir den Zettel und meinte, er sei der Freund eines Freundes und dass ich die Nachricht ernst nehmen muss, wenn mir etwas an meinem Leben liegt.«

Atemlos starre ich Isa an und warte auf einen Wutausbruch. Doch der kommt nicht. Stattdessen dringt ein langes und tiefes Seufzen aus ihrem Mund, das sich schlimmer anfühlt, als jeder laute Vorwurf es je könnte.

»Wir müssen ein Team sein«, beginnt sie ruhig. »Wenn wir uns nicht alles Wichtige erzählen, hat die Reise keinen Sinn, Camy. Entweder sind wir ehrlich zueinander, oder wir steigen ins nächste Flugzeug zurück nach Kanada und beenden das Ganze.«

»Ich …«, setze ich an, unterbreche mich aber selbst. Meine Augen brennen verräterisch. Ich kämpfe dagegen an, blinzle und hole mehrmals Luft. »Es tut mir leid, Isa«, beginne ich erneut. »Du hast recht. Im Grunde wusste ich die ganze Zeit, dass ich dir davon erzählen muss, aber ich wollte nicht«, gestehe ich niedergeschlagen. »Du hättest gesagt, dass Chris nichts damit zu tun haben kann, und das wollte ich nicht hören. Ich wollte mich an den dünnen Strohhalm klammern und hoffen, am Ende doch ein Happy End zu bekommen.«

»Ach, Camy«, stößt sie aus, und ehe ich es begreife, hat Isa mich bereits in ihre Arme gezogen und drückt mich fest an sich. »Ich will auch daran glauben, aber das wäre Selbsttäuschung. Wir müssen realistisch bleiben«, flüstert sie in mein Ohr. »Christian Green ist tot, auch wenn uns das das Herz bricht.«

Länger kann ich die Tränen nicht zurückhalten. Flutartig verlassen sie meine Augen, rinnen über meine Wangen und benetzen meine Lippen. Wilde Schluchzer drängen sich aus meiner Kehle und durchbrechen die Stille des winzigen Parkplatzes.

Da knallt eine Autotür zu und lässt mich erschrocken zusammenzucken. Ruckartig hebe ich den Kopf und wische mir die Tränen vom Gesicht.

Dicht vor dem Eingang zum Supermarkt steht ein schwarzer Geländewagen mit laufendem Motor. Im Inneren brennt Licht und gibt den Blick auf drei Männer frei. Drei Männer, bei denen mein Puls in die Höhe schießt. Ich kann nicht erklären, wieso, aber mein Instinkt rät mir, die Männer nicht aus den Augen zu lassen.

Die Traurigkeit ist schlagartig vergessen und wird von einer so heftigen Entschlossenheit abgelöst, dass meine Glieder vor Tatendrang kribbeln.

Auch Isa hat die Männer bemerkt, und so wie sie sich verhält, hat sie das gleiche beklemmende Gefühl in der Brust. Betont gelassen lässt Isa mich los, hebt die Tüte vom Boden auf und deutet zum Mietwagen. Es ist ein unauffälliges Auto. Toyota irgendwas. Für das genaue Modell habe ich mich beim Anmieten nicht interessiert, bloß dafür, dass er nicht aus der Masse heraussticht.

Als wären wir ein perfekt eingespieltes Team, steigen wir ein. Isa wirft die Tüte in den Fußraum vor mir und stellt den Motor an.

»Ich glaube nicht an Zufälle«, sagt sie unvermittelt und starrt aus der Frontscheibe. »Wir sind nur knapp drei Stunden von Sierra Vista entfernt und treffen auf einen protzigen Geländewagen, in dem zwei Mexikaner und ein blonder Typ sitzen. Alle mit weißen Hemden.«

»Die Grenze ist nicht weit weg«, erinnere ich sie. »Und wenn ich richtig gesehen habe, gibt es gleich um die Ecke eine Festhalle. Sie könnten von einer Party kommen.«

»Das stimmt. Es könnte völlig harmlos sein. Aber wie gesagt: Ich glaube nicht an Zufälle.«

Mehr sagen wir nicht. Mehr ist nicht nötig.

Sobald der Geländewagen sich in Bewegung setzt, folgt Isa ihm mit knappem Abstand. Wir verlassen den Parkplatz und fahren durch die Stadt, die dank der frühen Morgenstunde wie ausgestorben wirkt. Die Musik im Wagen vor uns ist dermaßen laut, dass wir sie trotz des Abstandes und der geschlossenen Fenster dumpf hören können. Wer auch immer die Männer sind, sie fühlen sich sicher, als würde die Gegend ihnen gehören. Das zeigt auch ihre Fahrweise. Sie sind viel zu schnell, schneiden Kurven und machen es so immer schwieriger für uns, sie unauffällig zu verfolgen. Kurz nach ihnen biegen wir auf den Highway in Richtung Süden ab. Isa beschleunigt und versucht, den Wagen nicht aus den Augen zu lassen, doch egal wie stark sie das Gaspedal durchdrückt, der Toyota kann es nicht mit den PS des Geländewagens aufnehmen. Der Abstand wird frustrierend groß – da drängelt sich ein Kleintransporter vor uns, und Isa bremst scharf ab.

»Verdammt!«, ruft sie und drückt mehrmals auf die Hupe.

Der Kleintransporter gibt uns ein entschuldigendes Lichtzeichen und wechselt die Spur, um uns vorbeizulassen. Sofort tritt Isa das Gaspedal wieder durch, sodass ich im Sitz nach hinten gedrückt werde und mich Halt suchend an den Türgriff klammere.

»Das ist viel besser, als den Abend in einer langweiligen Bar zu verbringen«, ruft sie begeistert. »Gib's zu! So lebendig hast du dich ewig nicht mehr gefühlt!«

Auch wenn ihre Fahrweise mir eine Heidenangst einjagt, pulsiert jeder meiner Muskeln, und mein Herz pumpt vor Aufregung dermaßen intensiv, dass meine Brust sich hebt und senkt wie die Erde bei einem Beben.

Isa hat recht.

Ich fühle mich zum ersten Mal seit Langem wieder lebendig.

Ich lasse den Griff los und richte mich im Sitz auf. Mein Blick fliegt über die verschiedenen Spuren, sucht nach dem Geländewagen und wird von Sekunde zu Sekunde hektischer. In dem Augenblick, in dem es mir bewusst wird, drosselt Isabella das Tempo.

»So ein verdammter Mist!«, ruft sie und schlägt aufs Lenkrad, als wäre es schuld an der Situation. »Nein, nein, nein! Wir waren so nah dran.«

»Waren wir. Aber wir haben sie trotzdem verloren«, stelle ich ernüchtert fest und reibe mir frustriert über die Schläfe. »Willst du sie weitersuchen?«

»Nein«, lässt Isa mich wissen und schaltet das Radio ein. »Wir fahren nach Sierra Vista, wie es geplant war. Wenn wir richtigliegen, treffen wir die Männer dort sowieso. Und wenn nicht, lagen wir falsch und haben Energie an drei völlig uninteressante Männer vergeudet.«

Ich nicke und konzentriere mich auf die Musik, um das restliche Adrenalin loszuwerden, das meinen Puls noch immer antreibt wie ein Coach seinen Schützling beim Training.

America von Waylon Jennings erklingt aus den Lautsprechern. Während seine beruhigende tiefe Stimme davon singt, dass es egal ist, wo man sich befindet, sein Zuhause immer das Zuhause bleiben wird, wird mir bewusst, wie recht er hat. In den vergangenen Jahren lebte ich in Irland und in Kanada, und beides sind wunderschöne Länder. Aber sie sind nicht meine Heimat. Die USA sind es, und genau dort bin ich nun endlich wieder. Fahre über den Highway in Arizona und sehe der Sonne am Horizont beim Aufgehen zu. Nur New Mexico liegt zwischen Texas, meiner Familie und mir.

So nah und doch unerreichbar.

11

Camy

»Wozu der unauffällige Wagen und der Linienflug – den du nebenbei bemerkt abgrundtief gehasst hast –, wenn wir am Ende in so einem teuren Schuppen landen?«

»Für billige Motels bin ich zu alt«, informiert Isa mich, als läge das auf der Hand. »Außerdem hat der Zimmerservice nur Fünf-Sterne-Bewertungen auf Google und Yelp.«

»Das ist natürlich wichtiger, als ein sicheres Versteck zu haben«, grummle ich, und Isa rollt mit den Augen.

»Das Gepäck ist im Kofferraum«, teilt sie dem Parkboy mit und stolziert, ohne auf mich zu warten, durch die weit geöffnete Eingangstür des Hotels.

Danke für deine Höflichkeit, denke ich genervt und folge ihr hinein.

Schon ein Schritt ins Innere bestätigt, was das Gebäude von außen verspricht: Luxus. Der Empfangstresen ist ebenso hochwertig verziert wie die gesamte Lobby. Überall funkelt es vor Sauberkeit, und glänzender Marmor springt einem regelrecht entgegen. Vermutlich kostet eine Nacht in diesem Hotel mehr als mein gesamter Kleiderschrankinhalt in Rosehill. Oder eben das, was der Brand damals davon übrig gelassen hat.

Isa nimmt gerade die Zimmerkarten vom Mitarbeiter am Empfang entgegen, als ich bei ihr ankomme. »Der Page soll bitte, so schnell es geht, unsere Koffer aufs Zimmer bringen. Wir zahlen gern Trinkgeld für die Eile.«

Der Mitarbeiter strahlt übertrieben hilfsbereit und greift sofort zum Telefonhörer. Tja, Geld regiert die Welt.

Meine Freundin wirft mir einen knappen Blick zu und deutet auf die goldverzierten Fahrstühle am anderen Ende der Lobby. Wir gehen stumm darauf zu, wobei Isa mich immer wieder wie zufällig von der Seite ansieht.

»Was ist? Hab ich was im Gesicht?«, will ich wissen.

»Nein. Alles okay«, meint sie nur und betritt den Lift. Wie nicht anders zu erwarten war, drückt Isa auf den Knopf für den zwölften und somit höchsten Stock. »Ich liebe Fahrstühle«, verkündet sie gut gelaunt. »Hier drin ist man für kurze Zeit abgeschottet von allem, obwohl man sich in einem Gebäude mit Hunderten anderen Menschen befindet. Fast wie in einem Vakuum.«

»Erinnerst du dich an den Tag damals in Mexiko, als wir in dem Hotel ankamen? Kurz nachdem wir erfahren hatten, dass Dylan uns verraten hat?«, frage ich und spüre, dass sich meine Wangen rot färben. Diese besondere Erinnerung vertreibt meine Wut auf Isa und zaubert mir stattdessen ein Lächeln ins Gesicht. »Chris und ich haben im Fahrstuhl rumgemacht. Wären die Türen nicht aufgegangen, hätten wir es getan.«

Isa lacht laut auf. »Ja, das klingt ganz nach Chris«, japst sie, und ich kann nicht anders, als in ihr fröhliches Lachen mit einzusteigen. Erst das sanfte Ping der aufgleitenden Türen lässt uns verstummen.

Die Zimmernummer von den Schlüsselkarten prangt auf einer Tür am Ende des Ganges. Isa hält die schwarze Karte vors Lesegerät unter dem Griff, und das Licht darauf wechselt augenblicklich zu Grün. Ich gehe als Erstes hinein, bleibe aber nach wenigen Tritten bereits wieder stehen, um mich umzusehen. Unser Zuhause auf Zeit besteht aus zwei Schlafzimmern, einem geräumigen Wohnzimmer mit integrierter Kochzeile und einem rechteckigen Balkon. *Eine Suite, was sonst.*

Wortlos geht Isa an mir vorbei ins rechte Schlafzimmer, womit für mich das linke bleibt. Darin steht ein traumhaft riesiges Bett mit unzähligen Zierkissen. Beinahe kann ich hören, wie das Bett nach mir ruft. Schweren Herzens zwinge ich mich, zum angrenzenden Badezimmer zu gehen, statt mich hinzulegen. Nebenan höre ich die Dusche anspringen, und kurz frage ich mich, was Isa danach anziehen will, denn immerhin sind unsere Koffer noch nicht hier, verwerfe den Gedanken aber schnell wieder. Sie wird wissen, was sie tut.

Zwar fühle ich mich nach dem Flug und der langen Autofahrt, als hätte ich mich auf dem Boden einer Umkleide im Fitnessstudio gewälzt, aber anders als Isa habe ich keine Lust, nackt durchs Hotelzimmer zu laufen oder im Hotelbademantel auf die Koffer zu warten. Kurzerhand ziehe ich die helle Jeansjacke und das schwarze Top aus und wasche mir über dem Waschbecken notdürftig den Schweiß ab. Und dann putze ich mir mit dem Finger, auf dessen Spitze ich etwas Zahnpasta vom Hotel gegeben habe, notdürftig die Zähne. Besser als nichts.

Nachdem ich mich wieder halbwegs menschlich fühle, ziehe ich die Jacke über und knöpfe sie zu. Das Top werfe ich neben das Bett auf einen Stuhl, dann gehe ich zurück ins Wohnzimmer – und bleibe überrumpelt im Rahmen stehen.

Nackt, wie Gott sie schuf, sitzt Isa auf dem schwarzen Sofa und blättert entspannt in einer Zeitschrift des Hotels.

»Sobald die Koffer da sind, sollten wir uns fertig machen und die Stadt erkunden«, sagt sie.

Peinlich berührt wende ich den Blick ab. Es ist nicht so, dass ich Isa zum ersten Mal nackt sehen würde. Nur, dass es mich jedes Mal aufs Neue schockiert, wie freizügig und ungezwungen sie mit ihrem Körper umgeht.

»Ich …«, stottere ich unbeholfen und deute zum Balkon,

»… setze mich so lange raus.« Gerade als ich die Balkontür entriegeln will, klopft es.

Im Augenwinkel sehe ich, dass Isa aufsteht, und bevor ich »Nein!« rufen kann, reißt sie die Tür auf.

Dem Pagen entgleitet die Hand vom Transportwagen. Überfordert schnappt er nach Luft, während Isa beiseitetritt, um ihn hereinzulassen, als wäre alles in bester Ordnung.

»Stellen Sie die Koffer bitte direkt hier ab«, sagt sie unschuldig.

Der junge Mann schiebt mit hochrotem Kopf den Wagen ins Zimmer. Es kostet mich einiges an Selbstbeherrschung, die Lippen zusammenzupressen und bei seinem überforderten Anblick nicht zu lachen. Immer wieder huschen die Blicke des Pagen zu Isa, dennoch stellt er die Koffer professionell ab und geht zurück zur Tür, ohne einen einzigen Ton von sich zu geben. Erwartungsvoll sieht er von meiner Freundin zu mir, wobei er penibel darauf achtet, in ihr Gesicht zu schauen.

»Ach stimmt«, ruft Isa und geht hüftwackelnd auf ihn zu. »Sie warten auf Ihr Trinkgeld.« In einer gekonnten Bewegung dreht sie sich langsam und grazil vor dem Mann, sodass er jeden Winkel ihres Körpers zu sehen bekommt. »Ich glaube, das sollte reichen.« Mit diesen Worten schließt sie direkt vor seiner purpurroten Nase die Tür und dreht sich zu mir.

Fassungslos und amüsiert zugleich schüttle ich den Kopf und verschränke tadelnd die Arme vor der Brust.

»Was ist?«, fragt sie und zuckt arglos mit den Schultern. »In einem solchen Hotel hat der Typ mit Sicherheit schon sehr viel Schockierenderes gesehen als eine nackte Frau. Außerdem sehe ich unverschämt gut aus.« Zwinkernd greift sie nach ihrem Koffer und stolziert in ihr Zimmer.

Tja, langweilig wird es mit Isa definitiv nie.

Diese Stadt ist frustrierend groß! Neben dem noblen Viertel, in dem unser Hotel liegt, gibt es eine riesige Innenstadt, Viertel mit schlichten Wohnhäusern und solche, um die man einen weiten Bogen machen sollte. Vermutlich liegt in genau solch einer bezaubernden Ecke unser Ziel. Inzwischen laufen wir seit über einer Stunde wahllos durch die Straßen und überlegen, was wir als Nächstes tun sollen. Auf ein Wunder zu hoffen ist zwar genauso dämlich, wie draufloszustürmen, aber immerhin ist es ungefährlicher.

»Wonach genau soll ich eigentlich Ausschau halten?«

»Nach etwas Auffälligem«, antwortet Isa und rückt ihre Brille zurecht. Das Ding ist ihr Lieblingsaccessoire geworden. Sie sagt, dass sie sich damit kostümieren will, ich denke aber, sie mag den Look. Ich selbst habe wieder zur Perücke gegriffen und bereue es in jeder einzelnen Sekunde. Die Fransen kitzeln mich am Kinn, und es fühlt sich ständig an, als würde sie auf meinem Kopf verrutschen.

Wir schlendern eine Weile durch die belebten Straßen von Sierra Vista und überlegen, die Suche für heute abzubrechen, da packt Isa plötzlich meinen Ellenbogen und zwingt mich zum Stehen. Sie deutet die andere Straßenseite hinunter, und bei dem Anblick hüpft mein Herz unkontrolliert auf und ab.

Eilig steuern wir auf die Menschenansammlung zu, die sich vor einem unscheinbaren Wohnhaus gebildet hat. Drei Polizeiwagen parken davor. Beamte laufen umher, machen Fotos und rennen aufgeregt durch die Haustür rein und wieder heraus. Hier ist definitiv etwas Großes passiert, und da wir entschieden haben, nicht an Zufälle zu glauben, könnte das unser erster Anhaltspunkt sein.

Neben einer älteren Dame mit geblümter Strickjacke am Rand der Schaulustigen bleiben wir stehen und versuchen, uns einen Überblick zu verschaffen. Was gar nicht so einfach ist, da das Gedränge immer größer wird.

»Was meinst du, was hier los ist?«, flüstere ich Isa zu.

Sie zuckt mit den Schultern und wendet sich der Dame neben

uns zu. Mit dem freundlichsten Lächeln, zu dem sie sich durchringen kann, tippt Isa der Frau auf den Arm. »Entschuldigen Sie. Können Sie uns sagen, was hier los ist?«

Die Frau beäugt uns einen Moment lang abwägend, dann lächelt sie, als hätte sie unser Auftreten für gut befunden.

»Hier findet eine Razzia statt, Liebes«, verrät sie uns. »Früher war diese Gegend sicher. Hier gab es nie einen Grund, die Polizei zu rufen, aber seit einigen Wochen vermehrt sie sich wie Ungeziefer.«

»Was vermehrt sich?«, hake ich nach.

»Die Kriminalität, Kindchen«, sagt sie mit traurigem Lächeln. »Ich bin in dieser Stadt aufgewachsen. Zusehen zu müssen, wie sie verkommt, ist für mein altes Herz kaum zu ertragen. Früher wussten wir genau, welche Gegenden man meiden sollte. Es gab klare Grenzen. Heute ist man nirgends mehr sicher. Und die Straßen, die früher zwar gefährlich, aber tagsüber zumindest zumutbar waren, sind inzwischen wahre Gewaltherde. Junge Frauen wie Sie wären dort nicht für eine Sekunde sicher.«

»Das klingt schrecklich«, erwidert Isa, doch das aufgekratzte Funkeln ihrer Augen beweist, dass sie das Gegenteil denkt. »Sagen Sie, welche Viertel meinen Sie genau? Nicht, dass wir uns unwissend dahin verirren. Wir sind Touristinnen und kennen uns nicht aus.«

»Am sichersten sind Sie in der Innenstadt«, erklärt die ältere Frau uns gutmütig. »Den Westen sollten Sie meiden. Vor allem die …«

Etwas stimmt nicht.

Ohne ersichtlichen Grund fühlt sich mein Magen plötzlich an, als hätte jemand Beton hineingekippt. Mein Rücken wird warm, und der Nacken kribbelt, was mir eine Gänsehaut beschert. Das ungute Gefühl kratzt so hartnäckig an mir, dass ich ihm kampflos nachgebe. Ich versuche, es willkürlich wirken zu lassen, während ich über die Masse hinwegblicke und nach etwas suche, das ich nicht definieren kann.

Das Gefühl wird stärker, je weiter ich die Straße hinuntersehe. Dabei streift mein Blick unauffällige Menschen, die vor den Schaufenstern stehen, telefonieren oder die Läden betreten. Sogar eine Gruppe Kinder tummelt sich auf dem Gehweg, die sich gut gelaunt hinterherjagen und lachen.

Im Eingang einer geschlossenen Bar bilde ich mir schließlich ein, etwas zu entdecken. Einen Mann, ganz in Schwarz gekleidet, der die Kapuze seines Hoodies tief in die Stirn gezogen trägt. Ich blinzle einmal, dann noch einmal, um zu fokussieren und ihn aus der Entfernung besser zu erkennen, doch unerwartet steht dort niemand mehr. Verwirrt kräusle ich die Nase. *Habe ich mir den Mann eingebildet? Werde ich verrückt? Nein. Da stand definitiv jemand und hat zu mir gesehen. Oder?* Unsicher streiche ich mir eine Strähne von der Wange und bemerke erstaunt, dass die Frau nicht mehr bei uns steht.

»Sie ist gegangen«, erklärt Isa ungefragt und beäugt mich von der Seite. »Was ist passiert? Du siehst aus, als hättest du den Teufel persönlich gesehen.«

»Ich habe keine Ahnung, was ich gesehen habe«, wispere ich und starre erneut zum leeren Bareingang. »Irgendwie dachte ich, mich – oder, besser gesagt, uns – würde jemand beobachten. Aber da ist niemand.«

»Vermutlich hat die Oma dich mit ihrer Tirade über Gewalt verrückt gemacht«, erwidert Isa. »Sie hat kein gutes Haar an der Jugend von heute gelassen. Außerdem, selbst wenn dich jemand angesehen hat, muss das nichts bedeuten, Camy. Hier sind so viele schaulustige Idioten, dass es ein Wunder wäre, wenn uns keiner von denen angafft.«

»Bestimmt hast du recht«, antworte ich, kann das üble Gefühl aber nicht abschütteln. »Lass uns irgendwo etwas essen und trinken gehen«, bitte ich und reiße den Blick von der Bar los. »Ich brauche dringend Kalorien, Zucker und Alkohol.«

12

Mister X

Verdammter Dreck! In mir hat sich ein solcher Frust aufgestaut, dass ich befürchte, bald etwas Dummes zu tun. Dass ich mich bisher davon abhalten konnte, auf die Kellerwand einzuschlagen, grenzt an ein Wunder.

Ratlos tigere ich durch den heruntergekommenen Raum und will nicht glauben, dass sie ausgerechnet hier sind. *Hier! In dieser verfluchten Stadt!*

Sie sehen anders aus, was mir in den ersten Sekunden die Hoffnung gab, mich zu irren. Aber dann wendete sie mir den Kopf zu, und jeder Zweifel starb augenblicklich.

Sie ist dünner geworden, wirkt erschöpft und abgekämpft, und doch ist sie noch immer die schönste Frau, die ich je getroffen habe. Ihre Haare sind glatt und kurz, was mir beinahe einen größeren Schock verpasste, als sie in der Menge zu entdecken. Außerdem fehlt ihren großen Augen die Fröhlichkeit, die sie früher zum Strahlen brachte und mich faszinierte. *Sie ist zu schwach zum Kämpfen, aber zu stark, um aufzugeben.*

Länger halte ich es nicht aus. Mit Wucht kracht meine Faust gegen die Wand und schlägt eine Delle in den Putz. Weiße Flocken rieseln auf den kahlen Boden und landen vor meinen Schuhen. Der Druck auf meine Brust lässt etwas nach, aber nicht stark genug, um die Wut und Angst zu verdrängen.

»Fuck!« *Wie soll ich mit meinem Plan weitermachen und ig-*

norieren, dass sie in der Nähe sind? Ihre Anwesenheit verändert einfach alles – und ihnen ist das sicherlich nicht einmal bewusst.

Mit bebendem Atem fahre ich mir durchs Haar und schließe die Augen. Sofort erscheint ihr Gesicht vor mir, so, wie es früher aussah. Funkelnde Augen, gerötete Wangen und gekräuselte Nase. Genau dieses Gesicht stelle ich mir vor, wenn ich von einem Wiedersehen träume. Wenn ich mich daran erinnere, wofür ich mir diesen Scheiß antue und was das Ziel meines Kampfes ist. *Sie.*

Das Gesicht, in das ich heute sah, ist meilenweit von der Erinnerung entfernt. Fast, als wäre die Frau aus meinen Tagträumen eine andere als die, die in der Menge stand. Sie hat sich verändert. Ist härter und freudloser geworden, und ich verstehe, wieso. Die vergangenen Monate waren nicht nur für mich verdammt hart. Auch ihr haben sie alles abverlangt.

Wie ich ihr die Unbeschwertheit zurückgeben kann, weiß ich nicht, und das treibt mich beinahe in den Wahnsinn. Ich habe keine Ahnung, was ich tun kann, um es leichter für sie zu machen. Um Freude in ihr Leben zurückzubringen und ihr etwas Glück zu schenken. Was ich aber sehr genau weiß, ist, dass die zwei nicht zufällig in der Stadt sind. Und selbst wenn ich mich in diesem Punkt wider Erwarten irren sollte, geht es mit Sicherheit nicht lange gut, dass sie hier sind.

Sie sind zu nah am Geschehen dran.

Zu nah an der Gefahr – und viel zu nah an mir.

Ihnen darf … nein, ihnen *wird* nichts Schlimmes passieren.

Langsam öffne ich die Augen und starre entschlossen auf die Putzflocken vor meinen Füßen. Es ist Zeit, Trip einen Besuch abzustatten und einen weiteren Gefallen einzufordern.

13

Camy

Vorzugeben, es würde nicht wehtun, tut am meisten weh. Der Schmerz bekämpft mich von innen heraus. Drückt brutal gegen den Willen, die Reise bis zum Ende durchzuhalten, und bringt ihn gefährlich zum Wackeln. Aber dass er fällt, werde ich bis zum letzten Atemzug nicht zulassen.

Der mysteriöse Mann geht mir nicht mehr aus dem Kopf. Ich bin sicher, dass dort jemand stand. Oder ich *war* sicher, bis Isa wiederholt sagte, dass es vermutlich bloß ein Schatten war. Violet wollte damals niemand glauben, als sie anfing, von Männern in Anzügen zu sprechen, die sie verfolgen würden. Was, wenn ich recht habe und mir nun auch niemand glaubt? Ich würde zu gern meine beste Freundin anrufen und mit ihr darüber sprechen, wie sie sich gefühlt hat. Wie weh es ihr tat, dass ihr niemand glaubte, und auch darüber, dass ich immer noch so sehr unter dem Verlust von Chris leide. Aber das geht nicht, denn ich weiß nach wie vor nicht, wo sie, Ian und Caleb, sich verstecken. Ich weiß nicht einmal, ob Ian weiß, dass sein Cousin gestorben ist.

In Gedanken versunken folge ich Isabella in ein Restaurant mit angrenzender Cocktailbar in der Innenstadt. Direkt hinter der Tür werden wir von einem Mann begrüßt, der ein Klemmbrett in der Hand hält und vor einem winzigen Pult steht, auf dem das Logo des Restaurants prangt. Ein kitschiger Papagei, der die Flügel ausbreitet, als würde er einen willkommen heißen.

Hätte ich Interesse daran, jemanden kennenzulernen, würde ich den Mann definitiv zweimal ansehen. Denn, oh Gott! Er sieht gut aus. Sehr gut sogar. Er hat ein breites Kreuz, das sich unter dem eleganten schwarzen Jackett abzeichnet, große braune Augen und markante Gesichtszüge, die geradezu dazu einladen, ihn zu berühren. Als wäre jeder Millimeter seines Gesichts von einem Bildhauer gemeißelt worden. Wenn ich müsste, würde ich den Mann auf einen Meter achtzig schätzen, was perfekt zu seinen Proportionen passt.

»Guten Abend, die Damen. Haben Sie reserviert?«

Isabella zieht einen Fünfziger aus ihrer Tasche und hält ihn dem Mann mit unschuldigem Lächeln entgegen. »Leider nicht, aber wir hoffen, dass Sie trotzdem einen Tisch für uns finden.«

Er sieht erst auf den Schein, dann in Isas Gesicht, und prompt schleicht sich ein anzügliches Grinsen auf seine Lippen. Selbst mit der Brille und der heute braven Frisur ist meine Freundin noch unverschämt hübsch.

»Einer ist tatsächlich noch frei«, erwidert der Ober und nimmt Isa das Geld ab, wobei ihre Finger sich für einen Augenblick berühren, der zu lang dauert, um zufällig zu sein. »Wenn Sie mir folgen wollen, bringe ich Sie gern hin«, setzt er nach und deutet am Pult vorbei ins Restaurant.

»Ihnen folge ich überallhin«, flirtet Isa, und ich laufe stellvertretend für sie knallrot an.

Der Ober führt uns in den hinteren Bereich des Restaurants, vorbei an voll besetzten Tischen und lachenden Menschen. Sobald ich sitze und der verführerische Duft aus der Küche mir in die Nase steigt, fällt ein Teil der Anspannung schlagartig von mir ab, und der Hunger macht sich bemerkbar.

»Wir hätten gern schon etwas zu trinken«, höre ich Isa.

»Was darf ich den hübschen Damen bringen?«

»Für mich einen Cosmo.«

»Whisky«, antworte ich. »Single Malt, ohne Eis.«

Der Kellner mustert mich verwundert, nickt aber und verschwindet nach einem letzten anzüglichen Blick auf Isabella.

»Er ist süß«, kommentiert sie und starrt ihm nach, wobei ihr Blick seinen Hintern taxiert wie einen saftigen Apfel.

»Wehe, du schleppst ihn mit ins Hotel«, warne ich.

»Spießerin.«

»Notgeile.«

»Unentschieden würde ich sagen«, stellt sie fest und entlockt mir ein Lachen, das ebenso schnell versiegt, wie es erscheint. »Was ist los mit dir? Du benimmst dich noch merkwürdiger als sonst.«

»Keine Ahnung«, gestehe ich und streiche mir eine imaginäre Locke aus der Stirn. »Ich werde das Gefühl nicht los, beobachtet worden zu sein. Damit meine ich nicht, dass mich wahllos jemand angesehen hat, Isa. Es fühlt sich eher an, als hätte … ich kann's nicht richtig beschreiben«, gebe ich gefrustet zu. »Es war bedrückend, aber irgendwie auch hoffnungsvoll. Ergibt das Sinn?«

»Camy.« Isa seufzt. »Ich weiß, dass du dir wünschst, hinter allem würde ein tieferer Sinn stecken, aber so ist es nicht. Nicht alles folgt einem höheren Plan. Manchmal ist es einfach Zufall.«

»Ich dachte, du glaubst nicht an Zufälle.«

»Tue ich auch nicht«, erwidert sie schulterzuckend. »Aber wenn's dir hilft, dich besser zu fühlen, tue ich eben so, als ob.«

»Ich weiß den Freundschaftsdienst zu schätzen«, sage ich trocken. »So viel Nettigkeit schlägt mir allerdings auf die Blase. Ich geh die Toiletten suchen.«

»Okay. Dann sehe ich mich weiter nach dem süßen Kellner um«, erwidert sie, während ich schmunzelnd aufstehe.

Das Erdgeschoss ist in zwei Bereiche unterteilt, die durch eine durchscheinende Trennwand mit aufgedrucktem buntem

Blumenmuster voneinander separiert werden. Auf unserer Seite liegt das Restaurant, auf der anderen die Cocktailbar.

Ich schlendere zwischen den Tischen entlang und sehe mich nach den Waschräumen um. Oder nach einem Kellner, der mir sagen kann, wo sie sind, denn allmählich drückt meine Blase fürchterlich. Dicht vor der Trennwand bleibe ich stehen und stelle mich auf die Zehenspitzen, um mir einen Überblick zu verschaffen.

»Dieser Typ ist unerträglich«, schimpft eine Frau hinter mir. »Arrogant und viel zu überzeugt von sich selbst. Wenn dem nicht bald jemand seine Grenzen aufzeigt, bekommt er einen Höhenflug, der bis zum Mond reicht.«

Auf der gegenüberliegenden Seite des Raums entdecke ich eine Tür mit dem typischen Toilettensymbol darauf. Erleichtert sinke ich auf die Fußballen zurück, als ein Satz hinter der Trennwand mich zur Salzsäure erstarren lässt.

»Mister X«, sagt ein Mann herablassend. »Wir sind selbst schuld, weil wir diesen dämlichen Spitznamen verbreiten. Kein Wunder, dass er sich für besonders hält.«

Mein Herz setzt gefühlt aus, nur um dann umso heftiger weiter zu schlagen. Lucandrá hat von einem Mister X gesprochen, der für Reyna arbeitet. Isa glaubt nicht an Zufälle und auch nicht ans Schicksal, ich aber schon. Und das hier ist ein besonders glücklicher Zufall – oder ein extrem schlechter, das wird sich noch herausstellen.

Ohne lange nachzudenken, trete ich an den Abschluss der Trennwand und spähe vorsichtig um die Ecke. Wenn ich es richtig einschätze, kam das Gespräch von dem Tisch, an dem drei Männer und zwei Frauen sitzen. Sie unterhalten sich noch immer, allerdings kann ich von hier aus nichts hören. Die Männer sitzen mit dem Rücken zu mir, sodass ich leider nur ihre breiten Rücken und die gepflegten dunklen Haare erkennen kann. Eine Frau wird zum Großteil verdeckt, doch die andere sehe ich dafür umso deutlicher. Sie hat dunkelrote Haare, extrem blasse Haut und eine spitze Nase, die in dem rundlichen Gesicht deplatziert wirkt und mir sofort ins Auge springt. Ihre schmalen Lippen werden von einem feuerroten Lippenstift verziert, und auf ihrem Hals prangt ein Bluterguss, der in allen möglichen Farben schillert.

Um nichts zu verpassen, eile ich zurück, stelle mich erneut dicht vor die Trennwand und überkreuze die Beine, damit meine volle Blase mich nicht zu sehr ablenkt.

»… hat einen Narren an ihm gefressen. Kelvin hasst ihn dafür aufs Blut.«

Kelvin. Blut. Zwei Worte, die mich zusammen so brutal triggern, dass mir schlagartig schlecht wird. Aber ich weigere mich, schwach zu werden, und schlucke gegen die aufsteigende Galle an, als hinge mein Leben davon ab.

»Ich wünschte, Kelvin würde uns erlauben, ihn loszuwerden. Ja, er ist gut in seinem Job, aber das sind andere auch.«

»Wir könnten es wie einen Unfall aussehen lassen.«

»Unfall oder nicht«, mischt sich eine der Frauen ein. »Reyna würde uns das nie durchgehen lassen. Ich glaube, sie hat etwas mit dem Typen. Wenn es nur nach Kelvin ginge, wären wir ihn schon längst los.«

»Miss, kann ich Ihnen helfen?«

Erschrocken schaue ich zur Seite. Der flirtende Ober sieht mich mit einem Blitzen in den Augen an, bei dem die Warnlichter in meinem Kopf rot anspringen und eine schrille Sirene auslösen. Er wirkt weniger verwundert, mich hier zu finden, als vielmehr alarmiert.

»Ich suche die Toiletten. Orientierung war noch nie mein Ding.«

Sichtlich skeptisch deutet er zu der Tür, die ich bereits entdeckt hatte. »Dort hinten. Soll ich Sie begleiten, damit Sie sich nicht verlaufen?«

»Sehr witzig«, erwidere ich spitz. »Ich bin ein großes Mädchen und kann allein auf die Toilette gehen. Trotzdem danke für Ihre Hilfe und das Angebot«, verabschiede ich mich mit so viel falscher Freundlichkeit, wie ich aufbringen kann.

Bevor er versucht, darauf zu bestehen, mich bis in die Kabine zu begleiten und meine Hand beim Pinkeln zu halten, wende ich mich eilig ab und steuere geradewegs die Waschräume an. Dabei spüre ich seinen wachsamen Blick im Rücken, der mir einen eiskalten Schauder über die Haut treibt.

Irgendwas stimmt nicht mit diesem Typen. Wenn ich mich irre, verzichte ich freiwillig einen Monat lang auf Süßkram, aber dazu wird es nicht kommen. Da bin ich mir sicher.

Sobald die Tür hinter mir ins Schloss fällt, lehne ich den Kopf daran und reibe mir über die Arme, um die Gänsehaut zu vertreiben. *Wie schwer kann es sein, unauffällig zu spionieren?* Fluchend stoße ich mich wieder von der Tür ab und betrete die erstbeste offene Toilettenkabine. Spionage hin oder her, meine Blase drückt immer noch.

Nachdem ich mich erleichtert und mir die Hände gewaschen habe, gehe ich zu unserem Tisch zurück, wobei ich mich mehr als einmal nach dem verdächtigen Ober umsehe. Ich sitze noch nicht richtig, da greife ich schon zu meinem Glas und leere es zur Hälfte. Prompt beginnt mein Hals zu brennen, und eine angenehme Wärme breitet sich in meinem Magen aus.

»Meine Güte. Wer hat dir denn die Laune verhagelt?«

Betont gelassen stelle ich das Glas ab und zwinge mich zu einem lockeren Lächeln. »An dem sexy Ober ist etwas faul«, beginne ich und erzähle Isa, was vorgefallen ist.

»Wenn du recht hast, dürfen wir jetzt nicht gehen«, sagt sie und streicht sich die braunen Haare hinters Ohr. »Wir müssen so tun, als wäre alles okay.«

»Wie sollen wir gemütlich etwas essen, wenn wenige Meter

entfernt ein Haufen bewaffneter Herrerojünglinge sitzt und der Kellner mich auf dem Kieker hat?«, frage ich.

»Mund auf, Gabel rein, Mund zu, kauen.«

»Sehr hilfreich. Dann bestellen wir aber nur eine Kleinigkeit und hauen, so schnell es geht, ab.«

»Zu spät«, erwidert Isa schulterzuckend, und meine Finger jucken in Sehnsucht nach ihrem Gesicht. »Ich habe schon bestellt. Steak und eine Ofenkartoffel für dich. Nudeln mit Meeresfrüchten für mich.«

Ächzend greife ich nach meinem Glas. »Na dann«, sage ich matt und proste Isa zu. »Guten Appetit.«

Ich fange wirklich an, Restaurants zu hassen.

Das darf doch nicht wahr sein! Ich habe mein Essen so schnell heruntergeschlungen, dass mir schlecht geworden ist. Außerdem haben wir darauf geachtet, dass der Ober nicht in der Nähe war, als wir nach der Rechnung verlangten und auch nicht, als wir den Tisch verließen. Sogar zum Pult an der Tür haben wir heimlich gespäht, um sicherzugehen, dass niemand dort ist. Wir haben es unbehelligt bis zum Ausgang geschafft – da taucht der Typ wie aus dem Nichts hinter uns auf und verdirbt unseren Abgang.

Mit strahlendem Gesicht lässt Isa den Türgriff los und dreht sich zu ihm um. »Danke noch mal, dass Sie uns einen Tisch besorgt haben.«

»Gern geschehen«, erwidert er höflich und drängt sich an uns vorbei, um die Tür zu öffnen. »Wenn ich bitten darf.«

»Vielen Dank«, presse ich durch zusammengebissene Zähne hervor und flüchte auf den Gehweg. Suchend blicke ich die Straße rauf und bete, dass ein freies Taxi vorbeifährt.

»Kommen Sie aus der Gegend?«

»Nein«, höre ich Isa locker antworten. »Wir sind zum ersten Mal in Arizona. Frauentrip nach einer fiesen Trennung, wenn Sie verstehen, was ich meine.«

Fassungslos sehe ich zurück und starre meine Freundin an, die dem Ober ihr schönstes Flirtlächeln schenkt. Anscheinend versteht er das als Einladung, denn er lässt die Tür los, tritt an den Straßenrand und hebt den Arm.

»Wir können uns selbst ein Taxi …«

»Vielen Dank«, unterbricht Isabella mich und stupst mir unauffällig mit dem Ellenbogen in die Seite. Zähneknirschend schlucke ich die restlichen Worte hinunter und spähe die Straße entlang.

»Wie lange bleiben Sie in der Stadt?«, will er wissen.

»Nur ein paar Tage«, antworte ich an Isas Stelle.

Gott sei Dank fährt in diesem Moment das rettende Taxi vor. Natürlich lässt Mister Gentleman es sich nicht nehmen, auch diese Tür für uns zu öffnen. Ich nicke ihm widerwillig zu und rutsche auf der Rückbank durch, aber Isa folgt mir nicht. Beunruhigt beuge ich mich vor und entdecke meine Freundin viel zu nah vor dem Ober stehend.

»Wo wohnt ihr während eures Aufenthalts?«, raunt er und streicht ihr beinahe zärtlich die Haare hinters Ohr.

»Im EgmontFive.«

Innerlich flehe ich Isabella an, die Klappe zu halten und einzusteigen, bevor sie ihm auch noch unsere Namen verraten kann. Als hätte sie meinen stummen Ruf gehört, verabschiedet Isa sich von dem Schleimer und setzt sich endlich zu mir ins Taxi. Eilig greife ich über ihren Schoß hinweg und ziehe die Tür zu, dann wende ich mich dem Fahrer zu.

»Fahren Sie los. Sofort.«

Noch bevor wir uns angeschnallt haben, verlässt der Wagen die Parkbucht und fädelt sich in den lauen abendlichen Verkehr ein. Auch wenn wir uns Stück für Stück von den Herrerojünglingen und vom verdächtigen Ober entfernen, schaffe ich es nicht, aufzuatmen. Dafür brodelt es zu sehr in mir.

Verständnislos und wütend zugleich wende ich mich meiner Freundin zu. »Was zur Hölle hast du dir dabei gedacht?«

14

Camy

Dämlich, unüberlegt und absolut fahrlässig. Anders kann ich die Aktion nicht beschreiben. Obwohl: Doch, das kann ich: Höschengesteuert würde ebenso gut passen.

»Hör auf, mich anzusehen, als wäre ich geistig beschränkt«, fordert Isa beleidigt. »Ich weiß, was ich tue.«

»Offensichtlich tust du das nicht«, herrsche ich sie an und knalle die Tür des Taxis zu. »Verdammt, Isa! Du hast ihm verraten, wo wir wohnen!«

»Hätte ich gelogen und er würde uns folgen, hätten wir uns verdächtig gemacht«, kontert sie und überkreuzt beleidigt die Arme vor der Brust. »Wenn er hier auftaucht und merkt, dass ich ehrlich war, lenkt das von uns ab. Wenn wir etwas zu verstecken hätten, würden wir schließlich lügen.«

Hilflos werfe ich die Arme in die Luft und stapfe an ihr vorbei ins Hotel. Diese Diskussion hat keinen Sinn. Das Kind ist in den Brunnen gefallen, und uns bleibt dank Isa nichts anderes übrig, als die Augen offen zu halten und zu hoffen, dass es da wieder rauskommt. Ich verstehe ihre Logik sogar, nichtsdestotrotz wäre es sicherer gewesen, ihn anzulügen.

»Kommt ihr aus der Gegend?«

»Nein.«

»Wo seid ihr untergekommen?«

»Bei Bekannten.«

So einfach wäre es gewesen. Aber nein, Isa musste ihm den Namen des Hotels nennen. Wenn ich heute Nacht nicht schlafen kann, liegt das ausnahmsweise nicht an den Albträumen, sondern daran, dass ich mit der Glock in der Hand die Tür anstarre. Endlich!, denke ich und spüre ein stolzes Lächeln im Gesicht. Zum ersten Mal bin ich beim Gedanken daran, eine Waffe zu halten, nicht zusammengezuckt. Dieser unerwartete Fortschritt dämpft meine Wut. Zwar nicht vollkommen, aber immerhin so weit, dass ich Isabella nicht mehr wehtun möchte.

Beschwingt steuere ich die Fahrstühle an, als der Ruf einer männlichen Stimme mich stoppen lässt.

»Miss?«

Überrascht sehe ich zum Empfangstresen und spüre, dass auch Isa dicht hinter mir stehen geblieben ist.

»Sie wohnen in Zimmer 1208, oder?«, fragt mich ein Mann mit grau meliertem Haar hinter dem Tresen freundlich.

»Ja?«, antworte ich verwundert.

»Es wurde etwas für Sie abgegeben.«

Schlagartig verspanne ich mich, und das Lächeln entgleitet mir. Ich gehe auf den Empfang zu und mustere den Mann. Er trägt eine schwarze Fliege, die zu seinem niedlichen Auftreten passt. Mit den roten Wangen, der hohen Stirn und dem grauen Haar hat er etwas Großväterliches an sich, das es unmöglich macht, ihm etwas Böses anzudichten. Aber davon darf ich mich nicht einlullen lassen. Der äußere Eindruck verschleiert leider öfter, als man wahrhaben möchte, was für eine hässliche Seele sich im Inneren eines Menschen verbirgt.

Der Rezeptionist beugt sich zu einem Fach unter dem Computer und zieht einen weißen Umschlag hervor, den er mir entgegenhält. »Der ist für Sie.«

»Wer hat das abgegeben?«, mischt Isa sich ein und steht plötzlich neben mir. Wachsam beäugt sie die Hand des Mannes, als würde er etwas Giftiges darin halten. Klar, dem Opa traust du etwas Böses zu, dem sexy Ober aber nicht, denke ich und verkneife mir ein Schnauben.

»Das weiß ich nicht«, sagt er und runzelt nachdenklich die Stirn. »Ich habe mich nur für einen Moment umgedreht, da lag der Umschlag plötzlich auf dem Tresen. Ihre Zimmernummer steht darauf.«

»Danke«, erwidere ich und nehme mit bebenden Fingern den Umschlag entgegen.

Nur eine Sekunde später packt Isa mich am Ellenbogen und zieht mich zu einer Sitzecke aus dunkelgrünen Sofas neben den Fahrstühlen.

»Wir sollten warten, bis wir auf dem Zimmer sind.«

»Tu nicht so, als wärst du nicht auch neugierig«, erwidert Isa spitz und setzt sich aufs Sofa, wobei sie mich mit sich herunterzieht.

Ich atme mehrmals tief durch und drehe den Umschlag unschlüssig hin und her. Da könnte alles Mögliche drin sein. Von einer Visitenkarte, einer neuen Botschaft bis hin zu einer Briefbombe schwebt mir alles durch den Kopf – was absolut lächerlich ist. Wenn mich jemand töten wollte, dann sicherlich nicht mit einer Briefbombe, deren Explosion die Polizei auf den Plan ruft. Dennoch beäuge ich ihn kritisch.

Außer der Zimmernummer steht noch der Zusatz *Für die schwarzhaarige Frau* darauf. Entweder kennt der Absender meinen Namen nicht, oder er wollte ihn nicht aufschreiben. Sowohl die Zahlen als auch die Buchstaben wurden in einer so schlichten Druckschrift geschrieben, dass sie ebenso gut von einer Maschine stammen könnten.

»Wenn du das Ding nicht gleich aufmachst, tu ich's«, droht Isa und streckt auffordernd die Hand aus.

»Nein«, stelle ich klar. »Er ist an mich gerichtet, also mach ich ihn auch auf.«

Meine Finger kribbeln vor Nervosität, aber mein Herz

schlägt vor Neugier – und wie meistens siegt sie auch jetzt. In einem Ruck reiße ich den Umschlag auf und ziehe eine rechteckige Karte in strahlendem Weiß heraus.

Zurückzublicken lohnt sich nicht. Was du dort findest, könnte alte Wunden aufreißen, die so stark bluten, dass du dich davon nie erholst.

Ich lese die Nachricht ein zweites Mal. Dann wieder und noch einmal, bis mir die Karte ohne Vorwarnung aus den Fingern gerissen wird.

»Was soll der Mist«, protestiere ich und versuche, danach zu greifen, aber Isa weicht mir gekonnt aus und rutscht ans andere Ende des Sofas.

»Alte Wunden. Was denkst du, was das bedeutet?«, will sie wissen und hebt den Kopf.

»Ist das nicht klar?«, entgegne ich und beuge mich so weit vor, dass ich ihr die Karte wieder entreißen kann. »Jemand warnt mich, dass ich aufhören soll, weil ich ansonsten verletzt werden könnte.«

»Das ist zu einfach«, widerspricht sie. »Da steckt mehr dahinter. Es klingt eher, als ginge es darum, was du erfahren könntest, wenn du Reyna findest.«

»Was es auch ist«, erwidere ich und stecke die Karte zurück in den Umschlag. »Es ist eine Warnung, auf die wir nicht hören werden.«

»Wir müssen nah dran sein, wenn jemand sich einmischt, der unerkannt bleiben will. Wir werden also einen Teufel tun, den Schwanz einzuziehen«, stimmt Isa zu.

Zufrieden mit ihren Worten verstaue ich den Umschlag in meiner Handtasche. »Als ich noch als Reporterin gearbeitet habe, war genau so ein Moment der entscheidende bei der Recherche«, erkläre ich. »Irgendwann merkt man, dass mehr hinter der Story steckt. Das treibt einen an, dranzubleiben und nicht aufzugeben.«

»Camy«, sagt Isa plötzlich streng, und ich sehe verwundert von der Handtasche auf. »Ich gebe zu, dass wir auf dem richtigen Weg sind, aber ich glaube immer noch nicht, dass der Weg uns zu Chris' wundersamer Wiederauferstehung führen wird.«

»Das glaube ich auch nicht«, sage ich. »Aber ich denke, dass wir mehr als nur Reyna finden werden. Keine Ahnung, was genau, aber es muss etwas Bedeutsames sein.«

Einen Moment lang sieht sie mich stumm an, und ich weiß, dass sie mir nicht glaubt. Dass sie denkt, ich würde mich an eine sinnlose Hoffnung klammern. Aber das tue ich nicht. Es ist keine Hoffnung, sondern ein Wunsch, von dem ich weiß, dass er nie in Erfüllung gehen wird. Den Weihnachtsmann gibt es nicht. Ebenso wenig den Osterhasen oder die Zahnfee. Zu glauben, Chris würde noch leben, ist genauso sinnlos, wie an die Existenz dieser Märchenfiguren zu glauben.

»Wir reisen morgen früh ab«, sagt Isa unvermittelt.

»Auf keinen Fall!«, widerspreche ich prompt und funkle Isabella herausfordernd an. »Du hast selbst gesagt, dass wir nah dran sein müssen. Wieso sollten wir jetzt aufgeben? Wegen der Nachricht? Das ist Blödsinn!«

»Die Stadt ist groß, und wir haben keine Ahnung, wo genau wir suchen sollen«, hält sie ebenso stur entgegen. »Außerdem kennt jemand unseren Aufenthaltsort, und auch wenn der Absender so wirkt, als würde er uns helfen wollen, kann uns niemand versprechen, dass das so bleibt. Ich habe keine Lust, im Schlaf überrascht zu werden.«

»Du meinst, von jemand anderem als dem Ober, dem du so freimütig unser Hotel genannt hast«, sage ich vorwurfsvoll.

»Ich meine es ernst, Camy.«

»Ich auch«, lasse ich sie wissen. »Wir halten abwechselnd Wache. Außerdem sorgen wir dafür, dass die Pistolen immer in der Nähe sind.«

»Nein.«

»Doch!«, rufe ich und springe auf. »Wenn wir jetzt gehen, um uns einen neuen Plan zurechtzulegen, verlieren wir Zeit, Isa. Ein einziger Tag kann ausreichen, damit sie nicht mehr in der Stadt sind und wir bei null anfangen müssen.«

»Was wäre so schlimm daran?«, fragt sie. »Wir haben es nicht eilig mit der Rache. Über uns schwebt keine Sanduhr, vor dessen Ablauf wir die Sache erledigt haben müssen.«

»Doch das tut sie! Ich kann nicht zu dem Leben zurück, das wir in Kanada geführt haben. Nicht so. Ich will nicht über meinen Namen lügen müssen oder darüber, ob und wo ich studiert habe. Außerdem habe ich es satt, meine Familie zu vermissen! Allein beim Gedanken daran, dieses Leben weiterzuführen, wird mir schlecht!«

Atemlos reiße ich mir die Perücke vom Kopf und werfe sie Isabella zu. Sie fängt das fransige Teil überrumpelt auf und sieht sich beinahe panisch in der Lobby um. Mir ist es allerdings völlig egal, ob mich jemand sieht. Ob jemand hört, was ich sage und es direkt an Reyna weitergibt.

Wenn das mein Leben sein soll, will ich es nicht haben, denn nur zu existieren reicht nicht aus. Es ist zu wenig. Zu farblos. Zu hoffnungslos. Isabella sollte ebenso empfinden.

»Tu, was du willst. Ich werde nicht abreisen.« Mit diesen Worten drehe ich mich um und verlasse die Sitzecke.

»Wo willst du hin?«, ruft Isa mir nach.

»Weg. Nachdenken«, antworte ich, ohne langsamer zu werden.

Ich ignoriere den entgeisterten Blick des Rezeptionisten, Isas Rufe, ich solle stehen bleiben und auch, dass mich der Page am Eingang mustert wie eine Verrückte. Sollen sie doch über mich denken, was sie wollen. Ich habe genug andere Probleme. Probleme, über die ich dringend nachdenken muss, wenn ich verhindern will, dass sie mich zermürben. Deshalb will ich allein sein. Ich will meine Gedanken ordnen und mir darüber klar werden, wie es weitergeht. Aber eines steht bereits jetzt für mich fest: Ich gebe nicht auf. Fliege nicht zurück und lasse mich nicht einschüchtern.

Nie wieder.

15

Mister X

Sanft wie Schnee rieselt die Asche zu Boden und wird von der Dunkelheit verschluckt. Es könnte ein friedlicher Anblick sein, würde die Tür der Bar hinter mir nicht in genau diesem Moment zuknallen, den Lärm hinter sich einschließen und mich an meinen Begleiter erinnern.

»Gute Arbeit«, lobt er. »Rein und wieder raus, ohne Aufsehen zu erregen. Ich hab alles eingesteckt, was sie uns schulden, und niemand hat auch nur mit der Wimper gezuckt.«

»Sind wir dann endlich fertig?«, frage ich hörbar genervt und trete meine Zigarette aus. »Ich hab noch was vor.«

»Ach ja?«, höhnt er und stellt sich so dicht neben mich, dass ich sein widerliches Aftershaves riechen kann. »Was gibt es denn Spannendes zu erledigen?«

»Ich bin verabredet.«

Gelogen ist das nicht. Trip wartet auf mich, und ich werde ihn sicher nicht wegen dieses Pissers versetzen. Er hat etwas für mich übernommen und sollte überwachen, ob es geklappt hat. Ausgerechnet mit *ihm* hier zu stehen, statt Gewissheit zu bekommen, kotzt mich an.

Wenn ich ihn ansehe, schießen mir unzählige Bilder durch den Kopf. Bilder, die ich unterdrücken muss, um die Kontrolle nicht zu verlieren und meiner Faust die Genugtuung zu geben, sein Gesicht kennenzulernen. Ich verabscheue diesen Kerl aus tiefster Seele, und wenn ich die Möglichkeit dazu bekäme, würde ich nicht zögern, ihn für alles büßen zu lassen, was er uns angetan hat.

»Heißes Date?«

»Ja«, erwidere ich knapp.

»Glaube ich dir nicht«, setzt er nach und legt mir eine Hand auf die Schulter.

Ich zwinge mich, das Pokerface beizubehalten, statt ihm die Finger zu brechen, und sehe mit mahlendem Kiefer rüber.

»Mir ist scheißegal, was du mir glaubst und was nicht«, erwidere ich bedrohlich ruhig. »Wenn's dir auf der nicht vorhandenen Seele brennt, mich zu überwachen, dann komm mit. Ich stehe auf Zuschauer. Aber verkneif dir das Stöhnen, das törnt ab.«

Er starrt mir unbewegt in die Augen. Beobachtet jede noch so winzige Regung und verlangt mir damit extrem viel Selbstbeherrschung ab. Schließlich nickt er und nimmt endlich die Hand von meiner Schulter.

»Benutz ein Kondom. Safety first«, sagt er und lacht, als wäre er übertrieben witzig.

Ich erwidere nichts und sehe zu, dass ich von ihm wegkomme, bevor ich mich doch noch vergesse.

Sobald ich um die nächste Straßenecke gebogen bin und sein Brechreiz auslösendes Lachen verklungen ist, beschleunige ich meine Schritte, bis ich renne.

Die Ungewissheit frisst mich auf. Mehr noch als der Hass auf ihn und seine Königin. Wenn ich einen Fehler gemacht und sie durch meinen letzten Schritt weiter ins Verderben gerissen habe, wird der Joker auffliegen. Die Strategie ist dann vergessen, und das Einzige, das noch von Bedeutung ist, ist, irgendwie das Spiel zu beenden, ohne dass alle verlieren.

16

Camy

Die Hollywoodschaukel auf der Veranda war unser besonderer Platz. Chris und ich saßen so oft dort draußen, dass es die anderen wunderte, wenn man uns einmal nicht dort sah. Wenn ich an diesen Abenden traurig war und meine Familie vermisste, legte er den Arm um meine Schultern und zog mich an sich.

»Kopf hoch, Curls. Sonst siehst du die Sterne nicht«, flüsterte er zärtlich und brachte mich damit jedes Mal aufs Neue zum Lächeln. Genau das würde ich jetzt gern tun. Die Sterne betrachten und in ihrem Anblick so gefangen sein, dass ich die Sorgen vergesse. Aber das ist leider unmöglich. Laternen, beleuchtete Bars und die Scheinwerfer der vorbeifahrenden Autos lassen den Himmel wie ein nichtssagendes tristes schwarzes Loch wirken. Deprimierend und leer.

Ich bin einmal um den Block spaziert und habe versucht, mir über mein weiteres Vorgehen klar zu werden. Doch alles, was nach über einer Stunde feststeht, ist die Gewissheit, Isabella nicht verlieren zu wollen und zu wissen, dass ich die Suche dennoch nicht abbrechen kann. Keine Ahnung, wie ich das in Einklang bringen soll.

Niedergeschlagen kehre ich zum Hotel zurück. Der Page am Eingang starrt auf seine Schuhe, sobald ich an ihm vorbeitrete, als hätte er Angst, ich könnte jeden Moment ausflippen und auf ihn losgehen. Auch der Mann am Empfang sieht auffällig weg, während ich zum Fahrstuhl gehe und einsteige. Es sollte mir peinlich sein, sie durch meine bloße Anwesenheit zu verschrecken. Vermutlich müsste ich mich schlecht fühlen, weil sie den Streit mit Isa und meinen Wutausbruch miterlebt haben. Das tut es aber nicht, denn ich weiß, dass ich richtig handle.

Im zwölften Stock angekommen, atme ich durch, ehe ich auf unsere Suite zugehe. Mit Sicherheit ist Isa immer noch stocksauer auf mich. Vielleicht hat sie sogar ihre Sachen gepackt und – ich bremse so abrupt ab, dass ich beinahe über meine eigenen Füße stolpere.

Alles wird still. Nur das Rauschen in meinen Ohren ist zu hören, solange ich die Tür anstarre, als würde sie mir einen Streich spielen. Sie steht einen Spalt weit offen, und der »Bitte nicht stören«-Anhänger wurde an den Knauf gehängt.

Mein Verstand schaltet auf Autopilot. Ohne darüber nachzudenken, schleiche ich mich an die Tür und spähe durch die schmale Öffnung hinein. Die Balkontür steht offen, ansonsten ist nichts Auffälliges zu sehen.

Dafür aber zu hören.

Ein Ächzen, als würde jemand versuchen, Luft zu holen. Außerdem poltert etwas. Laut. Alarmiert streife ich die hohen Schuhe aus und stelle sie neben die Tür auf dem Boden ab, dann betrete ich so lautlos wie möglich die Suite. Das Wohnzimmer ist menschenleer, ebenso wie der Balkon, das erkenne ich sofort. Ich halte inne und gebe mir Mühe, über das rauschende Blut etwas zu hören.

Da.

Ein Fluch in Isas Zimmer, der eindeutig nicht von ihr stammt. Bevor mein Gehirn mitbekommt, was ich tue, habe ich bereits die Lampe von der Anrichte gegriffen, das Kabel aus der Steckdose gerissen und stehe vor Isas Tür.

»So dämlich können nur Frauen sein«, erklingt eine Stimme, die ich leider sofort erkenne und die mir einen eisigen Schauer über den Rücken treibt. »Was dachtet ihr, wie es laufen würde? Ihr kommt nach Sierra Vista und zerstört im Alleingang eine Organisation, die aus Hunderten Leuten besteht?« Der Mann lacht hämisch auf, und mein Blut pulsiert vor Hass. »Dämliche, einfältige und naive Weiber.«

»Leck … mich.«

Isas geröchelte Stimme bringt meine Wut zum Überlaufen. So leise und vorsichtig, dass meine Finger vor Anspannung zittern, drücke ich die Tür auf. Bei der Szene vor mir muss ich mir auf die Lippen beißen, um nicht so laut zu fluchen, dass meine Mom in Texas es hören könnte. Zeitgleich triumphiert eine Stimme in mir, weil ich recht hatte, auch wenn ich mir im Augenblick wünsche, es wäre anders.

Der Ober aus dem Restaurant hält Isa mit einer Hand an der Kehle fest. Er drückt sie mit seinem Körper gegen die Wand neben ihrem Bett und umschließt mit der anderen ihre Handgelenke über ihrem Kopf.

Sie hat keine Chance, sich zu wehren. Keine Chance, zu entkommen. Zumindest nicht, wenn ich nicht eingreife.

Ich schleiche mich tiefer in den Raum hinein, bis ich nur wenige Schritte hinter ihm stehe. Plötzlich reißt Isa die Augen auf und sieht über seine Schulter hinweg direkt zu mir. Sofort versteift er sich, sein Körper zuckt verräterisch, und ich reagiere instinktiv, ehe er auch nur den kleinen Finger rühren kann.

Die Lampe landet scheppernd auf seinem Hinterkopf, wobei ein riesiges Stück des Porzellans davon absplittert und mir vor die Füße fällt. Seine Hände fallen kraftlos von Isabella ab. Er sackt in sich zusammen wie ein Blasebalg, aus dem die Luft gepresst wird. Mir entgleitet ein schriller Ton, als er ohne Vorwarnung nach hinten kippt und mich beinahe mit sich zu Boden reißt. Im letzten Moment stolpere ich zurück und lasse erschrocken die kaputte Lampe fallen. Blut rinnt aus einer Wunde an seinem Kopf, durchnässt seine Haare und tropft auf den hellen Holzboden, unmittelbar vor meine nackten Zehen.

»So ein … Mist.« Isa fällt auf die Knie und reibt sich vorsichtig über den Hals. »Dieser … elendige Pisser.«

Ich gehe um den reglosen Mann herum und strecke ihr die Hand entgegen. Isa zieht sich hoch und kommt wackelig zum Stehen, wobei sie immer wieder stockend Luft holt. Sie löst ihre Hand vom Hals und enthüllt blutunterlaufene und geschwollene Druckstellen auf ihrer blassen Haut.

Etwas in mir setzt aus.

Mit einem zügellosen Schrei drehe ich mich um und trete dem Kerl mit voller Wucht in den Magen. Wieder und wieder, doch die Wut löst sich nicht auf. Selbst als Isa mich am Arm fasst, brodelt es noch so heftig in mir, dass meine Haut unerträglich juckt.

»Lass mich los. Ich bin nicht fertig mit ihm.«

»Camy«, wispert Isa und reibt mit dem Daumen sachte über meinen Arm. »Es ist vorbei. Ich bin hier. Du kannst aufhören.«

Langsam sickern ihre Worte durch den roten Schleier, der sich vor meinen Augen gebildet hat, und mein Puls beruhigt sich etwas.

»Du hast mich gerettet, Camy«, setzt Isa nach. »Danke.«

Sie schlingt die Arme um mich, klammert sich an mir fest wie an einer Rettungsboje und versenkt ihre Nägel in meinem Oberteil. Und ich erwidere den Druck. Presse meine Freundin an mich und versichere mich selbst, dass sie es überstanden hat. Dass ich rechtzeitig hier war und der Kerl vorerst keine Gefahr mehr darstellt.

Keine Ahnung, wie lange wir dastehen, bis Isa ihre Arme schließlich von mir nimmt und zurücktritt. »Wir müssen hier weg«, verkündet sie mit kratziger Stimme.

»Erst erzählst du mir, was passiert ist.«

Erschöpft reibt sie sich übers Gesicht und senkt beschämt

den Kopf. »Ich hatte beim Zimmerservice angerufen, weil wir neue Handtücher brauchen«, beginnt Isa zu erzählen. »Als es geklopft hat, habe ich die Tür geöffnet. Ich hab nicht nachgedacht, habe nicht gefragt, wer da ist, oder meine Waffe in der Rückhand versteckt. Ich habe einfach … aufgemacht.«

Zu hören, wie sehr sie sich mit Vorwürfen quält, tut mir im Herzen weh. »Er stand vor der Tür, und ich wusste sofort, dass du recht gehabt hast. Es war ein Fehler, ihm das Hotel zu nennen. Aber es war zu spät«, setzt sie flüsternd nach. »Ich wollte die Tür zuschlagen, da war er schon in der Suite. Meine Waffe liegt unter der Matratze, also wollte ich dahin rennen. Er kam mir nach, und bevor ich nach der Waffe greifen konnte, hatte er mich an der Kehle gepackt und drückte mich gegen die Wand.« Sie bricht ab und plumpst auf die Bettkante. »Das Arschloch ist verflucht stark. Es gab keine Chance, gegen ihn anzukommen.«

»Hat er gesagt, wer ihn schickt?«, frage ich.

Isa schüttelt den Kopf, doch dann nickt sie und sieht zu mir auf. »Er hat gesagt, er würde uns seiner Chefin als Geschenk bringen«, sagt sie, und allmählich scheint ihre Entschlossenheit zurückzukehren und den Schock zu vertreiben. »Außerdem hat er sich darüber ausgelassen, wie minderwertig Frauen doch seien. Wie dumm und einfältig. Dieser Mistkerl arbeitet für eine Frau, obwohl er zu den größten Chauvinisten gehört, die ich je getroffen habe!«

»Soll ich ihn noch mal treten?«, scherze ich, um die Stimmung zu lockern, und tatsächlich entdecke ich ein winziges Lächeln in Isas schönem, wenn auch blassem Gesicht.

»Wir müssen ihn fesseln und dann zusehen, dass wir von hier verschwinden«, verkündet sie. »Pack deine Sachen, ich verschnüre den Mistkerl wie ein Geschenk zu Weihnachten und sorge dafür, dass es wehtut.«

Widerstand ist zwecklos, das weiß ich, also eile ich wortlos in mein Zimmer und werfe das wenige in den Koffer, das ich ausgepackt habe, dann hole ich die Tasche mit Chris' Sachen aus dem Schrank und renne zurück zu Isa. Obwohl ich wirklich schnell bin, ist sie bereits fertig, als ich wieder zu ihr stoße. Sie hat dem angeblichen Ober Hände und Füße mit Seidenschals zusammengebunden und ihm zusätzlich ein Paar Socken in den Mund gestopft. Beinahe ist es schade, dass wir weg sein werden, wenn er aufwacht und begreift, dass er gegen zwei ach so wehrlose Frauen verloren hat.

Ohne weiter Zeit zu vergeuden, verlassen wir die Suite. Im Fahrstuhl drückt Isa den Knopf für die Tiefgarage, und kurz frage ich mich, ob sie weiß, wo der Page unseren Mietwagen abgestellt hat, und ob sie den Schlüssel hat oder er noch am Empfang liegt.

Die Türen gleiten auf, und wir befinden uns inmitten teurer Autos und Motorräder. Ich folge Isa vorbei an Ferraris, Lamborghinis und Mercedes, gegen die unser niedlicher Mietwagen wie eine Schrottlaube wirkt. In regelmäßigem Abstand blickt Isa zu den Kameras auf, bis sie überraschend stehen bleibt und ich beinahe in sie hineinrenne. Sie deutet zu einer Ecke, in der vier Fahrzeuge stehen.

»Keine Kameras«, formt ihr Mund lautlos. Isa lässt ihren Koffer vor der Motorhaube eines Benz stehen und schleicht um die Autos herum, als würde sie nach etwas suchen, dann beginnt sie, zufrieden zu grinsen.

»Der Wagen ist nicht verschlossen«, teilt sie mir leise mit und zieht am Griff, als wolle sie sich von ihren Worten überzeugen. Damit ist klar, weshalb sie nicht erst den Schlüssel vom Empfang geholt hat.

Beeindruckt schnappe ich mir unsere Koffer und Taschen und lege sie auf die Rückbank. Isa ist unterdessen bereits eingestiegen und beugt sich unters Lenkrad. Sie flucht einige Male, was mich nervös macht, dennoch steige ich auf der Beifahrerseite ein und schnalle mich an. Mindestens zwanzig Flüche später springt der Motor an. Stolz setzt meine Freundin sich auf und greift nach dem Lenkrad.

»Alte Autos sind wesentlich einfacher kurzzuschließen«, sagt sie, als würde sie übers Wetter sprechen. »Bei den neueren braucht es Fingerspitzengefühl und ein Quäntchen Glück, wenn man nicht versehentlich die Alarmanlage auslösen will.«

»Was?«, rufe ich fassungslos und starre sie erschrocken an. »Es hätte also sein können, dass du Alarm auslöst und uns noch tiefer in den Mist reitest?«

»Ja«, gibt sie knapp zu und legt den ersten Gang ein, als wäre das keine große Sache. Ihre Reaktion entlockt mir ein Lachen, das ich schnell unter einem Husten tarne. Allerdings wäre Isa nicht Isa, wenn sie es nicht trotzdem hören und mir überheblich zuzwinkern würde. Augenrollend kratze ich mir mit dem Mittelfinger die Nase und ernte ein amüsiertes Schnauben von meiner Freundin.

Am Ende der Tiefgarage versperrt uns eine Schranke die Weiterfahrt, was die ausgelassene Stimmung schlagartig vertreibt. Auf der Fahrerseite steht ein blinkender Kasten, in den man eine Karte schieben muss, damit sie sich öffnet. Isa öffnet direkt die Sonnenblende. Gekonnt fängt sie eine rechteckige Pappkarte auf und fährt ihr Fenster herunter.

»Parkboys legen die Karten immer dort oder im Handschuhfach ab«, erklärt Isa und schiebt sie ins Lesegerät.

Nachdem die Schranke sich geöffnet hat, wirft Isa die Karte achtlos in die Mittelkonsole und steuert die beleuchtete Ausfahrt hinauf.

Vermutlich liegt es an den hellen Lichtern im Boden, dass es uns erst auffällt, als es bereits zu spät ist. Vielleicht sind wir aber auch zu optimistisch, weil die Flucht bisher überraschend reibungslos verlief.

Isa bremst so abrupt ab, dass mein Kopf hart nach hinten geworfen wird und ich dankbar über die Nackenstütze bin.

»Das kann doch wohl nicht wahr sein«, wispert sie und spricht mir damit aus der Seele.

Direkt hinter der Ausfahrt stehen drei Wagen auf der Straße und versperren den Weg.

Game over.

17

Camy

Ich schlage einen Typen k. o., der doppelt so breit und zwei Köpfe größer ist als ich. Isa schließt wie durch ein Wunder ein Auto kurz, ohne Alarm auszulösen, und dann werden wir von einer blockierten Straße schachmatt gesetzt?

Wir blicken geradewegs auf eine Front aus silbernen und schwarzen Autos, die von sechs Männern flankiert werden. Zwei richten ihre Waffen auf die Windschutzscheibe, hinter der wir sitzen, die anderen überwachen die menschenleere Straße. Wieso bemerkt niemand aus dem Hotel, was hier los ist? Vielleicht müssen wir nur etwas länger durchhalten, denke ich. *Vielleicht ist die Polizei schon gerufen worden und trifft jeden Moment ein. Vielleicht aber auch nicht.*

Neben mir löst Isa ihren Gurt und hebt die Hände. Schockiert öffne ich den Mund, bekomme aber keinen Ton heraus. Meine Kehle ist trocken wie die Sahara, und mein Puls leistet sich eine wilde Verfolgungsjagd mit meinem Herzen.

Isa wirft mir ein trauriges Lächeln zu, dann steigt sie wortlos aus.

Ich will mir nicht eingestehen, verloren zu haben, aber allem Anschein nach ist es so, und auch wenn es mich innerlich zerreißt, folge ich Isas Beispiel und steige mit erhobenen Händen aus dem Wagen. Erst jetzt kann ich die Autos und Männer auf der Straße richtig erkennen. Es sind zwei silberne Trucks und ein schwarzer SUV. Gott, wie sehr ich diese Wagen inzwischen hasse! Sobald sie auftauchen, passiert etwas Schlimmes.

Die Männer sind dermaßen unterschiedlich, dass ich verwundert stehen bleibe und sie genauer betrachte. Einer ist so groß wie ich, der Nächste überragt mich um zwei Köpfe, und wieder ein anderer wirkt, als wäre er gerade erst aus dem Kindergartenalter entwachsen. Sie sind zudem verschieden gekleidet. Weiße T-Shirts, blaue Hemden und ein bunt kariertes sind dabei. Außerdem tragen sie nicht die feinen Lackschuhe, die ich von den Herreros gewohnt bin, sondern moderne Sneaker. Anscheinend weichen diese Exemplare von der Norm der Organisation ab. Ob das gut oder schlecht für uns ist, wird sich noch zeigen.

Der Mann, der nicht viel größer ist als ich, öffnet die hintere Tür des SUVs. Wir folgen dem stummen Befehl zwar, trotzdem sehe ich mich unentwegt nach einem Ausweg um. Vergebens. Die Ausfahrt liegt auf der Rückseite des Hotels und mündet in eine Ladenstraße, dessen Geschäfte um die späte Uhrzeit allesamt geschlossen sind, wie ich von meinem Spaziergang vorhin weiß.

Kein Mensch ist zu sehen. Niemand, der uns retten könnte.

Isa steigt als Erste ein. Sie rutscht durch, sodass ich mich neben sie setzen kann, und sofort knallt die Tür hinter mir zu. Der kleine Typ steigt auf den Fahrersitz, und vor mir, auf der Beifahrerseite, sitzt nur Sekunden später ein Riese mit so großen Händen, dass er problemlos einhändig mein Bein umfassen könnte. Für ihn ist es sicherlich ein Kinderspiel, ein Rückgrat zu brechen, denke ich schaudernd.

Einer der Trucks fährt mit heulendem Motor an uns vorbei, dann starten auch wir. Ein Truck vor uns, einer hinter uns. Selbst wenn wir die Fahrer auf wundersame Weise überwältigen und die verriegelten Türen knacken könnten, säßen wir dennoch in der Falle.

Niemand sagt etwas, was die Atmosphäre bedrohlich anschwellen lässt. Tausend Fragen brennen mir auf der Zunge, doch nichts davon verlässt meinen Mund. Die Stille ist fest und zäh.

Im Augenwinkel sehe ich, dass Isa sich ein wenig bewegt. Sie schaut sich im Wagen um und saugt jede Kleinigkeit auf. Außerdem starrt sie die vorbeirasenden Häuser und Straßen so intensiv an, als würde sie versuchen, sich den Weg zu merken. Isa hat ebenso wenig aufgegeben wie ich. Aber anders als sie spare ich mir die Energie, bis wir am Zielort angekommen sind – was viel zu schnell der Fall ist.

Wir fahren eine lange geschwungene Straße entlang, die so schmal und unscheinbar wirkt, als würde sie ins Nirgendwo führen. Zu beiden Seiten stehen vertrocknete Sträucher und hohe wild gewachsene Bäume, was es surreal macht, dass wir plötzlich auf einem kreisrunden gepflegten Platz ankommen. Wir sind von blühenden bunten Pflanzen umgeben, die kunstvoll zugeschnitten wurden, und von liebevoll angelegten Beeten. Aus Isas Fenster erkenne ich eine schneeweiße Treppe, die zu einem eindrucksvollen Haus hinaufführt. Es hat drei Stockwerke, eingebettet in eine Backsteinfassade, an der sich Rosenranken hinaufzüngeln. Wären wir keine Gefangenen, würde der Anblick mich mit Sicherheit lächeln lassen, denn es ist traumhaft schön hier. Wie in einem Märchen. Aber wir sind Gefangene, was mir ruckartig in Erinnerung gerufen wird, als sich die Wagentür neben mir öffnet.

Blinzelnd reiße ich meinen Blick vom Haus los und sehe zur anderen Seite. Der Winzling hält mir höflich die Tür auf und lächelt sogar leicht, was mich irritiert. Er deutet mit einer knappen, aber freundlichen Geste an, dass ich aussteigen soll, und lässt die Tür los.

Sie dürfen nicht wissen, dass ich Angst habe oder dass ihr Verhalten mich verwirrt. Deshalb zwinge ich meine Finger, ruhig zu bleiben, während ich den Gurt löse und zur Tür rutsche.

Die Genugtuung, meine Angst zu sehen, verdient Reyna nicht. Sie verdient nichts anderes als brennende Wut und abgrundtiefen Hass. Immer wieder sage ich mir das. Wie ein Mantra, das mich beim Aussteigen und gehen aufrecht hält.

Zwei Männer flankieren mich. Was denken sie, das ich tue? Ausflippen und um mich schlagen? Ich bin zwar müde, verängstigt und habe keine Ahnung, was mich erwartet, aber selbstmordgefährdet bin ich trotz allem nicht. Außerdem erkenne ich, wann ich keine Chance habe und sich das Kämpfen nicht lohnt.

Die Männer dirigieren mich an den Fuß der Treppe, an dem Isa bereits steht. Ich bleibe neben ihr stehen und greife nach ihrer Hand, während die Männer sich wortlos hinter uns stellen. Im ersten Moment zucken Isas Finger, als wolle sie sich losreißen, doch dann packt sie plötzlich fester zu und sieht mich mit flammendem Blick an. Ihre Mundwinkel biegen sich zu einem bitteren und zugleich entschlossenen Lächeln, und ich verstehe ihre Botschaft, ohne dass sie auch nur ein Wort sagen muss.

Wir sitzen in der Falle, aber wir geben nicht auf. Und falls wir doch versagen, gehen wir gemeinsam unter. Mit hocherhobenem Kopf und ungebrochenem Kampfgeist.

Ich nicke Isa bekräftigend zu, da lenkt ein Geräusch unsere Aufmerksamkeit die Treppe hinauf. Genau in dem Moment, indem die Tür sich öffnet.

Ich kräusle verwundert die Nase, denn nicht Reyna steht dort, sondern eine unscheinbare Frau etwa in den Fünfzigern. Je weiter sie die Stufen hinuntersteigt, desto besser kann ich sie erkennen. Sie hat schulterlange lockige blonde Haare und eine spitze Nase, die ihrem rundlichen Gesicht etwas Markantes verleiht. Ihre Gesichtszüge sind weich, und doch stechen die Konturen ihrer Wangenknochen deutlich hervor. Sie trägt eine schlichte Jeanshose und eine luftige weiße Bluse mit unzähligen bunten Kreisen darauf. Es ist ein Outfit, das ich mir gut an meiner Mutter vorstellen könnte. Und ebenso wie bei meiner Mutter wirkt nichts an dieser Frau bedrohlich. Trotzdem schlägt mein Herz dermaßen stark, dass jeder Winkel meines Körpers pulsiert. Mein Geist fokussiert sich auf ein ganz bestimmtes Merkmal.

Ihre Augen.

Sie sind blau, groß und von Lachfalten umgeben. Alles an ihnen erinnert mich an die eine Person, die ich so schmerzlich vermisse, dass ihre Ähnlichkeit mir ein Loch in den Magen brennt und mich vor Schock und Schmerz lähmt.

»Ich fasse es nicht.« Isa reißt ihre Hand aus meiner und schlägt sie sich vor den Mund, was mich unsanft aus der Starre zurück ins Hier und Jetzt katapultiert. Perplex beobachte ich, dass sie auf die Treppe zugeht und dabei von niemandem aufgehalten wird. Im Gegenteil. Die blonde Frau beginnt breit zu lächeln, und in ihren Augen schimmert es, als würde sie mühsam Tränen zurückhalten.

»Das kann nicht sein.« Isabellas Stimme bebt vor Unglaube. Sie kneift sich in den Arm, als würde sie sichergehen wollen, nicht zu träumen. Dann lacht sie plötzlich. »Beatrice Green! Ich fasse es nicht, dich zu sehen. Und verdammt! Du hast mir eine Heidenangst eingejagt.«

»Beatrice Green?«, wiederhole ich überrumpelt. »Das ist nicht … Sie ist untergetaucht«, stammle ich und ziehe damit die Blicke aller anderen auf mich. »Chris hat gesagt, dass sie … Seine Mutter ist abgehauen. Sie ist verschwunden und hat die USA verlassen. Vor über einem Jahrzehnt.«

Die Frau, deren Augen ein exaktes Ebenbild der Liebe meines Lebens darstellen, überwindet die letzten Stufen, bis sie auf einmal so nah vor mir steht, dass ich es nicht länger leugnen kann – auch wenn mein Verstand es noch immer nicht wahrhaben will.

»Isabella. Du bist eine wunderschöne und starke Frau geworden«, verkündet sie mit belegter Stimme. »Und du«, setzt sie nach, und plötzlich liegt ihre Aufmerksamkeit auf mir. »Camy Owsen … nein«, verbessert sie sich und legt mir eine Hand auf die Wange. »Camy Green. Zumindest solltest du so heißen, wäre alles richtig gelaufen.«

Wie paralysiert lasse ich zu, dass sie mir eine Träne aus dem Gesicht wischt, von der ich nicht wusste, dass sie existiert. Sie tut es, das weiß ich, aber ich spüre es nicht. Ich spüre nichts, denn der Schock sitzt zu tief.

»Du bist die große Liebe meines Sohnes. Die Frau, die es geschafft hat, dass Christian wieder vertrauen konnte, auch wenn er dir anscheinend trotzdem nicht alles verraten hat, wie man sieht. Danke, dass du geheilt hast, was ich damals in meinem Sohn zerstört habe.«

»Beatrice«, mischt Isa sich ein. »Wieso bist du in Arizona? Wieso nicht in deinem sicheren Versteck in Charleston oder weiß Gott wo sonst auf der Welt?«

Als würde sie aus einer Trance erwachen, schüttelt Beatrice den Kopf und nimmt ihre Hand von meiner Wange, wobei ihre Locken auf und ab wippen und ihr in die Stirn fallen.

»Ich bin hier, um euch zu helfen«, verkündet sie, und schlagartig ist nichts mehr von der Traurigkeit zu merken. Innerhalb eines Wimpernschlages ist sie zu einer entschlossenen und unerschrockenen Frau geworden. Zu einer Frau, von der ich immer noch nicht fassen kann, sie vor mir zu sehen.

»Ich habe euch beobachtet«, gibt sie zu und faltet die Hände vor dem Bauch. »Ihr sucht das Miststück, das meinen Sohn ermordet hat, und ich finde euren Mut großartig. Aber allein habt ihr kaum eine Chance.«

»Wie meinst du das?«, will Isa wissen.

Beatrice schiebt die verirrten Haare aus ihrem Gesicht und sieht zwischen Isa und mir hin und her. »Reyna Herrero wird besser beschützt und versteckt als die Kronjuwelen der Queen.

Wenn ihr an sie herankommen wollt, braucht ihr einen besseren Plan, und vor allem braucht ihr Hilfe.«

»Und diese Hilfe willst du sein«, schlussfolgere ich.

»Ja«, antwortet sie, ohne zu zögern, und sieht mich mit kompromissloser Entschlossenheit im Blick an. »Wenn ihr es zulasst, werde ich euch helfen, meinen Sohn zu rächen.«

18

Mister X

Sein schäbiges Lachen bringt mein Trommelfell zum Vibrieren, als hätte jemand eine Bombe neben mir gezündet.

»So ein Weichei«, grölt er. »Gut, dass wir den los sind.«

»Einen Toast!«, ruft einer der Speichellecker, und natürlich stimmen die anderen mit ein, bis sie den schlechtesten Kanon von sich geben, den ich je gehört habe.

Ich stoße mich geräuschvoll von der Wand ab, und prompt verstummten sie. Diese Typen sind absolute Dreckskerle. Am liebsten wäre ich in den Garten oder auf mein Zimmer gegangen, um nicht in ihrer Nähe sein zu müssen. Aber das war leider keine Option. Abzutauchen, nachdem ein Verräter gestellt wurde, wäre viel zu auffällig.

»Willst du uns etwas sagen?«

Betont gelassen hebe ich den Kopf und sehe zu ihm auf. Er sitzt auf dem einzigen Sessel im Raum, hält seinen Scotch in der Hand und sonnt sich im Respekt der anderen. Nur dass es kein Respekt ist. Es ist Angst. Jeder Einzelne hier fürchtet sich davor, aus seiner Gunst ausgeschlossen zu werden. Jeder, nur ich nicht, auch wenn ich es sollte.

Ich weiß, dass es dämlich ist, aber ich kann nicht anders, als provozierend die Brauen hochzuziehen und die Arme vor der Brust zu überkreuzen. »Ja, ich will etwas sagen«, gestehe ich ruhig. »Er war monatelang einer von euch. Hat mit euch gelacht und euch geholfen, wenn ihr Mist gebaut habt. Und jetzt sitzt ihr hier und freut euch darüber, dass Trip an einen Stuhl gefesselt im Keller hockt. Ihr widert mich an.«

Im Zimmer ist es totenstill geworden. Niemand bewegt sich oder sagt etwas. Niemand, außer ihm. Gönnerhaft reicht er sein Glas an den Typen neben ihm weiter und steht auf.

»Du klingst, als würdest du andeuten wollen, es wäre okay, dass er uns verraten hat.«

»Das habe ich nie gesagt«, stelle ich klar und recke das Kinn. »Trip ist ein guter Kerl, der einen Fehler gemacht hat, von dem du uns nicht sagen willst, was genau es war«, werfe ich ein und gebe mir keine Mühe, das Misstrauen zu verbergen. »Sollte er uns wirklich verraten haben, muss er dafür bestraft werden. Das steht fest. Trotzdem verdient er eine zweite Chance.«

»Ist da jemand sentimental?«, spottet er und stellt sich so nah vor mich, dass unsere Nasenspitzen sich beinahe berühren. »Soll ich dir ein Taschentuch holen?«

»Leck mich, *Kelvin*.«

»Ich könnte auch deine kleine Freundin einkassieren, wenn du das lieber willst.«

»Sie ist mir egal«, lüge ich reglos.

»Ich glaub dir kein Wort«, verkündet Kelvin mit überheblichem Grinsen. »Sie ist in der Nähe, es würde also nicht lange dauern, sie herzuholen.«

Der Muskel an meinem Kinn zuckt, ohne dass ich es beeinflussen kann, und mein Magen zieht sich krampfhaft zusammen. Er weiß, dass sie in der Stadt sind. Vermutlich wusste er es schon die ganze Zeit. *Haben sie Trip so überführt? Haben sie sie beobachtet und gesehen, dass Trip ihr Hotel betreten und die Nachricht für mich abgegeben hat?* Wenn ja, dann ist es meine Schuld, dass er aufgeflogen ist.

»Sie ist mir egal«, wiederhole ich langsam.

»Gut«, ruft Kelvin und tritt einen Schritt zurück. Er breitet die Arme aus und grinst dermaßen zufrieden, dass seine Mundwinkel beinahe seine Ohren berühren. »Wenn das so ist, lasse ich sie jetzt holen und gönne mir etwas Spaß mit der Kleinen. Ich fand sie damals schon heiß, aber das weißt du ja. Macht dir nichts aus, Kumpel, oder?«

Mein Gehirn setzt aus.

Ehe ich es begreife, habe ich bereits ausgeholt, und meine Faust fliegt auf Kelvin zu. Erwischen tut sie ihn aber nicht, was mir einen frustrierten Schrei entlockt. Sofort sind da vier Männer, die mich festhalten und mir die Arme auf den Rücken drehen. Ich habe verloren. Habe den Plan versaut und dabei Trip mit ins Verderben gerissen. Dennoch gebe ich nicht auf. Ich trete um mich, versuche, meine Arme zu befreien, und brülle, wie das in die Ecke gedrängte Raubtier, das ich bin. Nützen tut es mir nichts, außer dass ich mich besser fühle, weil ich nicht kampflos aufgegeben habe.

Jemand rammt mir mit voller Wucht sein Knie in den Rücken und ringt mich zu Boden. Eine Hand drückt meinen Kopf herunter, sodass meine Wange im Staub liegt, und ein anderer sitzt auf meinem Rücken. Sie haben mich. Es ist vorbei. Alles war umsonst.

»Bringt ihn in den Keller zu seinem Freund«, höre ich Kelvin fordern. Seine Stimme trieft vor Genugtuung, die ich ihm zu gern aus dem Gesicht prügeln würde. »Das Spiel ist vorbei, Mister X.«

19

Camy

In meinem Kaffee ist so viel Zucker, dass es an ein Wunder grenzt, dass der Löffel darin nicht stecken bleibt. Ich liebe Zucker, aber das ist sogar für mich zu viel. Dennoch würge ich die Koffeinzuckermischung runter, wie es jede Erwachsene tun würde: Nase zukneifen und auf ex.

Der reichlich gedeckte Frühstückstisch und das widerliche Gemisch sind meine einzige Rettung davor, nicht im Sitzen einzuschlafen. Und hier gibt es mehr als genug zu essen. Ein Hausmädchen hat den Tisch gedeckt, nachdem wir uns gesetzt haben. Immer wieder huschte sie durch eine Schwingtür in die Küche und kam mit allen möglichen Leckereien wieder heraus. Von Pancakes über Bacon, Croissants, frische Brötchen und Marmelade bis hin zu Schokoladenküchlein ist alles dabei. Dieser Tisch ist mein persönliches Schlaraffenland – das ich nicht genießen kann, denn Beatrices Augen bohren sich förmlich durch meine Haut. Von ihrem Platz am Kopfende des Tisches aus starrt sie ständig zu mir. Ich habe absichtlich einen Stuhl gewählt, der drei Plätze weit von ihr entfernt ist, und doch gibt sie mir das Gefühl, in meinem Nacken zu hocken. Keine Ahnung, ob sie damit rechnet, dass ich sie mit Fragen löchere oder Erinnerungen an ihren Sohn mit ihr austausche. Ich habe jedenfalls kein Interesse daran, mit ihr zu sprechen. Dafür hat Chris mir zu viel erzählt, das es unmöglich macht, unvoreingenommen zu sein.

»Deine Schwester lebt inzwischen in Mailand«, teilt Beatrice Isa mit und lächelt ihr aufmunternd zu. »Ich habe sie vor ungefähr einem Jahr zufällig auf einer Gala getroffen. Sie sah glücklich aus«, setzt sie hinzu und stellt ihre Tasse ab. »Ich glaube, sie hat sich ein Leben aufgebaut, das sie erfüllt.«

»Das ist gut«, flüstert Isa sichtlich berührt und räuspert sich. »Sie hat es verdient, glücklich zu werden.«

»Wenn du willst, schicke ich ihr eine Nachricht und lasse sie wissen, dass du bei mir bist.«

»Nein!«, ruft Isa und hebt dermaßen hektisch den Kopf, dass ich mich vor Schreck am Bacon verschlucke. »Ich will nicht, dass sie sich Sorgen macht und herfliegt«, erklärt sie. »Wenn das alles vorbei ist und meine Nähe keine Gefahr mehr darstellt, werde ich sie besuchen.«

»Das ist sehr nobel, Isabella«, kommentiert Beatrice, und erneut spüre ich ihren eindringlichen Blick auf mir. »Was ist mit deiner Familie, Camy?«

»Was soll mit ihr sein?«

»Soll ich deinen Eltern eine Nachricht zukommen lassen?«

Alles in mir schreit, Ja zu sagen. Aber das kann ich nicht tun. Wenn meine Eltern erfahren würden, dass Chris tot ist und ich erneut auf der Flucht bin, würden sie keine ruhige Nacht mehr verbringen. Die Wahrheit würde sie zu sehr quälen, und daran will ich die Schuld nicht tragen. Vor Kurzem habe ich noch nicht so weit gedacht. Ich wollte sie anrufen, womit ich sie in Gefahr gebracht hätte. Dass ich es nicht getan habe, habe ich Isa zu verdanken.

Schweren Herzens schüttle ich den Kopf.

»Bist du dir sicher?«, hakt Beatrice verwundert nach.

»Ja«, bestätige ich. »Ich hasse es, sie anzulügen, und genau das müsste ich tun, wenn ich Kontakt zu ihnen aufnehme. Die Wahrheit ist zu schmerzhaft.«

»Das verstehe ich«, erwidert sie und greift erneut nach ihrer

Kaffeetasse. »Ich fand auch schon immer, dass man nicht jedem seine Lasten aufbürden sollte. Manchmal ist Unwissenheit ein Segen.«

»Hast du Chris deshalb damals belogen?«, rutscht es mir heraus, ehe ich mich bremsen kann.

Die Tasse in Beatrices Fingern wackelt bedrohlich. Sie stellt sie abrupt ab, sodass einige Tropfen herausschwappen und die schneeweiße Tischdecke braun färben.

»Ich habe darauf gewartet, dass du das Thema ansprichst«, sagt sie. »Camy, ich weiß nicht, was Christian dir erzählt hat, aber ich kann dir versichern, dass ich immer nur sein Bestes im Sinn hatte. Er sieht das vermutlich anders, was ich verstehe. Aber du solltest dir meine Seite anhören, ehe du dir eine Meinung über mich bildest.«

»Das Einzige, das mich interessiert, ist die Tatsache, dass du deinen Sohn im Stich gelassen hast. Willst du mir ernsthaft weismachen, du hättest das getan, weil du nur das Beste für ihn wolltest?«, höhne ich. »Nachdem sein Vater gestorben war, hättest du für ihn da sein müssen. Stattdessen hast du klammheimlich alles verkauft und dich nur darum gekümmert, dir ein neues Leben aufzubauen. Wie es Chris dabei geht, war dir egal.«

»Ich wollte Christian mitnehmen. Aber er …«

»Natürlich wollte er nicht weggehen«, unterbreche ich sie. »Sein ganzes Leben spielte sich dort ab. Seine Familie und seine Freunde waren da. Trotzdem wäre er mit dir gegangen, wenn du darum gekämpft hättest. Aber das hast du nicht. Ein einziges Nein hat dir gereicht, damit zu aufgibst und ihn zurücklässt. Hast du jemals versucht, ihn zu überzeugen? Hast du dich in Ruhe mit Chris hingesetzt und ihm gesagt, dass du ihn bei dir haben möchtest?«

Schuldbewusst senkt sie den Blick. Aber nicht schnell genug, als dass ich das verräterische Schimmern in ihren Augen hätte übersehen können. »Ich hatte damals keine Kraft, um zu kämpfen«, wispert sie. »Keine Kraft, um dieses Leben weiterzuführen. Ich bin eine Green, aber ich habe nie darum gebeten, eine zu sein. Alles, was ich wollte, war ein friedliches Leben. Eins, in dem man sich nicht ständig umsehen muss und niemandem vertrauen kann. Das Gleiche habe ich mir für Christian gewünscht.« Eine Träne fällt von ihrem Gesicht und landet mit einem leisen *Platsch* in ihrer Tasse.

»Ich verstehe dich«, gestehe ich.

Beatrice wischt sich die Tränen vom Gesicht, bevor sie zu mir sieht. »Wirklich?«

»Ja«, bestätige ich. »Ich wollte auch nie so ein Leben führen. Trotzdem hätte ich anders gehandelt als du. Du hast deinen Sohn fallen gelassen, als es schwierig wurde. Weil du keine Kraft hattest, wie du sagst. Aber weißt du was? Ich hatte auch keine Kraft mehr und habe trotzdem um Chris gekämpft«, werfe ihr ihr vor. »Dass du ihn zurückgelassen hast, hat ihn so tief verletzt, dass er kaum jemandem vertrauen konnte. Und als ich es endlich geschafft hatte, ihm zu beweisen, dass ich ihn niemals verlassen würde, brach das Chaos über uns herein. Wieder wollte er mich von sich stoßen, weil er durch dich gelernt hat, dass das die einzige Möglichkeit ist, um die zu beschützen, die man liebt. Er hat mir das Herz aus der Brust gerissen, weil du das Gleiche mit ihm getan hast!« Den letzten Satz schreie ich voller Wut. Mein ganzer Körper bebt, und plötzlich wird mir unsagbar heiß. »Trotz allem haben wir wieder zueinandergefunden. Weil wir gekämpft und nicht aufgegeben haben. Denn genauso macht man das mit Menschen, die einem wichtig sind. Man kämpft für sie. Man zieht nicht den Schwanz ein und überlässt sie sich selbst, weil es so am bequemsten ist.«

Atemlos starre ich in das aschfahle Gesicht von Chris' Mutter. Beatrice sieht mich an, als hätte ich sie geschlagen, und genau so fühlt es sich an. Als hätte ich ihr die unschöne Wahrheit um die Ohren gehauen.

»Du hasst mich«, wispert sie.

»Ich hasse dich nicht«, widerspreche ich, schiebe langsam meinen Stuhl zurück und stehe auf. »Ich vertraue dir nur nicht.«

Isa zwinkert mir unauffällig zu, was mir ein winziges Schmunzeln entlockt, während ich aus dem protzigen Esszimmer marschiere. Doch sobald ich im Eingangsbereich ankomme, verlässt mich die Kraft schlagartig. Meine Schultern sacken erschöpft herab, und das Lächeln versiegt.

Die letzten Tage waren anstrengend. Emotional mehr als körperlich. Was ich jetzt brauche, ist Ruhe und Schlaf. *Also, wo könnten die Gästezimmer sein?* Ratlos drehe ich mich im Kreis. Von der Eingangshalle gehen zwei Gänge ab, außerdem gibt es eine breite Treppe, die perfekt in einen Film über Debütantinnen und Misswahlen passen würde. Der große Auftritt wäre den Mädels sicher, wenn sie die schneeweißen glänzenden Stufen hinuntersteigen und dabei ihre Finger elegant über die schwarze Brüstung gleiten ließen.

Unsere Koffer wurden irgendwo ins obere Stockwerk gebracht, glaube ich. Trotzdem zieht mich etwas an der Treppe vorbei und tiefer ins Anwesen hinein. Vor mir liegt eine Tür, hinter der ich Menschen reden und Töpfe klappern höre. Vermutlich die Küche. Links davon steht eine Tür offen und gibt eine Treppe frei, die anscheinend in den Keller hinunterführt. Gegenüber davon existiert eine weitere Tür. Neugierig öffne ich sie und finde mich in einem Raum wieder, dessen Wände bis unter die Decke voll mit Büchern sind. Es gibt eine Leseecke, in der Ledersessel und eine antike Stehlampe zum Hinsetzen einladen.

Gedankenverloren streiche ich mit den Fingern eine Buchreihe entlang, als mein Nagel an einem Vorsprung hängen bleibt. Irritiert ziehe ich das Buch heraus, an dem mein Finger gebremst wurde, und klappe es auf. Das Buch ist ausgehöhlt, und ein Stapel Fotos liegt darin. Der Anblick des obersten Bildes bricht mir das Herz und erfüllt mich gleichzeitig mit Freude.

Mit dem Buch in den Händen setze ich mich auf einen der Lesesessel. Nach und nach nehme ich vorsichtig die Fotos heraus, und je mehr ich mir ansehe, umso heftiger werde ich vom Schluchzen durchgeschüttelt.

Es sind Fotos von Chris.

Schnappschüsse, die so wirken, als hätte er nicht gewusst, dass sie gemacht werden. Auf einem steht er auf dem Gelände vor dem V's, Ians ehemaligen Klub. Er trägt ein dunkelgrünes T-Shirt und grinst jemanden an, der sich hinter der Kamera befindet. Einige seiner Locken stehen wild ab, und aus seiner Hosentasche hängt ein Schlüsselbund heraus, den ich sofort erkenne. Es sind die Schlüssel fürs V's. Das nächste Foto wurde durch eine Fensterscheibe hindurch aufgenommen. Chris sitzt an einem Tisch in dem indischen Restaurant, in dem Violet und ich einmal mehrere Haare im Essen gefunden hatten und das wir seitdem nie wieder betreten haben. Ihm gegenüber sitzt ein Mann, an den ich mich als Barkeeper von Ians Klub erinnere. Die Männer reden miteinander, und die Grübchen auf Chris' Wangen zeigen, wie viel Spaß er hat.

Ich greife nach dem nächsten Foto und lasse es beinahe direkt wieder fallen. Es ist nur knapp neun Monate alt. Chris steht vor einem Juwelier und hat den Kopf in den Nacken gelegt, weil er so heftig lacht. Ich stehe vor ihm. Wir halten uns an den Händen, und im Unterschied zu ihm versuche ich, mir das Lachen zu verkneifen, wodurch meine Wangen aufgebläht und meine Augen riesig wirken. Ich erinnere mich noch genau an diesen Tag. Wir haben nach Eheringen gesucht, und Chris sagte, wir sollten uns einfach den Namen des anderen auf den Finger tätowieren lassen. Das sei eindrucksvoller als ein Schmuckstück, außerdem könnte man ein Tattoo nicht verlieren. Ich war so überrumpelt von seinem Vorschlag, dass es ihn zum Lachen brachte.

»Wir haben viel gelacht«, flüstere ich traurig und presse das

Foto an meine Brust. Ein Bach aus Tränen rinnt über mein Gesicht, sodass ich die Fotos kaum noch erkenne.

Fotos von Chris.

Meinem Seelenverwandten.

Der Liebe meines Lebens.

Beatrice muss ihn beschattet haben. Sie wusste, wo er war und was er tat. All die Jahre über, in denen Chris dachte, sie würde sich nicht für ihn interessieren, hat sie aus der Ferne zugesehen. Sie wollte an seinem Leben teilhaben, ohne aktiv darin vorzukommen. Keine Ahnung, ob sie sich fernhielt, weil sie sein Leben nicht durcheinanderwerfen wollte oder weil sie sich nicht traute, ihm gegenüberzutreten. Im Grunde spielt das keine Rolle. Der einzige Fakt, der zählt, ist der, dass Beatrice ihren Sohn nicht einfach hinter sich ließ und weitermachte, als würde er nicht existieren, so, wie er all die Zeit über glaubte. Sie sorgte sich um ihn und wollte wissen, wo er ist und was er tut.

Auch wenn ich ihr Verhalten von damals nach wie vor weder gutheißen noch nachvollziehen kann, wächst ihr Ansehen bei mir durch diese Entdeckung. Denn trotz allem hatte sie ein Auge auf ihren Sohn. Ich wünschte nur, er hätte es noch erfahren können, um seinen Frieden damit zu machen.

20

Camy

Hinter den Tränen der Trauer verbirgt sich das Lächeln der Erinnerung. Das hat Mom auf Beerdigungen häufig gesagt, und damit hatte sie recht. Auch wenn es wehtut, die Fotos zu betrachten, blüht mein Herz dank der glücklichen Erinnerungen auf und nimmt zumindest für kurze Zeit den allgegenwärtigen Druck von meiner Brust.

Nachdem die Tränen versiegt sind, verstaue ich die Fotos wieder im Buch, klemme es mir unter den Arm und verlasse die Bibliothek. Die letzten vierundzwanzig Stunden haben mich ausgelaugt, und ich sehne mich nach einem Bett. Zurück ins Esszimmer zu gehen und meine Fast-Schwiegermutter zu fragen, wo mein Zimmer liegt, kommt jedoch nicht infrage. Kurz entschlossen klopfe an der Küchentür. Es dauert einen Moment, in dem ich unruhig an der Spitze einer Locke knabbere, bis ein überraschend jung wirkendes Hausmädchen die Tür öffnet. Ich verkneife es mir, das klischeehafte Outfit aus schwarzem Kleidchen und weißer Schürze zu kommentieren, und setze ein unschuldiges Lächeln auf.

»Können Sie mir vielleicht helfen?«

Ihre braunen Rehaugen weiten sich, sobald sie mich erkennt, aber sie hat sich extrem schnell wieder im Griff. Räuspernd tritt sie aus der Küche. »Was kann ich für Sie tun, Miss Owsen?«

»Ich suche mein Zimmer.«

»Ich bringe Sie gern hin«, erwidert sie, und dass sie mein vom Heulen verquollenes Gesicht nicht anspricht, rechne ich ihr hoch an.

Ich folge der jungen Frau die Treppen hinauf in den ersten Stock, vorbei an unzähligen Türen, hinter die ich zu gern spähen würde, bis sie schließlich stehen bleibt und eine unscheinbare weiße Tür in der Mitte des Gangs öffnet.

»Die Handtücher im Bad wurden frisch aufgefüllt, und an der Tür hängt ein Bademantel für Sie bereit«, sagt sie höflich. »Falls Sie noch etwas anderes brauchen, lassen Sie es mich bitte wissen.«

»Ich brauche nichts außer einem Bett«, verkünde ich gähnend und betrete das Zimmer. »Danke fürs Herbringen.«

»Sehr gern«, entgegnet das Hausmädchen. »Ich wünsche einen guten Schlaf. Sie haben es sich nach der ganzen Aufregung mehr als verdient, zur Ruhe zu kommen«, setzt sie nach, und ehe ich etwas erwidern kann, schließt sie die Tür.

Ich reibe mir matt übers Gesicht, dann lege ich das Buch aufs Bett und sehe mich um. Es ist wunderschön hier. Das riesige Fenster am Kopfende des Betts wird von cremeweißen Vorhängen mit abstrakten bunten Streifen umrahmt. An der linken Wand steht eine lang gezogene Kommode, über der ein runder Spiegel hängt, und rechts gibt es eine Tür, die vermutlich zum Badezimmer führt. Direkt neben dieser Tür gibt es zwei schwarze Ledersessel, zwischen denen ein niedriger Glastisch mit einer vollen Vase bunter Rosen steht. Das Zimmer sieht aus, als hätte ich es selbst eingerichtet. Entweder haben Beatrice und ich den gleichen Geschmack – was ich sehr stark bezweifle –, oder sie hat eine Inneneinrichterin, mit der ich gern ein Stück Kuchen essen gehen würde.

Neben dem Bett entdecke ich meinen Koffer und auch die kleine schwarze Reisetasche von Chris und quietsche vor Freude auf. Ich lege das ausgehöhlte Buch in meinen Koffer und verstecke es unter der Kleidung, anschließend gehe ich ins Bad, um zu duschen. Nachdem ich den Schmutz der vergangenen Nacht abgewaschen habe, streife ich mir ein schlichtes rotes T-Shirt über, schlüpfe in eine Jeans und kämme meine Locken grob mit den Fingern durch. Dabei starre ich unentwegt aufs Bett. Es sieht so einladend aus, dass ich nicht anders kann, als mich mit Schwung darauf zu werfen. Mit einem genießenden Seufzen schließe ich die Augen und vergrabe das Gesicht zwischen den vielen bunten Zierkissen … da klopft es an der Tür.

»Wer ist da?«, frage ich genervt.

Statt zu antworten, öffnet jemand die Tür und kommt herein. Widerwillig hebe ich den Kopf und entdecke Isa.

»Schon mal was von Privatsphäre gehört?«

»Steh auf«, fordert sie. »Wir müssen los. Sofort.«

»Wohin?«, frage ich alarmiert und springe auf.

»Keine Ahnung«, erwidert sie. »Beatrice hat einen Tipp bekommen. Es könnte sein, dass sie weiß, wo Reyna steckt.«

Ohne zu zögern, schlüpfe ich in meine Sneakers und eile zum Koffer. Die Glock ist in einem Seitenfach versteckt, und auch wenn ich den Gedanken, sie bei mir zu tragen, hasse, will ich vorbereitet sein.

»Gut mitgedacht«, lobt Isa. »Meine Waffe ist in der Handtasche«, setzt sie nach und rauscht aus dem Zimmer, ohne auf mich zu warten.

Lieben Dank für nichts. Gewissenhaft kontrolliere ich zweimal, ob sie gesichert ist, bevor ich die Waffe in meinen Hosenbund stecke und das lockere T-Shirt darüber drapiere. Dann trete ich aus dem Zimmer und lande ohne Puffer direkt im Chaos.

Im Haus herrscht Aufbruchsstimmung. Männer und Frauen rennen geschäftig durcheinander, von überall werden Befehle gebrüllt, und irgendwo knallt eine Tür. Zwei Männer laufen an mir vorbei zur Treppe und eilen die Stufen hinunter, als wären sie auf der Flucht. Ich folge ihnen ins Erdgeschoss und bleibe am Fußende der Treppe erstaunt stehen. Die Haustür steht weit offen und gibt die Sicht auf den Vorplatz frei. Dort parken acht Wagen, in denen Leute sitzen oder darin einsteigen. Sie haben keine Zeit verloren.

Fahrig streiche ich mir die noch feuchten Locken aus der Stirn und verlasse das Haus. Isa finde ich trotz des Trubels sofort. Sie steht neben dem hintersten Wagen der Kolonne und winkt mich ungeduldig zu sich. Es ist eine dunkelblaue Limousine, was mich freut. Von SUVs habe ich für mein restliches Leben mehr als genug.

»Beweg dich!«, treibt Isa mich an. »Wenn ich deinetwegen etwas verpasse, halte ich dir das noch im Altenheim vor.«

Ich zeige ihr den Stinkefinger, steige die Treppe hinunter und gehe zur Limousine. »Danke für die freundliche Warnung«, kommentiere ich trocken, dann steige ich ein. Der Innenraum ist unerwartet geräumig. Trotzdem fühlt es sich viel zu eng an, als ich Beatrice entdecke. Sie sitzt auf einer der drei Bänke und schwenkt ein Cognacglas in der Hand. Entweder will sie nicht mit mir sprechen, oder sie ist zu tief in Gedanken versunken, denn sie sagt kein Wort. Selbst nachdem Isa eingestiegen ist und der Wagen sich in Bewegung setzt, spricht sie nicht. Ich werfe Isa einen fragenden Blick zu, doch sie zuckt bloß mit den Schultern und beugt sich zur Minibar vor.

Durch die getönten Fenster der Limousine kann ich kaum etwas erkennen. Und das gefällt mir nicht. Ich hasse es, das Ziel nicht zu kennen.

»Wo genau fahren wir hin?«

»Ins Miracle Valley«, lässt Isa mich wissen und wirft die Tür der Minibar zu. »Ich hab zwei Männer belauscht. Sie haben irgendwas von einem Haus ziemlich weit außerhalb erzählt. Angeblich eine total heruntergekommene Gegend.«

»Und wieso denken sie, dass Reyna dort ist?«

»Weil wichtige Mitarbeiter von ihr sich dort aufhalten.«

Erschrocken sehe ich zu Beatrice. Beinahe hatte ich vergessen, dass sie mit uns im Wagen sitzt.

»Woher weißt du das?«

»Ich beschatte die Organisation schon eine Weile«, teilt sie uns mit. »Seit heute transportieren sie Möbel und Equipment ab. Ich denke, dass sie den Standort aufgeben. Wenn wir nicht sofort etwas unternehmen, verlieren wir sie.«

»Ich bin bereit«, erklärt Isabella selbstbewusst und klopft gegen ihre Handtasche. »Meine Waffe ist geladen, und ich trage flache Schuhe. Von mir aus kann es losgehen.«

Beatrice runzelt die Stirn, dann lacht sie plötzlich auf.

»Ihr denkt doch nicht, dass wir uns einmischen, oder?« Sie schüttelt schmunzelnd den Kopf. »Wir warten natürlich im Wagen. Erst wenn alles gesichert ist, kommen wir dazu.«

»Du willst, das wir nichts tun und Däumchen drehen?«, frage ich irritiert.

»Ich kann verstehen, dass ihr helfen wollt. Aber wenn …«

»Es geht nicht darum, was ich will«, unterbreche ich sie. »Sondern darum, was richtig ist. Es ist unser Kampf. Isabellas und meiner. Dass Fremde sich in Gefahr begeben und wir währenddessen nichts tun, ist falsch.«

»Ich will mich nicht wieder mit dir streiten, Camy«, erwidert Beatrice und reibt sich erschöpft über die Schläfe. »Du bist die Frau, mit der mein Sohn sein Leben verbringen wollte, somit gehörst du für mich zur Familie. Ich wünsche mir wirklich, dass wir uns verstehen. Aber in diesem Punkt kann ich nicht nachgeben. Es wäre leichtsinnig und gefährlich, euch mitmischen zu lassen, ehe alles gesichert ist.«

Ruppig wende ich den Kopf ab. Wenn ich jetzt ausflippe, herrscht in der Limousine so dicke Luft, dass man nicht mehr atmen kann. Außerdem sitzt Beatrice am längeren Hebel. Es sind ihre Leute, und egal, was ich sage, sie wird uns nicht mit ihnen in das Haus gehen lassen.

Die folgenden Minuten vergehen unerträglich zäh. Isa trommelt unruhig auf ihrer Coladose, Beatrice tippt beinahe durchgehend auf ihrem Handy, und ich versuche, irgendetwas durch diese verfluchten, dunklen Scheiben zu erkennen. Irgendwann gebe ich auf und beuge mich vor, um mir aus der Minibar etwas zu trinken zu nehmen. Die Waffe drückt mir unangenehm in den Bauch, da bremst die Limousine ohne Vorwarnung ab, und durch den Ruck bohrt sich der Griff noch tiefer in meine Haut. Der Schmerz ist jedoch sofort vergessen, denn plötzlich sind Rufe und Getrampel zu hören.

Dann knallt es.

Wieder und wieder, bis es schlagartig gespenstisch still wird. Die Anspannung ist so groß, dass nicht einmal mein Puls sich traut zu rasen. Dann schreckt mich plötzlich eine Bewegung auf, und ich kann gerade noch ein peinliches Quietschen zurückhalten.

Beatrice hält sich ihr Handy ans Ohr und sieht mit nervösem Funkeln im Blick zu uns. »Ja? Ist das sicher? Alles klar, danke.« Sie beendet das Telefonat und holt bebend Luft. »Es ist so weit. Wir können reingehen.«

Mehr muss sie nicht sagen. Kopflos dränge ich mich an Isa vorbei, reiße die Tür auf und springe aus der Limousine. Wir parken am Straßenrand mitten in der Pampa. Uns umgibt eine vertrocknete Einöde, die das Gefühl vermittelt, man befände sich am Hintern der Welt. Hier steht bloß ein Haus, dessen Fenster so schmutzig sind, dass kaum ein Sonnenstrahl hindurchbrechen kann. Der Vorgarten ist verwahrlost, der Rasen vertrocknet, und der einzige Baum sieht aus, als hätte er den Überlebenskampf vor langer Zeit aufgegeben.

Vier von Beatrices Männern sowie eine Frau kommen in dem Moment aus dem Haus, in dem ich aussteige. Sie führen drei

Männer vor sich her, deren Hände auf dem Rücken zusammengebunden sind. Die Frau sagt etwas zu ihnen, und sie knien sich ohne Gegenwehr, aber mit unwilligen Mienen auf den trockenen Rasen. Reyna ist nirgends zu sehen. Da aus dem Haus Geräusche und Stimmen zu hören sind, lasse ich mich jedoch nicht entmutigen und drücke entschlossen den Rücken durch. Isa ruft mir etwas nach, aber ich ignoriere sie und renne an Beatrices Leuten vorbei ins Haus, wobei ich beinahe mit einem Riesen von Mann zusammenstoße, der im letzten Augenblick ausweichen kann. Ich entschuldige mich atemlos bei ihm und sehe mich mit hektischem Blick um.

Im winzigen Flur hängt die Tapete lose von der Wand. In den Ecken tummeln sich Staubmäuse, und der Geruch von schalem Bier hängt in der Luft. Mir Reyna an so einem heruntergekommenen Ort vorzustellen ist unmöglich. Trotzdem weigere ich mich, die Hoffnung aufzugeben, und suche nach einem Hinweis, dass sie dennoch hier ist.

Rechts von mir ist eine Treppe, die in den Keller führt. Ich kann nicht erklären, woher, aber ich weiß, dass ich dort hinuntermuss. Ich mache einen Schritt nach vorn, da packt mich jemand am Arm. Erschrocken wirbelt mein Kopf zur Seite, und plötzlich bin ich Isabellas ernstem Gesicht so nah, dass sich unsere Nasen beinahe berühren.

»Wir haben das zusammen angefangen, also bringen wir es auch zusammen zu Ende«, fordert sie streng, und prompt bekomme ich ein schlechtes Gewissen, denn Isa hat recht. Was auch immer sich im Keller versteckt, wartet auf uns beide. Es ist das Ziel eines Weges, den wir gemeinsam gegangen sind und den wir ebenso gemeinsam beenden müssen.

»Es tut mir leid«, gebe ich ehrlich zu. »Ich hätte auf dich warten sollen.«

»Stimmt«, erwidert sie spitz und lässt meinen Arm los. »Das sieht Beatrice auch so. Deshalb wartet sie im Wagen.«

»Wirklich?«, frage ich überrascht.

»Sie meinte, du hättest recht. Es sei unser Kampf, also sollten wir Reyna allein gegenübertreten.«

Zu sagen, dass mich das erstaunt, wäre untertrieben. Weiter darüber nachdenken tue ich allerdings nicht. Im Augenblick gibt es sehr viel Wichtigeres als die Gefühlsschwankungen von Beatrice Green.

Verbissen greife ich nach Isas Hand und deute zur Kellertreppe. »Wir müssen da runter«, teile ich ihr mit. »Keine Ahnung, woher ich das weiß. Ich spüre es einfach.«

»Dann lass uns gehen«, sagt Isa und drückt ermutigend meine Hand. »Gemeinsam.«

»Gemeinsam«, bestätige ich mit sanftem Lächeln.

Für den Notfall überprüfe ich den Sitz meiner Waffe, bevor ich auf die Treppe zugehe. Nacheinander steigen wir die Stufen hinunter, lassen uns für keine Sekunde los und schenken uns gegenseitig den Halt, den wir so bitter nötig haben. Dabei versuche ich, nicht darüber nachzudenken, was wir tun werden, sobald wir auf Reyna treffen. Dennoch flüstert es in meinem Kopf. *Werden wir sie erschießen, mitnehmen, Lucandrá informieren oder nichts tun und sie nur wissen lassen, dass wir sie finden können, wenn wir es wollen?*

Der Keller ist winzig. Es gibt bloß zwei Türen, eine lose Glühlampe, die von der niedrigen Decke baumelt, und ein hüfthohes Regal, in dem Konservendosen lagern. Die vordere Tür ist angelehnt, und durch den winzigen Spalt scheint kein Licht, also gehen wir zu Tür Nummer zwei weiter, vor der vier von Beatrices Mitarbeitern stehen. Eine Frau mit strengem Pferdeschwanz nickt uns knapp zu und tritt zurück, um uns den Weg frei zu machen.

Ein letztes Mal drücke ich Isas Hand, dann betreten wir den Raum – und bleiben erschüttert stehen. Drei Stühle stehen vor einer kahlen Backsteinwand gegenüber von uns. Drei Stühle, auf denen drei Männer festgebunden dasitzen. Sie wirken erschöpft, haben dunkle Ringe unter den Augen und fahle Wangen, als hätten sie tagelang nicht geschlafen. Auf ihrer Kleidung sind dunkle Flecken, teils von Blut, teils von Dreck. Und doch erkenne ich ihn sofort.

Ich würde ihn immer erkennen.

»Chris?«, wispere ich fassungslos.

21

Chris

Das Erste, das mir auffällt, sind ihre Haare. Sie sind nicht kurz und glatt wie gestern in der Innenstadt, sondern reichen in wirren Locken bis über ihre Schultern.

Das Zweite ist ihr verstörter Blick, der sich wie eine Messerklinge in meine Brust bohrt.

In den düstersten Nächten gab es fast nichts, was meine Wut über diese beschissene Situation, in der ich feststecke, bändigen konnte. Ich lag hellwach, aber todmüde im Bett und wälzte mich von einer Seite zur anderen. Immer wieder stand ich auf, tigerte durchs Zimmer und dämpfte meinen frustrierten Schrei, indem ich mir in die Faust biss. Um mich zu beruhigen, schloss ich irgendwann die Augen und konzentrierte mich auf den Grund, aus dem ich mir diesen Mist antat. Ich habe mir ausgemalt, wie es sein würde, wenn das alles hinter mir liegt und ich sie wiedersehe. In meiner Vorstellung klammern wir uns aneinander, küssen uns wie Ertrinkende, die endlich das rettende Ufer berühren, und versprechen, wie sehr wir einander lieben. Doch die Realität hat nicht das Geringste mit dieser Vorstellung gemein.

»Das ist unmöglich«, flüstert Camy. »Du kannst nicht hier sein. Du bist … du bist … tot.«

»Curls.« Ich will sie trösten. Ihr versprechen, dass alles gut wird, wir ab jetzt zusammen sein werden und sie endlich das

Happy End bekommt, das sie verdient. Aber ich tue es nicht, denn es wäre gelogen. Stattdessen schalte ich ab, wische jede Emotion aus meinem Gesicht und zwinge mich, sie anzusehen, als wäre sie mir egal.

»Dass ihr hier seid, ist ein Fehler«, verkünde ich hart. »Ich will euch nicht sehen. Keine von euch. Wäre es anders, hätte ich euch gesucht. Verschwindet und lasst mich in Ruhe.«

Sie zuckt zusammen, als hätte ich sie geschlagen – dann geben ihre Beine nach. Camy sinkt auf die Knie und murmelt etwas, das ich nicht verstehe. Ihr glasiger Blick ist auf mich gerichtet, aber sie nimmt mich nicht wahr. Als wäre sie körperlich zwar hier, gedanklich aber weit entfernt.

Zu sehen, wie schlecht es Camy geht, ist die reinste Hölle. Dennoch bleibt mir keine andere Wahl, als sie noch tiefer zu verletzen. Und das kotzt mich so sehr an, dass ich mich dafür hasse, es tun zu müssen.

»Verschwindet«, wiederhole ich. »Was hier los ist, geht euch nichts an. *Ich* gehe euch nichts an. Nicht mehr.«

Camy regiert nicht. Sie sitzt still am Boden, reibt sich über die Handgelenke und starrt teilnahmslos vor sich hin. Sie steht unter Schock. Aber wer würde das nicht, wenn plötzlich ein quicklebendiger Mann vor einem sitzt, der eigentlich unter der Erde liegen müsste?

Jede Faser drängt mich zu Camy, aber ich halte dem Druck stand, wende mich ab und sehe zu Isabella.

Sie taxiert mich mit abschätzendem Blick und wirkt erstaunlich gefasst, wenn man bedenkt, dass ein Totgeglaubter vor ihr sitzt. Ihre Haare sind kürzer, außerdem ist sie brünett, was ihr gut steht. Isa sieht erwachsener und ernster aus, aber auch ernüchterter, als hätte sie aufgehört, an die Hoffnung zu glauben. Auf ihrem Hals erkenne ich handgroße Flecken. Vielleicht Blutergüsse. Irgendjemand hat Isabella ernsthaft wehgetan – und das erst vor Kurzem, so frisch, wie die Flecken wirken.

Meine Finger kribbeln, wollen den Schuldigen finden und ihn dafür bestrafen, dass er meine Freundin angegriffen hat. Aber das dürfen sie nicht. Können nicht, denn es würde beweisen, wie verlogen ich mich verhalte und dass jedes Wort, das meinen Mund verlässt, nichts als Bullshit ist.

»Hör mir genau zu«, fordere ich und schiebe die Frage, was mit ihr passiert ist, in die dunkelste Gasse meines Verstands. »Ihr müsst sofort von hier verschwinden.«

»Alles klar«, erwidert Isa und wendet sich den Leuten zu, die in der Tür stehen und die Szene wachsam verfolgen. »Gebt mir ein Messer. Ich will seine Fesseln durchschneiden.«

»Nein!«, brülle ich und plötzlich starren alle zu mir. Selbst Trip und der Typ, den Kelvin vor drei Tagen hier heruntergebracht hat, weil er angeblich Geld unterschlägt, sehen mich an, als wäre ich verrückt geworden. Und vielleicht bin ich das, wer weiß? Vielleicht haben mich die Monate, in denen ich meine Prinzipien und Gefühle verleugnen musste, schlussendlich in den Wahnsinn getrieben.

»Du verstehst nicht, was ich meine!«, rufe ich frustriert und würde mir am liebsten durchs Haar fahren. »*Ihr* sollt verschwinden, nicht ich. Ich will nicht mitkommen. Nehmt die anderen und haut ab.«

»Spinnst du?«, ruft Isa perplex. »Hat dein Beinahetod dich wichtige Gehirnzellen gekostet oder was soll der Mist? Du kannst nicht ernsthaft glauben, dass wir dich zurücklassen. Wir haben dich gerade erst wiederbekommen, verdammt!«

»Doch. Ihr geht. Jetzt sofort.«

»Bullshit!«, flucht Isa und streckt die Hand nach hinten aus. »Gebt mir ein Messer.«

»Du wirst den Teufel tun und mich anfassen, Isabella«, brülle ich.

»Mam«, mischt sich einer der Typen hinter ihr ein. »Ich denke, es wäre das Sicherste, wenn wir das für Sie erledigen. In

Anbetracht seines Verhaltens würde ich Sie nur ungern in seine Nähe lassen.«

»Egal, wie bescheuert Chris sich im Moment aufführt, er würde mir niemals wehtun«, stellt Isa klar. »Aber wenn Sie darauf bestehen, dann bitte. Machen Sie ihn los. Aber wehe, Sie verletzen ihn dabei.«

Es macht mich stolz zu sehen, wie selbstbewusst Isa die Leute herumkommandiert. Gleichzeitig frage ich mich, wer sie sind und wie sie das Versteck finden konnten. Die Herreros haben alles darangesetzt, diesen Ort so auszuwählen, dass niemand ihn entdeckt. Von Sierra Vista sind wir ungefähr zwanzig Autominuten entfernt, und die Straße vorm Haus führt zu einem verlassenen Hof, zu dem seit einer Ewigkeit niemand mehr will. Trotzdem sind sie hier.

Wie haben die Frauen es geschafft, dass so viele Leute für sie arbeiten? Entweder kostet sie die Aktion einen Haufen Geld, oder sie haben sich an die Regierung gewendet. Wenn Letzteres zutrifft, komme ich aus der Situation nicht mehr raus, und das wäre eine Katastrophe. Für uns alle.

Ein heiseres Schluchzen reißt mich aus den Gedanken. Auch wenn ich es nicht will, sehe ich erneut zu Camy, und ihr Anblick brennt ein faustgroßes Loch in meinen Magen. Tränen rinnen über ihr kreidebleiches Gesicht, während sie mich anstarrt, als wäre ich Engel und Teufel in einer Person.

Ich wünschte, ich könnte ihr das Gefühlschaos ersparen und erklären, was hier gespielt wird. Wieso ich am Leben bin und wo ich die vergangenen Monate über war. Aber das kann ich nicht. Nicht solange die Chance besteht, dass sie auf mich hören und mich zurücklassen. Diese Hoffnung erlischt jedoch schlagartig, als ein Mann und eine Frau auf mich zutreten. Der Typ trägt eine Glatze und hat ein so ernstes Gesicht, dass man meinen könnte, er hat noch nie in seinem Leben gelacht. Die Frau wirkt weicher. Beinahe schüchtern wirft sie ihren langen blonden Pferdeschwanz über die Schulter und beugt sich zu mir. Sie tastet mich grob ab, dann zerschneidet sie meine Fesseln und wirft sie zur Seite.

Ich halte währenddessen still. Sogar noch, als sie zurück zur Tür geht, warte ich ab. Doch sobald der Glatzkopf mir eine Hand auf die Schulter legt, endet die Show.

Ich zögere nicht, hole aus und erwische den Typen brutal am Kinn. Er taumelt zurück und stolpert gegen die Wand. Sofort springe ich auf und renne zur Tür – da zerreißt ein markerschütternder Schrei die Luft. Wie von selbst bleibe ich stehen.

Camy hat die Hände vor dem Mund zusammengeschlagen und sieht mich an wie einen Fremden. Als könnte sie nicht glauben, dass ich tatsächlich Christian bin. Und ich kann es verstehen. Mein Verhalten hat nichts mit meinem Charakter zu tun, wie sie ihn sonst kennt. Es zerstört mich, ihr das antun zu müssen. *Aber ich habe keine Wahl.*

Dass es ein Fehler war innezuhalten, weiß ich schon in der Sekunde, in der meine Füße stoppen. Auf der Stelle kesseln mich vier Männer ein. Zwei von ihnen packen mich an den Schultern, und noch während ich zu Camy sehe, drehen sie mir die Hände auf den Rücken. Ich schreie sie an, bis meine Kehle rau und meine Stimme heiser ist. Ziehe an meinen Armen und beschwöre Isa, sie soll die Männer zurückpfeifen. Doch es nützt nichts. Ich sitze in der Falle.

Ich stoße einen letzten heftigen Fluch aus, dann beende ich meine Gegenwehr und ergebe mich in ihren festen Griff. Die Typen reagieren sofort. Sie führen mich aus dem heruntergekommenen Kellerraum, den schmalen kaum beleuchteten Gang entlang und die Treppe hinauf. Während sie mich aus der Haustür führen, kann ich an nichts anderes denken als an Camy. Daran, wie verstört sie mich angesehen hat. Wie gebrochen sie wirkt und wie tief ihr Schmerz reichen muss. Aber wenn ich sie verletzen muss, um sie zu beschützen, bin ich dazu bereit. Lieber sehe ich sie gebrochen als tot. Auch wenn es mein Herz in Fetzen reißt, zu wissen, dass es meine Schuld ist, dass sie leidet.

Die Männer führen mich durch den Vorgarten, in dem die drei Idioten auf ihren Knien hocken, die uns heute bewachen sollten. Juan, Francesco und Mike. Ich mochte sie noch nie. Wie bei mir befinden sich ihre Hände auf dem Rücken, aber anders als bei mir sind ihre dort festgebunden worden. Mindestens ein Dutzend Leute tummeln sich im Vorgarten, die die drei bewachen oder die Gegend sichern. Sie haben keine Chance zu entkommen.

Francesco lacht herablassend, als ich an ihm vorbeigeführt werde, und spuckt mir so nah vor die Füße, dass ich automatisch stehen bleibe und zu ihm sehe.

»Ich wusste, dass du ein dreckiger Verräter bist«, sagt er voller Abscheu. »Kelvin hatte recht mit dir!«

Am liebsten würde ich ihm meine Meinung ins Gesicht schreien. Stattdessen halte ich die Klappe und lasse mich zu einem schwarzen Geländewagen führen, der mitten auf der Straße parkt. Je weniger ich sage, desto weniger haben sie später gegen mich in der Hand und desto größer sind meine Chancen, wieder ins Spiel einzusteigen.

»Wartet!«, ruft es plötzlich hinter uns, und prompt bleibt mein Herz stehen. »Er steigt in unseren Wagen ein«, verkündet Camy rau. »Ich will ihn bei uns haben.«

»Ich will aber nicht bei euch sein. Wie oft muss ich das noch sagen!«, protestiere ich, werde aber von allen ignoriert.

Wir biegen ab und steuern auf eine dunkelblaue Limousine zu, vor der zwei Männer stehen, die unterschiedlicher nicht sein könnten. Einer von ihnen ist nicht viel größer als Camy, der andere überragt mich um gut einen Kopf und starrt mich an, als würde er mich am liebsten ohne Wasser in der Wüste aussetzen. *Ja, ich mag dich auch, Kumpel.* Der Kleinere hält mir die Tür auf und nickt den Leuten hinter mir zu, die mich daraufhin loslassen.

Ich zögere und blicke unentschlossen die Straße hinunter. Die nächste Stadt ist meilenweit entfernt, und in der Nähe gibt es nichts, wo ich mich verstecken könnte. Wegzurennen hat daher leider keinen Sinn. Ohne Auto würde ich nicht weit kommen. Aber nur weil ich die Schlacht aufgebe, bedeutet das nicht, dass ich auch den Krieg verlieren werde. Über kurz oder lang wird es mir gelingen, abzuhauen und meinen Plan weiterzuführen. Für den Moment bleibt mir aber keine andere Wahl, als widerwillig einzusteigen.

Ich rutsche auf der Sitzbank durch, bis ich den Kopf ans Fenster lehnen kann. Isa setzt sich neben mich, Camy aber geht zu einer anderen Sitzbank. Einer, auf der bereits jemand sitzt.

Ruckartig nehme ich den Kopf vom Fenster. »Beatrice?«, frage ich bestürzt, und plötzlich ergibt alles Sinn. Die Männer und dass sie uns gefunden haben. Das war nicht Isabellas oder Camys Werk, sondern das der Frau, die mich im Stich ließ, als ich sie am dringendsten gebraucht hätte.

Sie ist älter, und ihre Haare sind länger geworden, trotzdem erkenne ich sie auf Anhieb.

»Christian«, wispert sie und klingt, als müsse sie sich zwingen, nicht loszuheulen.

Heuchlerin. Schauspielen konnte Beatrice schon immer gut. Vermutlich hat sie es auf diese Weise geschafft, dass Isa und Camy mit ihr zusammenarbeiten. Ich kann mir gut vorstellen, was sie ihnen vorgelogen hat. Vermutlich hat sie auf die Tränendrüse gedrückt und darüber gejammert, wie sehr sie ihre Entscheidungen bereut und dass sie es wiedergutmachen will. Ich habe keine Ahnung, was tatsächlich hinter ihrem Plan steckt, aber ich werde es herausfinden und Isa und Camy überzeugen, so weit von dieser Frau wegzugehen wie möglich.

Bevor ich etwas sage, das ich später vielleicht bereue, wende ich den Blick ab und konzentriere mich auf Isa. Sie ist die Einzige, mit der ich im Moment sprechen kann, ohne durchzudrehen.

»Wie geht's jetzt weiter?«

»Wir sehen zu, dass wir unsere Hintern in Sicherheit bringen«, erklärt sie und überschlägt die Beine. »Und während dieser gemütlichen Fahrt erzählst du uns, was zur Hölle eben mit dir los war, wieso du dich aufgeführt hast, als wärst du vollkommen gehirnlos und seit wann sie dich dort gefangen gehalten haben.«

»Da gibt es nichts zu erzählen«, erwidere ich distanziert. »Ihr hättet mich nicht mitnehmen dürfen, das ist alles, was ihr wissen müsst.«

»Wir dachten, du wärst tot«, wispert Camy, und wie von selbst gleitet mein Blick zu ihr. Sie sitzt auf ihren Händen und starrt wie hypnotisiert zu Boden.

»Das solltet ihr auch denken«, gestehe ich. »Ihr solltet mich in Ruhe lassen und euch nicht in mein Leben einmischen«, setze ich hart nach. »Ich wollte nicht weg und will auch nicht bei euch sein.«

»Wieso?«, mischt Isa sich ein.

»Weil ich es so will.«

Mehr sage ich nicht dazu, und dass das auch so bleibt, scheint Isa zu merken. Plötzlich holt sie aus und schlägt mir auf die Schulter. Hart.

»Von all dem Mist, den du in deinem Leben verbockt hast, war dich totzustellen der größte Fehler. Aber darauf kommen wir später zurück«, sagt sie, und das düstere Funkeln in ihren Augen verspricht, dass das kein sonderlich freundliches Gespräch wird. »Verrat mir, wer die Typen bei dir im Keller waren, und erzähl mir etwas über die Männer im Vorgarten«, verlangt sie. »Ist einer von denen dieser angeblich so großartige Mister X?«

Ein amüsiertes Grinsen schleicht sich auf mein Gesicht. »Großartig?«, hake ich nach.

»Uns wurde erzählt, dieser Typ sei ein Ass in seinem Job. Aber auch extrem arrogant, was seine Beliebtheit deutlich mindert«, teilt Isa mir mit. »Die einen lieben ihn, andere fürchten ihn. Der Großteil scheint ihn allerdings zu hassen. Mir ist sein Charakter völlig egal. Von mir aus kann er der Antichrist oder auch der Rächer der Engel sein. Ich will nur wissen, ob wir auf einen von ihnen besonders achten müssen.«

»Ach, Isabella.« Ich lache und sehe ihr geradewegs ins Gesicht. »Ich bin Mister X.«

22

Camy

Da ist nichts. Nicht das winzigste Gefühl. Ich bin wie ein schwarzes Blatt Papier. Kein weißes, denn das könnte man mit bunten, schönen Dingen füllen, und das würde Hoffnung wecken. Aber da ist keine Hoffnung. Kein Funke. Bloß Dunkelheit.

Seit er verkündet hat, Mister X zu sein, ist mein Verstand in den Schutzmodus übergegangen. Er will die Fragen nicht zulassen, die sein Geständnis hervorgelockt hat. Aber mehr noch als die Fragen will er die Gefühle nicht spüren, die mich ins Chaos stürzen und den kläglichen Rest meiner Seele zerstören würden.

Während der Fahrt zum Flughafen hat Chris ausschließlich mit Isa gesprochen, als wären seine Mutter und ich Fremde für ihn. Uninteressante Menschen, mit denen er sich nicht abgeben will.

Am Flughafen von Phoenix drängten sich auf dem Weg zu den privaten Terminals drei von Beatrices Männern um Chris. Vermutlich, um ihn davon abzuhalten, zu flüchten. Ich war kurz davor, ihnen zu sagen, sie sollen Chris einfach in Ruhe lassen. Immerhin ist es mehr als offensichtlich, dass er nicht hier sein will. Nicht bei uns sein will. Warum zwingen wir ihn also? Warum verfrachten wir Chris gegen seinen Willen in den Privatjet und nötigen ihn, sich zu setzen und anzuschnallen? Das ergibt keinen Sinn. Aber das tut im Grunde nichts mehr, seit ich das Haus in der Pampa betrat und ihn dort fand.

Isa hat sich zum Schlafen in den vorderen Bereich des Privatjets zurückgezogen, sobald das Anschnallsymbol erlosch. Wenn ich es richtig gesehen habe, verstecken sich hinter dem dunkelblauen zugezogenen Vorhang zwei extrem breite Sitze, die man so weit zurückstellen kann, dass man auf ihnen liegt.

Beatrice hat es sich unterdessen nicht nehmen lassen, sich zu Chris zu setzen. Seit mehr als einer halben Stunde redet sie leise auf ihn ein, während er nicht ein einziges Wort erwidert. Das weiß ich nicht etwa deshalb, weil ich sie belausche, sondern weil ich von meinem Platz aus zu ihnen rübersehen kann. Ich will ihn nicht anstarren, aber ich kann nichts dagegen tun. Meine Augen fressen sich an Chris fest und nehmen jeden Millimeter von ihm wahr. Angefangen bei seinen blonden Locken, die heller geworden sind. Vermutlich durch die viele Sonne in Arizona. Außerdem sind sie länger und kräuseln sich um seine Ohren. Chris hat Farbe im Gesicht bekommen, ganz so, als hätte er viel Zeit draußen verbracht, und seine Statur ist breiter. Nicht, weil er zugenommen hat, sondern weil seine Muskeln deutlich gewachsen sind. Er kratzt sich immer wieder über die Brust, wobei er wirkt, als wäre es etwas, das er unbewusst tut. Die Frage, weshalb er diesen Impuls hat, setzt sich in mir fest. Wenn ich könnte, würde ich die Frage aussprechen, aber ich kann nicht, denn um zu antworten, müsste er mit mir sprechen. Was er nicht tut.

Wenn man von den dunklen Ringen unter seinen Augen und dem verkniffenen Zug um seinen Mund absieht, erscheint Chris normal. Nicht wie der Chris, in den ich mich damals verliebte, aber auch nicht so, als hätte er eine traumatische Zeit hinter sich. Eher wie ein Typ, der sich innerlich verändert hat. Der ernster und abgeklärter geworden ist.

Ich müsste etwas fühlen, während ich ihn betrachte. Freude,

Unglaube, Liebe. Irgendetwas. Aber nach wie vor ist da nichts in mir. Als wäre mein Körper im Schock gefangen, ohne die Möglichkeit, sich daraus zu befreien.

Da Beatrice uns nicht verraten will, wohin wir fliegen, weiß ich nicht, wie lange ich noch im Flugzeug eingesperrt sein werde. Ich könnte die Zeit nutzen, um endlich den dringend nötigen Schlaf nachzuholen, so wie Isa es tut. Aber sobald ich die Augen schließe, sehe ich, wie Chris an diesen Stuhl gefesselt vor mir sitzt. Wie er fordert, wir sollen verschwinden, und ruft, dass er uns nicht sehen will. Lieber bleibe ich einen weiteren Tag wach, als die Szene wieder und wieder zu durchleben.

Um den Flug zumindest etwas erträglicher zu gestalten, stehe ich auf und gehe zum Rollwagen neben dem Notausgang. Die Stewardess hat ihn dort abgestellt. Alle möglichen alkoholischen Getränke lächeln mich von der oberen Ablage aus an, aber ich sehe nur zu einem davon. Zur Whiskyflasche. Ich schütte mir ein Glas voll und führe es an meine Lippen. Doch ehe ich etwas davon trinken kann, stocke ich, denn eine Idee schleicht mir durch den Kopf. Der Eingebung folgend, fülle ich ein weiteres Glas, bevor ich die Flasche zurückstelle.

Mit überraschend sicheren Schritten trete ich auf die Sitzgruppe zu, in der Chris und Beatrice sitzen. Wortlos stelle ich ein Glas vor ihm auf dem ovalen Tischchen ab und räuspere mich, ohne genau zu wissen, auf welche Reaktion ich hoffe.

Chris' Kopf zuckt, doch er sieht nicht hoch. Stattdessen greift er nach dem Glas und umklammert es so fest, als wolle er es in seiner Hand zu unzähligen Scherben zerbrechen. So, wie er es mit meinem Verstand und Herzen getan hat.

Ebenso wortlos, wie ich gekommen bin, mache ich kehrt und setze mich wieder auf meinen Platz. Würde ich etwas fühlen, täte es mir vermutlich schrecklich weh, dass Chris es nicht einmal für nötig hält, mich anzusehen. Doch Gott sei Dank fühle ich noch immer nichts, also nippe ich am Whisky und betrachte gedankenverloren die federweichen Wolken, die wir überfliegen. Als Kind dachte ich, über den Wolken würden Engel wohnen. Ich dachte, oben auf ihnen würden Häuser, Straßen und ganze Städte existieren, in denen sie leben. Meine Eltern sagten schließlich immer, wenn jemand gestorben war, sie seien nun im Himmel. Die Vorstellung war schön. Es hatte etwas Tröstliches an sich, daran zu glauben. Heute, als Erwachsene, weiß ich, dass Tote nicht auf Wolken leben. Sie hören einfach auf zu sein. *Oder sie arbeiten für den Feind und verstecken sich in Arizona.*

»Darf ich mich setzen?«

Etwas in mir regt sich. Seine Stimme zu hören löst ein Gefühl aus, mit dem ich nicht gerechnet habe. Eines, das mich ruppig zu ihm sehen und die Augen zu Schlitzen kneifen lässt. »Es ist dir doch sowieso egal, was ich will, Chris. Warum fragst du mich überhaupt?«

Er fährt sich durchs Haar und weicht meinem Blick aus. Dann setzt er sich mir gegenüber. »Können wir reden?«

»Tu dir keinen Zwang an. Rede. Ich kann aber nicht versprechen, dass ich zuhören werde.«

»Alles klar, du bist sauer«, erwidert er mit einem so überheblichen Unterton, dass irgendwas in mir aufplatzt.

»Sauer?«, rufe ich fassungslos. »Ich bin nicht sauer, Christian. Ich bin … Keine Ahnung, was ich bin. Aber sauer trifft es nicht im Geringsten. Du hast mich glauben lassen, du wärst tot«, werfe ich ihm vor. »Ich habe so viel geweint, dass ich an meiner Trauer beinahe erstickt wäre! Wir waren verlobt. Wollten heiraten und uns zusammen ein Leben aufbauen. Dann bist du gestorben. Ich habe gesehen, wie das Blut aus deiner Brust gelaufen ist, Chris. Ich war dabei, als dein Kopf leblos zur Seite gerollt ist. In dem Moment, in dem du mir entrissen wurdest, hatte nichts mehr Bedeutung für mich.«

»Ich habe nie gewollt, dass du leidest«, erwidert er tonlos und entlockt mir ein Schnauben.

»Was hast du denn erwartet, wie es mir gehen würde, wenn du deinen Tod vortäuschst und abtauchst?«, will ich wissen und kann das hysterische Lachen nicht unterdrücken. »Dachtest du, ich lebe fröhlich weiter, als wäre nie etwas gewesen? Dass ich zwei Tage weine und mir dann einen anderen suche? Verdammt, Chris! Du warst meine große Liebe, und ich dachte, dir würde es mit mir genauso gehen. Aber wenn du mich wirklich geliebt hättest, hättest du mich die letzten Monate nicht grundlos so leiden lassen. Du hättest mir zumindest einen beschissenen Abschiedsbrief schreiben und ehrlich sagen können, dass du unsere Beziehung nicht mehr willst.«

»Gerade weil ich dich geliebt habe, habe ich das getan!«, ruft er plötzlich und knallt sein Glas mit Wucht auf die Handlehne, sodass beinahe die Hälfte herausschwappt und den hellblauen Stoff dunkel färbt.

»Wie meinst du das?«

Chris wendet den Blick ab und starrt aus dem winzigen Fenster. »Ich dachte, Liebe wäre es wert, alles dafür aufzugeben. Sich selbst aufzugeben.«

»Du dachtest?«, wiederhole ich getroffen. »Heute denkst du das nicht mehr?«

»Es spielt keine Rolle, was ich denke«, verkündet er und sieht mich dermaßen unterkühlt an, dass das Feuer meiner Wut in eisige Kälte umschlägt und mich frösteln lässt, als befände ich mich in der Arktis. »Aber wenn du es unbedingt wissen willst«, fährt er fort. »Ja, heute denke ich anders darüber. Ganz anders.«

»Wieso?«, wispere ich.

»Die Kugel hat mich nicht tödlich getroffen«, erklärt Chris sachlich. »Sie blieb in einer meiner Rippen stecken und hat mein Herz nie berührt. Durch den Blutverlust wurde ich lediglich bewusstlos und wachte zwei Tage später in einem Krankenbett wieder auf. Reyna war da, als ich die Augen öffnete.«

Mit angehaltenem Atem lausche ich seinen Worten und bete,

dass sich die Splitter meines Herzens nicht noch tiefer in meine Seele bohren. Dass sie meinen Glauben an die wahre Liebe nicht vollends zerstören. *Mich* nicht zerstören.

»Sie sagte, ich hätte zwei Optionen. Entweder ich arbeite für sie und sie lässt euch im Gegenzug in Ruhe«, teilt Chris mir mit. »Oder aber ich weigere mich. In diesem Fall dürfte ich unbehelligt das Krankenhaus verlassen, allerdings würde sie euch dann jagen. Am Anfang habe ich nur zugestimmt zu bleiben, damit Isabella und du in Sicherheit seid. Ich gab alles auf, damit ihr ein Leben führen könnt, das lebenswert ist.«

»Du hast *am Anfang* gesagt«, stelle ich fest und wage es nicht, ihn anzusehen. Seine Geschichte ist auch ohne den ablehnenden Blick schmerzhaft genug.

»Am Anfang war es eine Strafe«, gibt Chris zu. »Ich hasste es, herumkommandiert zu werden, und vor allem hasste ich es, dass andere über mein Leben bestimmen. Aber irgendwann begriff ich, was für ein Segen es ist. Ich kann endlich wieder tun, was ich liebe. Von einer Gefahr zur nächsten hetzen, mich in den Kampf stürzen, ohne dabei Rücksicht auf die Gefühle von irgendwem nehmen zu müssen. Das ist unsagbar befreiend. Als wäre ich endlich wieder ich selbst.«

»Ich hasse dich!« Rasend vor Wut springe ich auf und schütte ihm meinen Drink ins Gesicht. »Du hast mich zerstört, Christian Green! Deinetwegen habe ich alles verloren. Mein Zuhause, meine Familie, den Kontakt zu meiner besten Freundin und zu meinem Patenkind. Einfach alles! Verschwinde! Ich will nichts mehr davon hören, wie großartig dein Leben ohne mich geworden ist und wie befreiend es war, mich loszuwerden. Hätte ich früher gewusst, was für eine Belastung ich doch für dich bin und wie sehr ich dich dabei ausbremse, zu tun, was du willst, wäre ich schon vor Jahren selbst gegangen und hätte dich dein ach so tolles Leben führen lassen.«

Mit zufriedenem Grinsen wischt Chris sich den Whisky vom

Gesicht und steht provozierend gelassen auf. Kurz öffnet er den Mund, schließt ihn aber wieder, ohne etwas zu sagen.

Gute Entscheidung.

Er wirft mir einen knappen Blick zu, der so emotionslos ist, als stünde eine Fremde vor ihm und nicht die Frau, mit der er einst seine Zukunft plante. Dann nickt Chris und geht zu seinem Platz zurück, als wäre nichts passiert.

Ich starre ihm nach, versuche, meinen Puls zu beruhigen, der einen wilden Sprint absolviert, und frage mich, wie ich mich dermaßen heftig in einem Menschen irren konnte. Wie es möglich ist, so lange mit jemandem zusammenzuleben, ohne zu bemerken, wie eingeengt er sich fühlt und wie sehr er diese Art von Leben verabscheut. Wobei das nicht ganz stimmt, wenn ich ehrlich bin. Einmal, vor knapp zwei Jahren, hat Chris mir gesagt, dass es ihn überfordert und er die Beziehung nicht will. *Mich* nicht will. Das war der Tag, an dem ich entführt wurde. Der Tag, an dem Chris vermeintlich vor meinen Augen starb. Aber er hatte es zurückgenommen, abends, am Strand in Mexiko. Er hat beteuert, gelogen zu haben, um mich zu schützen, und gesagt, dass er mich liebt.

Nachdenklich plumpse ich zurück auf meinen Sitz. Könnte er wieder lügen? Steckt mehr hinter alldem, als er mir sagt? Nein, wirft eine Stimme in meinem Kopf ein. *Du wünschst dir, dass es so ist. Dass er lügt und dich noch immer liebt. Aber so ist es nicht. Christian hat mit dir abgeschlossen. Er hat sogar seinen Tod vorgetäuscht, um dich loszuwerden. Herr Gott noch mal! Erspar dir die Scham und gesteh dir endlich ein, dass er dich abserviert hat.*

So weh es auch tut und so tief es meine Seele verletzt, ich gebe der Stimme recht. Chris hat mich sitzen gelassen. Und das auf die härteste Art und Weise, die man sich vorstellen kann.

Ich habe mich in ihm getäuscht. Er ist nicht mehr der Mann, in den ich mich damals verliebte. Vielleicht war er nie die Person, für die ich ihn hielt.

23

Camy

Ich war noch nie in Montana, dabei wollte ich immer schon herkommen, um Yellowstone zu sehen und den Glacier-Nationalpark zu besuchen. Leider bin ich auf keiner lustigen Urlaubsreise, während der ich die Sehenswürdigkeiten bewundern kann. Es ist eine Flucht vom Tatort, und die lässt keine Zeit übrig, um Sightseeing zu betreiben.

Wir fahren mit vier Wagen vom Flughafen aus zum Anwesen außerhalb von Bedfort, am Missouri River, wie der Fahrer uns verrät. Ich sitze mit Isa im Wagen. Beatrice und Chris fahren im Wagen vor uns.

Wie von Beatrice nicht anders zu erwarten war, endet die Fahrt an einem eindrucksvollen Backsteinhaus, zu dem man nur über eine lange Auffahrt gelangt, nachdem man ein bewachtes Tor passiert hat. Die Wagen halten auf einem kreisrunden Platz, in dessen Mitte ein Springbrunnen in Form einer Nixe steht. Ziemlich kitschiges Ding – also genau mein Geschmack.

Ich steige nach Isa aus, und noch bevor ich die Autotür zuschlagen kann, kommt Beatrice auf uns zu und stellt sich mit ausgebreiteten Armen vor uns.

»Willkommen in eurem neuen Zuhause!«, verkündet sie fröhlich und deutet zum Haus. »Eure Zimmer liegen im ersten Stock. Sagt es den Hausmädchen, falls ihr etwas braucht.«

»Ich werde ein langes heißes Schaumbad nehmen und mir eine Flasche Wein gönnen«, sagt Isa.

»Alkohol klingt verlockend«, werfe ich mit Seitenblick auf Chris ein. Er steht noch immer vor dem Wagen und taxiert die Sicherheitsleute auf dem Vorplatz, als würde er überlegen, wie er sie schnellstens loswerden kann.

»Er kann nicht verschwinden.«

Ertappt sehe ich zu Beatrice. Sie lächelt mich sanftmütig an und legt mir eine Hand auf die Schulter.

»Der Zaun um das Grundstück wird von Kameras überwacht. Außerdem sind alle Wege, die nach draußen führen, alarmgesichert. Zusätzlich patrouillieren meine Leute auf dem Gelände. Du brauchst dir also keine Gedanken zu machen, dass Christian verschwindet.«

»Vielleicht sollten wir ihn gehen lassen«, erwidere ich, und plötzlich spüre ich seinen Blick auf mir. Mein Rücken prickelt heiß, dennoch überrennt mich ein kalter Schauer, der mir eine Gänsehaut über den Körper treibt. Früher hat es sich großartig angefühlt, von Chris angesehen zu werden. Heute löst es Chaos in mir aus.

Ich zwinge mich, seinen Blick nicht zu erwidern, und konzentriere mich stattdessen auf Beatrice. »Chris will nicht hier sein. Wenn wir ihn festhalten, helfen wir ihm also nicht, und genau das war doch der Sinn des Ganzen«, erkläre ich so gefasst, dass es mich enorm viel Kraft kostet, die Fassade aufrechtzuerhalten, statt direkt hier zusammenzubrechen. »Wir wollten einen Menschen rächen, der nicht tot ist. Und gerettet werden muss er auch nicht. Wieso machen wir weiter?«

Isa schnaubt und sieht mich an, als wäre ich wahnsinnig geworden. »Du glaubst diesen Blödsinn doch nicht, oder?«, will sie wissen. »Chris ist ein Idiot, der sich in Dinge verrennt, die nicht gut für ihn sind. Er gehört zu dir und mir. Irgendwann wird er das begreifen und uns dankbar sein.«

»Du irrst dich, Isa«, erwidere ich bitter. »Der Chris, von dem du sprichst, existiert nicht mehr.«

Ohne ein weiteres Wort steuere ich das Haus an. Beatrices Hand fällt von meiner Schulter, und schlagartig fühle ich mich allein. Ich weiß, dass die Frauen da sind, wenn ich reden will, und mich trösten würden, wenn ich es zulasse. Aber ich will allein sein, ins Kissen heulen, meine Wunden lecken und, sobald ich wieder klar denken kann, von hier verschwinden und nie zurückblicken.

Weiter als bis zum Bett habe ich es nicht geschafft. Sobald ich mein Zimmer betrat, fiel ich vornüber auf die weiche Matratze und schlief, solange es meine Blase zuließ – was dem Wecker auf dem Nachttisch nach sechs Stunden waren.

Ächzend hieve ich mich aus dem Bett und gehe ins angrenzende Badezimmer. Nachdem ich mich erleichtert habe, schäle ich mich aus den verschwitzten Klamotten und husche in die ebenerdige Milchglasdusche. Ich lasse mir Zeit, genieße das warme Prickeln des Wassers auf der Haut und versuche, meine Gedanken zu sortieren. Allerdings scheint das unmöglich, solange ich mich im selben Haus wie Chris aufhalte. Ein weiterer Grund, schnellstens von hier zu verschwinden. Er steht auf meiner imaginären Liste unter *Ich vertraue Beatrice nicht* und über *Ich will meine Familie wiedersehen.*

Auch wenn ich ewig hier stehen und mich im Rauschen des Wassers verlieren könnte, stelle ich die Dusche aus, schnappe mir ein weißes Handtuch vom Regal hinter der Tür und wickle mich darin ein. Mit dem Handrücken wische ich den Wasserdampf vom Spiegel über dem Waschbecken. Die Frau, die mir daraus entgegenblickt, wirkt müde vom Leben. Ihre Augen haben jeden Glanz verloren, die Haut ist fahl, als hätte sie seit Wochen keine Sonne gesehen, und der Zug um ihren Mund ist dermaßen ernst, dass man meinen könnte, Lachen sei ein Fremdwort für sie.

Wie gern ich wieder glücklich wäre. Wie gern ich sorgenfrei und unbelastet aufwachen und dem Tag voller Freude begegnen würde. Ich bete, dass es irgendwann wieder so sein wird. Anstatt mich weiter zu bemitleiden, gehe ich zurück in mein Zimmer. Anders als in Sierra Vista ist dieser Raum nicht bunt, sondern nüchtern. Sowohl der Nachttisch wie auch die breite Kommode sind glänzend schwarz. Das Gemälde über dem Bett zeigt eine leblose grüne Vase, und selbst der Bettbezug hat einen dunklen Braunton. Das Zimmer passt zu meiner Stimmung. Es ist düster und freudlos.

Seufzend knie ich mich vor meinen Koffer und klappe den Deckel auf. Da die Unterwäsche ganz unten versteckt ist, krame ich im Koffer, bis ich auf etwas Hartes stoße und die Finger ruckartig zurückziehe. *Das ist lächerlich*, ermahne ich mich. *Du stellst dich an, als läge zwischen deinen BHs eine Bombe.*

Mit bebenden Fingern greife ich erneut in den Koffer und ziehe das ausgehöhlte Buch heraus. Einen Augenblick lang starre ich es unentschlossen an, dann überwinde ich die Unsicherheit und setze mich damit auf die Bettkante. Das erste Foto, das ich in den Fingern halte, ist eines meiner liebsten. Es zeigt Chris und mich auf unserer Hollywoodschaukel in Irland. Es muss später Abend gewesen sein, denn die Laternen neben der Tür spenden das einzige Licht, sodass die Umgebung von der Dunkelheit verschluckt wird. Wer auch immer das Foto aufgenommen hat, versteckte sich zwischen den Autos in der Einfahrt. Zumindest, wenn ich nach dem Winkel gehe, aus dem es geschossen wurde. Chris hat einen Arm um mich gelegt und gibt mir einen Kuss auf den Scheitel. Mein Kopf ruht friedlich an seiner Schulter, und mein Blick ist auf die Sterne gerichtet. Wann das Foto entstanden ist, kann ich nicht sagen. Dafür saßen wir zu oft so da.

Wie kann der liebevolle Mann auf dem Foto derselbe sein wie der, der mir vor wenigen Stunden verkündete, wie glücklich und frei er sich ohne mich fühlen würde? Wie können die beiden Versionen zusammenpassen?

»Verdammt!« Aus einem Impuls heraus greife ich nach dem Wecker und werfe ihn mit Wucht gegen die Wand. Das Plastik zerschellt in große Stücke, die krachend auf den kahlen Parkettboden fallen. Aber das ist nicht genug. Ich schnappe mir die Nachttischlampe und reiße sie aus der Steckdose. Ich werfe sie an die gleiche Stelle der Wand, sehe dabei zu, wie das Porzellan bricht und die Scherben sich zum Plastik gesellen. Genauso fühlt sich mein Leben an. Wie ein Gemisch aus zerstörten Dingen, geplatzten Hoffnungen und ausgelöschten Träumen.

Ernüchternd will ich das Foto zurück ins Buch legen, als die Tür plötzlich aufspringt und ich es beinahe fallen lasse.

»Was ist passiert?« Chris scannt den Raum ab, seine Brust hebt und senkt sich unter dem schwarzen Shirt so heftig, dass ich es problemlos erkenne, und seine Fäuste sind geballt. Bereit, jede Gefahr in die Flucht zu schlagen.

Da er nichts entdeckt, rennt er ins Badezimmer, kommt jedoch nur Sekunden später wieder heraus. Erneut sieht er sich im Zimmer um, dann runzelt er die Stirn. »Was ist passiert?«, will Chris wissen und deutet auf die kaputten Gegenstände am Boden.

»Meine extrem stabile Gefühlslage wollte sich Luft verschaffen«, erwidere ich schnippisch.

»Camy«, setzt er traurig an und lässt sich unvermittelt neben mir auf dem Bett nieder. »Du solltest mit jemandem darüber reden«, schlägt er vor. Ich will schnauben, da hebt er abwehrend die Hände. »Nicht mit mir«, stellt er klar. »Ich bin mit Sicherheit der Letzte, mit dem du reden willst. Vielleicht wäre es das Beste, wenn du zu Isa gehst. Sie ist zwar nicht besonders mitfühlend, aber ihr scheint Freundinnen geworden zu sein.«

»Wieso interessiert es dich, wie es mir geht? Du hast deinen Tod vorgetäuscht, um mich loszuwerden, Christian. Das ist die heftigste Trennungsart, die ich mir vorstellen kann«, sage ich unverblümt. »Es sollte dir also egal sein, was ich treibe.«

Der Muskel an seinem Kiefer zuckt. Chris sieht zu mir, und etwas Dunkles huscht durch seine blauen Augen, das so schnell verschwindet, als wäre es nie da gewesen. Vermutlich ist es Wunschdenken, dennoch werde ich das Gefühl nicht los, etwas entdeckt zu haben, das seine Worte Lügen straft und der naiven Hoffnung in mir Futter gibt.

»Was ist das?«, fragt Chris und deutet auf das Foto in meiner Hand.

Einen Moment zögere ich und verkrampfe die Finger darum, dann reiche ich es ihm. Gespannt beobachte ich, wie Chris' Augen sich weiten und sein Atem stockt. Er starrt so lange auf das Foto, dass ich mich frage, was in seinem Kopf vor sich geht. Gerade als ich es ihm wieder abnehmen will, sieht er erneut zu mir auf.

»Ich kann mich nicht daran erinnern, wann das Foto aufgenommen wurde.«

»Du erinnerst dich nicht, weil du nichts von dem Foto wusstest«, verrate ich ihm leise. »Ebenso wie ich. Ich habe viele Fotos von dir in Beatrices Haus in Arizona gefunden. Anscheinend hat sie dich jahrelang beschatten lassen.«

Ich warte auf eine Reaktion. Auf etwas, das mir zeigt, dass es ihn berührt zu erfahren, dass seine Mutter ihn nie ganz aus den Augen verloren hat. So, wie es mich berührt hat, als ich es herausfand. Aber Chris wäre nicht Chris, wenn er sich nicht unter Kontrolle hätte und seine Gedanken vor mir verbirgt.

Er wirft einen letzten Blick aufs Foto, dann legt er es vorsichtig auf meinen nackten Knien ab. Schlagartig wird mir bewusst, dass ich nur im Handtuch vor ihm sitze, und prompt spüre ich Hitze in meine Wangen kriechen. Ein wissendes Lächeln umspielt Chris' Lippen, und ich kann nicht anders, als darauf zu starren und mir einzugestehen, wie sehr mir sein Lächeln und das durchtriebene Grinsen noch immer gefallen.

»Ich weiß, woran zu denkst«, raunt er und beugt sich so weit vor, dass sich unsere Nasenspitzen beinahe berühren. »Und ich weiß auch, dass du mich küssen willst.«

»Bilde dir nichts ein, Green«, wispere ich und lecke mir provozierend über die Lippen. »Wenn hier einer an so was denkt, dann bist du's.«

Chris flucht. Im nächsten Augenblick greift er mir besitzergreifend ins noch feuchte Haar und vergräbt seine Finger darin. Er zieht meinen Kopf zurück, sodass ich ihm direkt in die glühenden Augen starre und sein Atem mir ins Gesicht schlägt.

»Nur weil ich nicht mit dir zusammen sein kann, bedeutet das nicht, dass ich dich nicht will«, raunt er. »Und auch wenn du behauptest, es sei anders, weiß ich, dass du mich genauso willst.«

Perplex will ich den Kopf schütteln, aber sein Griff lässt das nicht zu. Dennoch scheint er es zu bemerken, denn er grinst so selbstbewusst, dass es in mir vor Wut brodelt.

»Es treibt dich in den Wahnsinn, dass du mich willst«, bemerkt er zufrieden. »Wenn ich keine Sorge hätte, du würdest etwas hineininterpretieren, das nicht da ist, würde ich dir dieses lächerlich winzige Handtuch vom Körper reißen, dich aufs Bett werfen und zum Schreien bringen, bis du nur noch meinen Namen auf den Lippen trägst.«

Meine Mitte schreckt aus dem monatelangen Winterschlaf auf und pocht leidenschaftlich. Jeder Millimeter meines Körpers sehnt sich danach, Chris anzufassen. Mich an ihn zu schmiegen und dem übermächtigen Verlangen nachzugeben.

»Hattest du einen anderen?«

»Was?«, frage ich verwirrt.

»Ich will wissen, ob du nach mir etwas mit einem anderen Mann hattest«, wiederholt Chris ruhig.

»Nein«, gestehe ich flüsternd. »Mich hat nur ein einziger Mann interessiert, und der war tot. Hattest du eine andere?«

Er antwortet nicht, und unvermittelt verkrampft sich mein Magen, und die Glut der Sehnsucht nimmt ab. *Natürlich hatte er eine andere.* Wieso auch nicht? Für ihn war die Beziehung beendet, und er hat ein neues Leben angefangen. Ich hingegen war die blöde treudoofe Kuh, die sich an etwas geklammert hat, das nicht mehr existiert und vielleicht sogar nie existiert hat.

»Curls«, setzt Chris an.

Da klopft es an der Tür.

Ruckartig lässt er mich los und springt beinahe panisch auf.

Beatrice kommt herein. Tadelnd verschränkt sie die Arme vor der Brust und sieht uns an wie zwei Teenies, die sie beim Knutschen erwischt hat.

»Ich wollte dich fragen, ob du Christian gesehen hast, aber das hat sich offensichtlich erledigt«, stellt sie fest, und sofort laufe ich noch röter an. »Christian, können wir miteinander reden?«, fragt sie ernst. »Es ist wichtig.«

»Ich bin dein Gefangener«, sagt er nur. »Tu nicht so, als hätte ich eine Wahl.« Mit diesen Worten stapft er an Beatrice vorbei aus meinem Zimmer, ohne mir einen weiteren Blick zu schenken.

Nur einen Moment später schließt sich die Tür, und ich bin wieder allein. Aber erst nach Minuten, in denen ich reglos dagesessen und darüber nachgedacht habe, was eben passiert ist, fällt es mir auf.

Chris hat das Foto mitgenommen.

24

Chris

Was zur Hölle habe ich getan? Ich muss mich von ihr fernhalten, stattdessen komme ich sofort angerannt, wenn etwas kracht, und flirte dann auch noch mit ihr wie ein hormongesteuerter Teenie. *Super Selbstkontrolle, Chris.* Aber ich konnte einfach nicht anders. Ich musste wissen, dass es ihr gut geht – was nicht der Fall ist. Camy leidet und wird es so lange tun, bis ich wieder aus ihrem Leben verschwunden bin und die Wunden Zeit hatten zu heilen. Sie muss Abstand gewinnen, ein neues Leben anfangen, und sosehr ich es hasse, es auch nur zu denken, muss sie einen neuen Mann kennenlernen. Einen, der sie glücklich macht. In meiner Nähe erwartet sie kein Glück. Ich bin ein Schatten, der die Dunkelheit anzieht. Sie hingegen strahlt wie die Sonne. Selbst jetzt, wo es ihr schlecht geht, erhellt ihre Anwesenheit jeden Raum.

Am liebsten hätte ich Camy bewiesen, wie wunderschön sie ist und wie sehr ich sie noch immer begehre. Vor allem nachdem ich erfahren habe, dass sie keinen anderen hatte. Und wäre Beatrice nicht hereingeplatzt, wäre es womöglich genau so gekommen. Keine Ahnung, wie lange ich mich noch hätte zurückhalten können.

»Hier entlang.«

Beatrices Stimme reißt mich aus den Gedanken, und sofort stürzt meine Laune ins Bodenlose. Zähneknirschend folge ich ihr die Treppen hinunter ins Erdgeschoss. Dabei versuche ich, es mir zu verkneifen, auszusprechen, wie typisch dieses Haus für sie ist. Die Wände hängen voll mit teuren Gemälden, und die Möbel wurden mit Sicherheit extra für sie angefertigt. Überall sieht man frische Blumen, durchdachte Dekorationen und kitschige Zierkissen.

Ihr war es früher schon wichtiger, das Haus so einzurichten, dass es belebt und heimisch aussieht, als sich dementsprechend zu verhalten. Die Ausstattung hat nie zum tatsächlichen Familienleben gepasst. Das Haus, in dem ich aufwuchs, wirkte auf Außenstehende bewohnt und gemütlich, aber die Atmosphäre war kalt und einsam.

Hinter Beatrice durchquere ich den Eingangsbereich und spähe unauffällig zur Haustür. Ich wette, sie ist alarmgesichert. Vermutlich würde ich es nicht einmal schaffen, den Knauf zu drehen, ohne von einer Horde Schläger umzingelt zu werden. Wir gehen am Wohnzimmer vorbei, wobei mein Blick auf die offen stehende Terrassentür fällt. Leider steht gleich dahinter ein Mann, dessen Waffe am Hosenbund nicht zu übersehen ist. Ob sie auch auf dem Klo jemanden positioniert hat?, denke ich und verkneife mir ein abfälliges Schnauben.

Ich ignoriere die Stimmen aus der Küche und die skeptischen Blicke der Sicherheitsleute, die mich ansehen, als rechneten sie damit, dass ich jeden Moment durchdrehe und Beatrice ein Messer in den Rücken jage. Sie werden nicht damit aufhören, völlig egal, ob ich ihnen den Mittelfinger zeige oder sie anlächle, also versuche ich es gar nicht erst.

Wir betreten einen Raum, der anscheinend als Arbeitszimmer dient. Zumindest, wenn ich mich an der Einrichtung orientiere. Beatrice setzt sich auf einen dunklen ledernen Bürostuhl, der hinter einem hellen Schreibtisch am anderen Ende des Zimmers steht.

»Schließ bitte die Tür.«

Es juckt mich in den Fingern, die Tür offen stehen zu lassen, um sie zu ärgern. Allerdings will ich die Gelegenheit nutzen und etwas mit ihr besprechen, das die anderen nicht hören dürfen, weshalb ich ihrer Bitte nachkomme. Wenn auch widerwillig.

»Setz dich«, sagt Beatrice und deutet einladend auf zwei Stühle, die vor dem Schreibtisch stehen.

Provozierend überkreuze ich die Arme vor der Brust und lehne mich mit dem Rücken an das deckenhohe Bücherregal neben der Tür. »Ich stehe lieber.«

»Wie du willst«, erwidert sie ruhig. »Ich habe dich gebeten, mit mir zu sprechen, da es einiges zwischen uns zu klären gibt. Unsere letzte Begegnung ist eine Ewigkeit her, und damals ist zwischen uns viel unausgesprochen geblieben. Ich denke, das müssen wir aufarbeiten, wenn wir in die Zukunft sehen wollen.«

»Zwischen uns gibt es gar nichts. Schon gar keine Zukunft«, entgegne ich unfreundlich. »Ich bin nur mitgekommen, um dir zu sagen, dass du mich gehen lassen musst. Pfeif deine Schoßhündchen zurück und lass mich dein Anwesen verlassen. Stell es von mir aus so dar, als wäre ich abgehauen, damit Isa und Camy nicht auf dich losgehen.«

»Nein«, antwortet sie schlicht.

»Nein?«

»Nein.«

»Wenn du es uns schwer machen willst, ist das deine Entscheidung«, lasse ich sie wissen. »Ich werde so oder so gehen. Sperr mich ein, wenn's dir das Gefühl gibt, deinen mütterlichen Pflichten nachzukommen, aber bilde dir nicht ein, du würdest es für mich tun. Der einzige Grund, aus dem du mich nicht gehen lassen willst, ist dein schlechtes Gewissen. Du hast mich damals im Stich gelassen und willst dir jetzt beweisen, dass du trotz allem eine gute Mutter bist. Aber soll ich dir etwas verraten?«, frage ich sie mit bösem Grinsen. »Das bist du nicht. Mich hier festzuhalten wird nichts an der Tatsache ändern, dass du als Mutter versagt hast. Schließ die Türen ab, hetz mir deine Leute auf den Hals. Tu, was du für nötig hältst. Rede dir auch gern weiter ein, dass all das nur dem Schutz deines ach so geliebten Sohnes gilt. Aber verlang nicht, dass ich dein schlechtes Schauspiel mitmache.«

»Bist du fertig?«, will sie wissen und faltet so entspannt die Hände auf der Tischplatte, als würden meine Worte einfach an ihr abprallen. »Kann ich mich jetzt ins Gespräch einmischen, oder ist dein Monolog noch nicht vorbei?«

»Du bist …«, setze ich an, schlucke den Rest jedoch runter. Sie ist der Mühe nicht wert.

»Christian, ich weiß, dass ich damals einen Fehler gemacht habe«, beginnt sie und deutet erneut auf die Stühle vor ihrem Tisch. Und erneut ignoriere ich die Geste. »Einen Fehler, der sehr schwer wiegt und unser Verhältnis in Trümmer gelegt hat. Aber du musst beginnen zu sehen, dass ich auch nur ein Mensch bin. Und Menschen begehen Fehler. Selbst Mütter tun das.«

Ich öffne den Mund, aber sie spricht weiter, bevor ich auch nur einen Ton von mir geben kann.

»Spar dir die Worte. Camy hat mich bereits dafür verurteilt, wie ich mich verhalten habe, nachdem dein Vater starb. Das brauche ich nicht noch einmal von dir. Zumal ich mir sicher bin, dass eure Worte beinahe die gleichen wären. Camy hat eine vorgefasste Meinung über mich, und die wird sie sich nicht aus den Fingern gesogen, sondern von dir gehört haben.«

»Camy ist klug. Sie bildet sich ihre eigene Meinung.«

»Ja, das tut sie mit Sicherheit«, bestätigt Beatrice zu meiner Überraschung. »Allerdings tut sie das aufgrund der Informationen, die du ihr gegeben hast. Weißt du, dass sie mir vorgeworfen hat, feige zu sein, und dass sie mir ohne Zögern verkündete, mir nicht zu vertrauen?«

Ein stolzes Grinsen zieht meine Mundwinkel in die Höhe, was Beatrice selbstverständlich nicht entgeht.

»Ihr zwei passt perfekt zueinander«, stellt sie kopfschüttelnd fest. »Stur, neugierig und besserwisserisch. Der einzige – und sehr bedeutsame – Unterschied zwischen euch ist, dass sie dich mehr liebt als sich selbst. Sie würde alles dafür aufgeben, dass es dir gut geht.«

»Dass du denkst, ich würde nicht das Gleiche für sie tun, zeigt mehr als deutlich, wie wenig du mich kennst, *Mutter*«, kontere ich und spucke das letzte Wort aus wie eine Beleidigung.

»Du hast sehr klar gesagt, dass du sie nicht sehen willst und dass sie dich in Ruhe lassen soll, Christian. Anstatt euer Wiedersehen zu genießen, brichst du dem armen Mädchen erneut das Herz. Gleichzeitig behauptest du, alles für sie zu tun. Das passt nicht zusammen«, stellt sie fest und runzelt nachdenklich die Stirn. »Entweder liebst du Camy nicht mehr und sagst das aus reinem Pflichtgefühl heraus, oder du verheimlichst etwas vor uns.«

»Und damit kommen wir endlich zum wichtigen Teil.« Ich stoße mich vom Regal ab und gehe auf ihren Tisch zu. Ohne die Arme vor der Brust zu lösen, stelle ich mich vor die Besucherstühle und sehe zu Beatrice herab. »Was ich dir jetzt sagen werde, darf diesen Raum nicht verlassen«, teile ich ihr mit. »Wenn dein Gehabe wider Erwarten keine Show sein sollte und du mir tatsächlich helfen willst, wirst du mir genau zuhören. Du wirst verstehen, was ich dir anvertraue, und kein Wort davon zu den anderen sagen.«

Einen Augenblick lang sieht sie mich an, wie sie es früher getan hat, wenn ich Mist gebaut hatte und es ihr gestand. Ernst, aber offen. Sie weiß, dass ihr nicht gefallen wird, was ich zu sagen habe, und dass die Konsequenzen alles durcheinanderbringen werden. Dennoch ist sie bereit, es sich anzuhören und die Kohlen im Notfall aus dem Feuer zu holen. Das ist einer der wenigen guten Eigenschaften von Beatrice.

Sie nickt und deutet erneut auf die Stühle. »Setz dich und dann erzähl mir, was wirklich los ist.«

25

Camy

»Wir springen in den Pool.«

»Spinnst du?« Ich lache verdattert. »Es sind höchstens zwanzig Grad. Wir frieren uns den Hintern ab.«

Wortlos geht Isa zu meinem Koffer vorm Bett und fischt meinen Bikini heraus. Keine Ahnung, wann ich das rote Teil mit den weißen Punkten zuletzt anhatte und ob er mir überhaupt noch passt.

»Der Pool ist beheizt«, teilt Isa mir mit. »Und für besonders große Weicheier wie dich gibt es sogar Heizstrahler über den Liegen, die dich warm halten.«

»Ich bin kein Weichei!«, widerspreche ich. »Ich komme aus einer flauschig warmen Gegend in Texas. Fünfzehn Grad sind da Herbst- oder Wintertemperaturen. Im Sommer hingegen …«

»Hör auf zu zicken und zieh dich endlich um«, unterbricht Isa mich entschieden. »Wir müssen den Kopf freibekommen und entspannen. Die Sonne scheint, und du wirst dir den mickrigen Hintern schon nicht abfrieren.«

Grummelnd nehme ich ihr den Bikini ab und husche ins Badezimmer. Vorsichtshalber greife ich noch den rosafarbenen Bademantel, der schon an der Tür hing, als ich hier ankam, und schlüpfe hinein, nachdem ich den Bikini angezogen habe. Ich rechne Isa hoch an, dass sie keine Miene verzieht, als ich in dem hässlichen Ding aus dem Bad komme und meine Sandalen aus dem Koffer krame. Sie wartet sogar geduldig ab, bis ich die Schuhe angezogen habe und mich aufrichte – was den Alarm in meinem Kopf hektisch blinken lässt.

Isa ist einer der ungeduldigsten Menschen, die ich kenne. Schwer zu glauben, aber sie ist noch ungeduldiger als ich. Wenn sie dermaßen ruhig abwartet, geht entweder etwas vor sich, von dem ich nichts bemerken soll, oder es geht ihr mindestens so schlecht wie mir.

»Ich bin so weit.« Gemeinsam verlassen wir mein Zimmer und gehen still nebeneinanderher, wobei ich sie immer wieder neugierig von der Seite ansehe. Im Erdgeschoss halte ich es schließlich nicht mehr aus, den Mund zu halten. »Woher weißt du, dass es einen Pool gibt, dass er beheizt ist, und das andere Zeug?«

Vor einem roten Sofa mit passendem Sessel im Wohnzimmer bleibt Isa stehen und sieht mich über die Schulter hinweg an. »Während du wie Dornröschen geschlafen hast, hab ich mich umgesehen und das Gelände erkundet.«

»Ich hätte mich auch umsehen sollen«, gebe ich zu. »Dafür habe ich im Gegensatz zu dir aber nicht den ganzen Flug verpennt.«

»Stimmt«, erwidert sie und dreht sich zur Terrassentür. »Du bist im Flugzeug lieber wach geblieben und hast dich mit Chris gestritten.«

»Hey!«, rufe ich und jage ihr eilig in den Garten nach. »Woher weißt du das?«

Entspannt tritt Isa nach rechts und legt ihr Handtuch auf einen Liegestuhl. Ich schirme meine Augen mit der Hand vor der tief stehenden Sonne ab und gehe zur Liege neben ihrer. Insgesamt stehen fünf weiße schlichte Liegestühle auf der hölzernen Terrasse. Direkt neben einem runden Glastisch, der von sechs gemütlich wirkenden schwarzen Holzstühlen mit dicker weißer

Auflage umrahmt wird und hinter dem ich einen übergroßen Gasgrill entdecke.

»Die Hausmädchen haben darüber getratscht«, teilt sie mir schulterzuckend mit und streift sich die Schuhe von den Füßen. »Außerdem war dein Geschrei nicht zu überhören. Ich bin davon wach geworden.«

Rot anlaufend plumpse ich auf die Liege und ziehe den Bademantel enger um meinen Körper. Isa entgeht die Geste nicht, allerdings deutet sie sie falsch. Sie fasst nach einem Schalter an der Wand, und beinahe in der gleichen Sekunde ertönt ein elektrisches Surren, das mich nach oben sehen lässt. An der Hauswand sind Halterungen angebracht, die herausfahren und die Heizstrahler in Position bringen.

»Es dauert einen Moment, bis es warm wird«, sagt Isa und lässt den Schalter los. »Lass uns so lange in den Pool gehen. Der ist schon aufgeheizt.«

Sie stellt sich an den Rand des rechteckigen Pools und schüttelt die Arme aus, wodurch ihre Brüste auf und ab hüpfen und ihre kurzen Haare nach hinten schwingen. Ihr Hals liegt für einen winzigen Moment frei und schenkt mir uneingeschränkte Sicht auf die Blutergüsse. Inzwischen leuchten sie in einem dunklen Gelb, das von dem typischen Rot-Blau und Violett solcher Verletzungen durchzogen wird. Die Verletzungen heilen allmählich ab, trotzdem werden die Erinnerungen an den Vorfall Isa noch sehr lange verfolgen. Darin bin ich mir leider sicher, denn die Szenen, die ich im Keller in Mexiko durchlebte, verfolgen mich auch noch, obwohl es bereits Monate her ist.

Trotz allem ist Isa unverschämt hübsch. Ihr schlanker Körper füllt den schwarzen Bikini mit den niedlichen Schleifen zwischen den Brüsten und am Steißbein perfekt aus und offenbart ihre Rabentätowierung am Brustansatz. Violet hat die gleiche. Sie hat mir erzählt, dass die zwei sie sich haben zusammen stechen lassen, nachdem Violets Eltern starben. Es ist eine extrem traurige Geschichte, an die ich im Moment nicht denken will. Meine Laune ist auch so schon deprimierend genug.

Isa macht einen gekonnten Kopfsprung und landet mit einem lauten Platsch im Wasser. Was soll's, denke ich, streife den Bademantel ab und trete an den Poolrand. Herantastend strecke ich den Fuß aus, um die Zehen ins Wasser zu tunken, als plötzlich eine Hand aus dem Wasser schnellt und nach meinem Knöchel greift. Ich quietsche erschrocken auf und verliere das Gleichgewicht. Halt suchend rudere ich mit den Armen, da zieht die Hand mich mit einem Ruck nach vorn. Extrem unelegant lande ich im Wasser, und prompt schweben meine vielen Haare um mich herum wie ein Schleier. Meine Füße berühren den Boden, und sofort stoße ich mich ab und schwimme an die Oberfläche. Schnaufend wische ich den Haarteppich aus meinem Gesicht und sehe mich nach der Unruhestifterin um.

Isas Lachen ist so laut, dass man es unmöglich überhören kann. Sie schwebt einen knappen Meter neben mir im Wasser und scheint sich köstlich zu amüsieren. Bevor das Überraschungsmoment verstreicht, ziehe ich die Hände zurück und spritze ihr einen riesigen Schwall Wasser ins Gesicht.

»Okay.« Sie lacht und hebt eine Hand. »Wir sind quitt, würde ich sagen.«

»Wenn du einen weiteren Hinterhalt planst«, drohe ich und funkle sie gespielt böse an, »… solltest du wissen, dass meine Rache schrecklich sein wird.«

»Nope«, entgegnet sie gut gelaunt. »Mir reicht es für heute mit der Wasserschlacht.«

Isa schwimmt mehrere Bahnen, während ich mich auf dem Rücken treiben lasse und die Sonnenstrahlen auf der Haut genieße. Hin und wieder hört man Vögel zwitschern, was die wundervolle Illusion erschafft, wir befänden uns an einem friedlichen Ort. Dass immer wieder Sicherheitsleute durch den Garten laufen, zerstört dieses Bild allerdings.

Nach knapp einer halben Stunde steigen wir aus dem Pool und machen es uns auf den Liegen gemütlich. Die Heizstrahler haben den Bereich inzwischen so stark erhitzt, dass es sich anfühlt wie Hochsommer, obwohl wir schon Herbst haben, was die herabfallenden Blätter und bunten Baumkronen rings um den Garten verdeutlichen. Für eine kurze Zeit entspanne ich mich und kann die Sorgen und Fragen tatsächlich zurückstellen. Zumindest bis Beatrice auftaucht.

Ungefragt setzt sie sich auf die Liege neben mir. »Wie geht es euch?«

»Bis eben gerade ging es mir noch super«, entgegne ich und starre demonstrativ auf meine Füße.

Beatrice seufzt, und im Augenwinkel sehe ich, dass sie sich durch die Locken fährt, wie Chris es auch ständig tut.

»Ich weiß, dass du mir nicht vertraust«, setzt sie vorsichtig an. »Und ich verstehe dich, Camy. Das tue ich wirklich. Aber ich wünsche mir, es wäre anders.«

Ich schnaube. »Wie solltest du mich verstehen können?«

»Wir sind uns nicht unähnlich«, bemerkt sie. »Wir wollten beide nie so ein Leben führen. Wir wollten Spaß haben, Karriere machen und irgendwann eine Familie gründen. Alles, was wir wollten, war ein normales, aber aufregendes Leben.«

Auch wenn ich es ums Verrecken nicht laut zugeben würde, hat sie damit recht. Beatrice ist damals nicht nur gegangen, weil sie ihren Verfolgern entkommen wollte. Hauptsächlich hat sie es getan, weil sie dieser Art von Leben entfliehen wollte. Und trotzdem sitzt sie jetzt neben mir. Sie ist zurückgekommen. Für ihren Sohn.

»Isabella ist für dieses Leben gemacht«, erklärt Beatrice und lächelt Isa über meinen Kopf hinweg an. »Sie ist stark, unerschrocken und weiß genau, wie sie in dieser Welt bekommt, was sie will. Wir hingegen sehnen uns nach Ruhe und Frieden. Wir wollen nicht ständig kämpfen müssen, um glücklich zu sein.

Wir haben nicht den Drang, uns beweisen zu müssen, um zu zeigen, wie stark wir sind.«

»Du hast keine Ahnung, Beatrice.«

Verwundert sehe ich zu Isa. Sie setzt sich auf und schlingt sich ihr Handtuch um die Hüfte.

»Ich komme mit diesem Leben klar, und ich würde lügen, wenn ich behaupten würde, dass es mir nicht gefällt, mich zu beweisen. Den Luxus und die Aufregung mag ich auch. Aber das alles würde ich viel lieber auf andere Weise erleben.«

»Du hast nie etwas gesagt«, erwidere ich mit schlechtem Gewissen und setze mich ebenfalls auf. »Die ganze Zeit warst du so stark und wusstest genau, was zu tun ist«, erkläre ich. »Klar wusste ich, dass Chris' angeblicher Tod dich verletzt und dass du deine Familie vermisst, aber ich hatte keine Ahnung, dass du das alles ebenso hasst wie ich.«

»Das tue ich auch nicht«, widerspricht sie. »Dieses Leben hassen, meine ich. Wenn ich bis ans Ende meiner Tage zweimal hinsehen muss, wenn ich das Gefühl habe, jemand würde mich beobachten, käme ich damit klar. Und das ständige Flüchten ist zwar nervig, aber auch das würde mich nicht vom Glücklichsein abhalten. Trotzdem wünsche ich mir nicht, so zu leben. Verstehst du, was ich meine?«

Nickend beuge ich mich vor und greife nach ihrer Hand. »Du könntest so oder so glücklich werden, aber du willst nicht ständig Angst haben müssen, dein Glück im nächsten Augenblick zu verlieren. Du willst Sicherheit und Normalität.«

»Es tut mir leid, Isabella. Ich hatte keine Ahnung, dass du so empfindest.«

Sofort verkrampft sich meine Hand. Dieser Moment ist wichtig für uns. Er bringt Isabella und mich einander näher und bestärkt unsere Freundschaft. Dass Beatrice sich einmischt, nervt mich nicht nur, es ist auch extrem unpassend.

»Ich werde euch helfen, genau das Leben zu bekommen, das

ihr euch wünscht. Ihr alle«, setzt Beatrice entschlossen nach. »Die letzten Jahre haben euch viel zugemutet. Dass ich nicht da war, um euch das zu ersparen, werde ich mir vermutlich nie verzeihen. Aber ich kann zumindest versuchen, es wiedergutzumachen. Und genau das habe ich vor.«

Langsam lasse ich Isas Hand los und drehe mich zu Beatrice um. »Wie willst du das anstellen? Du hast keine Ahnung, wo Reyna steckt, und seien wir ehrlich …«, setze ich nach. »Selbst wenn du es wüsstest, würde uns das nicht weiterhelfen. Reyna ist ein Miststück, das es mehr als verdient hat, für ihre Fehler zur Rechenschaft gezogen zu werden, aber wenn sie verschwindet, nimmt ein anderer ihren Platz ein. Gleiches Spiel, neuer Gegner.«

»Ich wünschte wirklich, du würdest mir mehr Vertrauen entgegenbringen, Camy.« Mit diesen Worten steht sie auf und tritt an den Liegen vorbei zur Terrassentür.

»Warte!«, ruft Isa ihr nach, und tatsächlich bleibt sie stehen. »Du hast einen Plan, habe ich recht?«

Beatrice antwortet nicht, aber ihre Schultern spannen sich unter der weißen Bluse an, und das ist mir Antwort genug.

»Du willst, dass ich dir vertraue. Aber wie soll ich dir vertrauen können, wenn du Dinge vor uns verheimlichst?«, werfe ich ihr vor. »Du hast nicht nur einen Plan, sondern auch Infos, die du nicht an uns weitergeben willst. Versuch gar nicht erst, es abzustreiten.«

»Das hatte ich nicht vor«, erwidert sie ruhig, ohne sich zu uns zu drehen. »Es gibt Dinge, die ihr nicht erfahren müsst. Sie würden euch mehr schaden als helfen.«

Mehr sagt sie nicht, ehe sie zurück ins Haus geht und uns mit chaotisch wirbelnden Gedanken zurücklässt.

Wenn Beatrice denkt, wir würden uns so einfach von ihr abspeisen lassen, liegt sie falsch.

26

Camy

Neugierig zu sein ist ebenso Fluch wie Segen. Es sorgt dafür, dass man sich weiterbildet und Dinge hinterfragt, statt sich unwissend zurückzuziehen. Andererseits bringt es einen häufig in Situationen, die gefährlich und unvorhersehbar sind. So wie diese.

Nach dem Abstecher am Pool springe ich kurz unter die Dusche und ziehe mich um. Anschließend verlasse ich barfuß mein Zimmer. Der Flur ist leer, aber aus dem Erdgeschoss sind Stimmen zu hören, was mir einen lautlosen Fluch entlockt. Ungeduldig verharre ich am oberen Treppenabsatz, bis die Stimmen endlich verklingen. Das dauert eine gefühlte Ewigkeit und kostet mich einige Nerven. Sobald es endlich still ist, schleiche ich mich runter und bleibe neben dem Durchgang zum Wohnzimmer stehen. Wie schon den gesamten Tag über steht ein Wachmann an der Terrassentür. Auf Zehenspitzen wage ich mich einen Schritt vor, da dreht er sich plötzlich um und sieht in meine Richtung. Fluchtartig hechte ich nach hinten und stoße mir dabei den kleinen Zeh an der Fußleiste. Geistesgegenwärtig schlage ich die Hände vor den Mund und dämpfe den Schmerzschrei, ehe ich das ganze Haus zusammenschreie. *Gott! Tut das weh.* Ich bin mir sicher, jeder kennt den stechenden Schmerz, wenn man sich den Zeh gestoßen hat, und hört in so einem Augenblick die besserwisserische

Stimme seiner Mutter, die ruft: »Würdest du deine Hausschuhe tragen, wäre das nicht passiert!«

Ich atme tief durch, schlucke den Schmerz in winzigen trockenen Schlucken herunter und spähe vorsichtig um die Ecke. Der Wachmann hat sich zum Glück wieder abgewendet, also husche ich schnell auf die andere Seite des Durchgangs.

Da ich keine Ahnung habe, wonach genau ich suche, öffne ich möglichst lautlos jede Tür, an der ich vorbeikomme, und luge diskret hinein. Dabei erhasche ich einen Blick in die Küche, in der zwei Hausmädchen einen verführerisch duftenden Kuchen glasieren, bei dessen Anblick mir augenblicklich das Wasser im Mund zusammenläuft. Außerdem entdecke ich eine Vorratskammer mit vollgestopftem Regal und ein kleines Gästebad. Erst hinter Tür Nummer vier verbirgt sich etwas Interessantes, das einen zweiten Blick wert ist.

Der Raum ist eingerichtet wie ein Arbeitszimmer. Es gibt einen Schreibtisch, einen Computer und Bücherregale sowie einen altmodischen Globus in der hinteren Ecke, der vermutlich nur Dekoration ist. Heutzutage benutzt man Google Maps oder irgendeinen anderen Kartendienst. Abgesehen von dem Globus scheint der Raum genau das zu sein, wonach ich gesucht habe. Sollte Beatrice etwas vor uns verstecken, dann sicherlich hier.

So leise wie möglich betrete ich das Zimmer. Direkt neben der Tür steht ein schmales Regal, das bis auf den letzten Platz mit Büchern gefüllt ist. Wie in Arizona streiche ich mit den Fingern die Buchreihen entlang, allerdings gibt es hier keinen Vorsprung oder irgendetwas anderes Auffälliges. *Wäre ja auch zu einfach gewesen.* Auf einem hüfthohen Gestell an der linken Wand stehen Karaffen mit Wasser und einer braunen Flüssigkeit, die vermutlich Scotch oder Whisky ist. Darunter befinden sich Ordner, die mich wie magisch anziehen. Willkürlich ziehe ich drei heraus und setze mich mit ihnen an den Schreibtisch.

Immer wieder schiele ich unruhig zur Tür, während ich in den Ordnern blättere und bete, dass mich niemand erwischt.

Die Ordner enthalten Unterlagen über Immobilien, die quer über den Kontinent verstreut liegen. Außerdem entdecke ich Dokumente über Aktien und Wertanlagen. Langweiliges Zeug. Da mir diese Unterlagen nicht weiterhelfen, stelle ich sie zurück ins Regal und konzentriere mich auf den eindrucksvollen Schreibtisch aus hellem Holz mit der wunderschönen Verzierung in Form von Blumenranken. Der Computer darauf ist ausgeschaltet, und ich wette, dass er passwortgeschützt ist. Technik und ich sind keine großen Freunde, also fasse ich den Computer gar nicht erst an. Stattdessen ziehe ich die einzelnen Schubladen auf, wühle mich durch nichtssagende Notizen, Stifte und leere Zettel, bis ich auch das aufgebe und am liebsten vor Frust aufschreien würde. Demotiviert lehne ich den Kopf auf die Tastatur und denke nach. Beatrice ist nicht dumm. Wichtige Unterlagen lässt sie nicht einfach herumliegen, das war mir klar. Dennoch musste ich zumindest versuchen, etwas zu finden. Vielleicht habe ich in ihrem Schlafzimmer mehr Glück, denke ich und hebe den Kopf, wodurch die Tastatur minimal verrutscht.

»Das kann doch nicht wahr sein«, murmle ich und ziehe an den Zetteln, die unter der Tastatur herauslugen. Direkt der oberste zeigt eine Landkarte, auf der die USA, ein Teil von Kanada und die Randregionen von Mexiko zu sehen sind. Ein Ort, direkt hinter der mexikanischen Grenze, ist rot markiert. Leider verdeckt die Farbe den Namen des Ortes, die Lage ist jedoch mehr als gut zu erkennen. Ich könnte den Zettel einstecken, allerdings bin ich nicht so dumm, das tatsächlich zu tun. Lasse ich sie hier, besteht jedoch die Gefahr, dass sie später nicht mehr da sind und ich diese Spur verliere. Unentschlossen starre ich auf die Karte, ehe ich sie seufzend wieder unter die Tastatur schiebe. Auch wenn es mich nervt, bleibt mir keine andere Wahl, wenn ich nicht will, dass mein Schnüffeln auffällt. Ein Gutes hat die

Karte aber gebracht: Sie hat mich motiviert, nicht aufzugeben. Es reizt mich, mich doch an den Computer zu wagen. Einen Versuch ist es wert.

Nachdenklich spiele ich mit einer Locke und sehe mir den stromsaugenden Feind an, als sich plötzlich der Türknauf bewegt und ich panisch zusammenzucke. Ohne nachzudenken, rutsche ich vom Stuhl und ducke mich hinter den Schreibtisch. Gerade noch rechtzeitig, denn nur einen Wimpernschlag später kommt jemand herein. Ich kauere mich tiefer unter die Tischplatte, halte den Atem an und bete stumm, dass wer auch immer gerade hereingekommen ist mich nicht findet.

Die Person geht mit gemächlichen Schritten durch den Raum und stoppt neben dem Schreibtisch. Nur eine Handbreit von mir entfernt. Einen nervenraubenden Moment lang passiert nichts, dann erklingt eine spöttische Stimme:

»Ich weiß ja, dass du mich nicht sehen willst, aber sich da unten zu verstecken ist etwas extrem, findest du nicht?«

»Du bist nicht im Ansatz so witzig, wie du denkst.« Angefressen und erleichtert zugleich krabble ich aus dem Versteck und richte mich auf. Mit so viel Würde, wie ich aufbringen kann, recke ich das Kinn und funkle Chris angriffslustig an. »Was willst du hier?«

»Das ist das Büro meiner Mutter. Die Frage ich also eher, was du hier zu suchen hast.«

»Das geht dich nichts an«, erwidere ich abweisend und will an ihm vorbeitreten, aber das lässt er nicht zu. Chris packt mich überraschend sanft am Oberarm, und prompt beginnt die Stelle zu kribbeln.

»Du musst aufhören herumzuschnüffeln.«

»Worin ich mich einmische oder was ich treibe, geht dich nichts mehr an, Christian.«

»Ebenso«, erwidert er. »Also hör auf, nach etwas zu suchen, das mich betrifft.«

»Herrgott!«, rufe ich und reiße mich los. »Nicht alles in meinem Leben dreht sich um dich!«

»Gut«, gibt er distanziert zurück.

Hätte ich nur dieses eine Wort aus seinem Mund gehört, hätte ich ihm geglaubt. Aber das habe ich nicht. Ich habe das unverwechselbare Zucken seines Kiefers gesehen. Habe den verletzten Schatten in seinem Blick bemerkt. Ich kenne Chris zu lange, um das zu ignorieren.

»Du lügst«, werfe ich ihm erstaunt vor.

Er zuckt minimal zusammen, hat sich aber sofort wieder im Griff und stößt ein hartes Lachen aus. »Du wünschst dir, dass es so ist«, stichelt er. »Du wünschst dir, dass du mir noch etwas bedeutest und mich genug interessierst, damit ich mir Sorgen um dich mache. Aber so ist es nicht.«

»Wirklich?«, höhne ich. »Und wieso bist du dann hier? Wieso stehst du vor mir und willst mir einreden, dass ich mich raushalten muss? Wenn ich dir so egal bin, wie du sagst, würde es dich nicht interessieren, ob ich mich in Schwierigkeiten bringe oder nicht.«

»Es interessiert mich nicht!«, ruft er beinahe verzweifelt und ballt die Fäuste.

Erschrocken taumle ich einen Schritt zurück und ziehe scharf die Luft ein.

Chris' Augen weiten sich schockiert. Er fährt sich ruppig durchs Haar, dann wendet er den Blick ab.

»Du solltest jetzt gehen.«

»Wieso?«

»Weil es so das Beste ist.«

»Wieso?«, wiederhole ich leise, aber eindringlich.

Bedächtig hebt Chris den Blick, und was ich nun in seinem Gesicht erkenne, erschreckt mich mehr als sein Wutausbruch von eben. Mir strahlt so viel Selbsthass und Schmerz entgegen, dass ich Chris am liebsten in den Arm nehmen würde. Meine

Seele fordert mich auf, ihren Partner zu trösten, mein Herz verlangt, dass ich seiner Liebe den Kummer nehme. Doch bevor ich irgendetwas unternehmen kann, tut Chris etwas, womit ich niemals gerechnet hätte. Er tritt auf mich zu und legt mir eine Hand auf die Wange. Zärtlich streicht er über meine erhitzte Haut.

»Du hast mir gefehlt. Du und deine Sturheit«, gesteht er wispernd. »Jede Nacht habe ich mich zur Seite gedreht und nach dir gesucht. Aber du warst nicht da, und das hat mich wahnsinnig gemacht.«

Mein Verstand setzt aus, und mein Herz übernimmt die Führung. Wie von selbst landet meine Hand auf seiner. Diese winzige Berührung genügt, um einen Stromstoß durch meinen Körper zu jagen, der mir zum ersten Mal seit einer Ewigkeit das Gefühl schenkt, wirklich am Leben zu sein.

»Ich habe dich auch vermisst«, flüstere ich. »In jeder einzelnen Sekunde hast du mir gefehlt. Ohne dich schmeckt das Essen fade, kein Schlaf ist erholsam und kein Sonnenstrahl warm.«

Das letzte Wort ist noch nicht verklungen, da packt Chris mich an der Hüfte und zieht mich an sich. Er ist weder sanft noch zärtlich, als er seine Lippen auf meine presst. Und genauso verzweifelt erwidere ich seinen Kuss. Mit jeder vergehenden Sekunde setzt sich meine Seele weiter zusammen und versucht, die winzigen Splitter aneinanderzufügen. Zu heilen und wieder zu einem Ganzen zu werden.

Chris beißt mir provozierend in die Lippe und löst sehnsüchtige Stoßwellen aus, die meine Wirbelsäule hinunterrennen. Unsere Zungen finden zueinander und umtanzen sich wie die erfahrenen Partner, die sie sind. Sinnlich, verlangend und voller Leidenschaft. Chris' Finger bohren sich besitzergreifend in meine Hüften. Ohne Vorwarnung hebt er mich hoch und setzt mich auf der Tischkante ab, was mir ein überraschtes Quietschen entlockt. Ich spüre sein zufriedenes Grinsen an den Lippen, als der Laut in seinem Mund verhallt.

Der Kuss wird drängender und die Sehnsucht in mir beinahe unerträglich. Ich spreize willig die Knie und lasse Chris dichter an mich treten, wodurch seine eindeutige Härte auf mich trifft. Mein wohliges Stöhnen, das auf die Berührung folgt, unterbricht den Kuss.

Atemlos zieht Chris sich zurück. Sein Blick ist so intensiv, als könnte er direkt durch mich hindurch in meine Seele sehen und erkennen, was ich fühle. Ihn vor mir zu haben, mit roten Lippen, bebendem Atem und diesem besonderen Funkeln in den Augen, ist genau das, was ich brauche, um zu heilen. Um den Scherbenhaufen zusammenzufegen und wie Puzzleteile ineinanderzustecken. Chris weiß das, da bin ich sicher.

»Ich hatte keine andere«, sagt er unvermittelt.

»Wieso nicht?«

»Weil es nur eine gibt, die ich will. Und verdammt!«, fügt er lächelnd hinzu. »Diese eine will ich so sehr, dass es mich verrückt macht.«

»Dann nimm sie dir«, flüstere ich und lecke mir über die Lippen. »Sie ist hier, und sie will dich ebenso sehr wie du sie.«

Chris flucht und tritt zurück. »Unser erstes Mal soll etwas Besonderes werden.«

»Das ist nicht unser erstes Mal«, erwidere ich verwirrt.

»Irgendwie schon.«

Ich will ihn an mich ziehen. Ihn spüren und beenden, was wir begonnen haben, aber ich kann nicht, denn auch wenn meine Sehnsucht es nicht wahrhaben will, hat er recht. Sosehr ich mich auch danach sehne, mit Chris endlich wieder auf diese Weise vereint zu sein, wäre es falsch, es jetzt zu tun. Zu viel schwebt unausgesprochen zwischen uns. Zu viel ist unklar und zu viel an unserer Beziehung ungewiss.

Vor Chris war Sex nichts Besonderes für mich. Ich hätte mich nicht davon abhalten lassen, dass so viel zwischen uns steht. Hätte den Moment genutzt und nichts bereut. Aber wie gesagt:

Das war vor Christian. Durch ihn hat es eine Bedeutung bekommen. Ich kann mir nicht vorstellen, je wieder Sex zu haben, der nicht mit Gefühlen verbunden ist. Der nur dem Verlangen geschuldet ist.

»Curls, ich …«

»Wehe, du sagst jetzt, das war ein Fehler«, unterbreche ich Chris wirsch und hüpfe auf wackligen Beinen vom Tisch. »Es war kein Fehler, Christian. Sex zu haben wäre einer gewesen, da gebe ich dir recht. Aber du und ich, das ist definitiv kein Fehler. Und es wird auch nie einer sein.«

»Ich wollte sagen, dass ich niemals genug von dir bekommen werde«, gesteht er liebevoll und umfasst mein Gesicht. »Du bist meine persönliche Droge, Camy Owsen. Egal, was passiert, du wirst immer das Eine sein, das ich mehr brauche als die Luft zum Atmen.«

27

Chris

Der Himmel muss sich genau so anfühlen. Unbeschwert, wunschlos und friedlich. Camy im Arm zu halten ist alles, was ich brauche, um meine Dämonen abzuschütteln. Aber es ist auch genau das, was ich nicht tun darf, wenn ich ihr die Dämonen vom Hals halten will. *Und trotzdem sitze ich hier …*

»Woran denkst du?«, fragt Camy und streicht mir gedankenverloren übers Bein.

Wir haben uns auf dem Boden im Arbeitszimmer niedergelassen. Mein Rücken lehnt am Schreibtisch, Camy lehnt an mir. Ihr Kopf ruht in meinem Schoß, wodurch sich ihre dunklen Locken über meine Beine ergießen wie eine Decke. Ich kann mir nicht vorstellen, dass der Boden besonders gemütlich ist, dennoch strahlt Camy, und solange sie glücklich ist, ist mir der Ort völlig egal. Selbst wenn es das Arbeitszimmer meiner ach so großartigen Mutter ist. Hauptsache ist, wir sind zusammen.

Ich wische Camy einige Strähnen vom Gesicht und blicke unverwandt auf die Ordner im Regal vor uns. »Das willst du nicht wissen.«

»Doch«, entgegnet sie. »Ich möchte wissen, was dir durch den Kopf geht, Chris. Wir waren so lange getrennt, dass ich nicht mehr einschätzen kann, was du denkst oder fühlst.«

»Das stimmt nicht«, widerspreche ich schmunzelnd. »Wenn

jemand weiß, was in mir vorgeht, dann sind es du und dein neugieriger Reporterinstinkt.«

»Früher vielleicht«, stellt sie klar. »Aber gerade weiß ich es nicht, Chris. Ich stelle mir zwar vor, was du denken könntest, aber das ist nicht das Gleiche, wie es zu wissen.«

»Es ist schwer zu erklären, was ich denke.«

»Versuch es«, bittet sie.

»Also gut«, gebe ich nach und sehe zu ihr hinab.

Camy sieht wunderschön aus. Ihre Wangen sind leicht gerötet, ihre Augen funkeln, und ihr Atem geht friedlich, als könne sie nichts aus der Ruhe bringen. Genau so hatte ich sie in Erinnerung. Genau das Bild ist es, das ich so schrecklich vermisst habe.

»Ich habe daran gedacht, dass ich mich von dir fernhalten muss. Aber statt mich daran zu halten, bin ich egoistisch und genieße es, dich bei mir zu haben.«

»Warst du deshalb so ablehnend zu mir und hast diese Dinge gesagt?«, will sie wissen. »Weil du denkst, du müsstest mir fernbleiben?«

Ich nicke.

»Wieso, Christian? Wieso denkst du, wir könnten nicht zusammen sein? Was könnte so schlimm sein, dass du mich dermaßen verletzen musst, um mich davor zu bewahren?«

»Es ist sicherer für dich, wenn ich nicht in deiner Nähe bin«, gestehe ich, und auch wenn ich es nicht tun sollte, halte ich es nicht aus, sie länger zu belügen. Nicht, wenn sie so offen und verletzlich vor mir liegt. »Ich hatte einen Deal mit Reyna. Ich arbeite für sie, und sie lässt euch dafür in Ruhe.«

»Das hast du mir schon erzählt«, erinnert Camy sich und kräuselt nachdenklich die Nase. »Aber das ist noch nicht alles, oder? Es steckt mehr hinter deinem Verhalten als nur der Deal mit ihr. Du hast etwas verschwiegen.«

Ich hadere und überlege, was ich antworten soll. Ob ich ihr

die ganze Geschichte oder nur die abgeschwächte Version erzählen sollte – das entgeht Camy natürlich nicht.

»Wenn wir wieder zueinanderfinden wollen, müssen wir ehrlich sein«, mahnt sie ernst. »Wir müssen uns alles anvertrauen, Chris. Sonst hat das Ganze keinen Sinn.«

Behutsam streiche ich ihr über die Wange und treffe eine Entscheidung, die ich schon gestern hätte treffen sollen.

Vollkommen ehrlich zu sein.

»Ich werde dir alles erzählen. Von Anfang an«, verspreche ich und hole tief Luft, wappne mich innerlich für die folgenden Worte und konzentriere mich auf meinen Instinkt, der mir zuflüstert, es sei die richtige Entscheidung. »Nachdem die Schussverletzung so weit abgeheilt war, dass ich mich schmerzfrei bewegen konnte, hat Reyna erwartet, dass ich mich an den Deal halte und für sie arbeite. Aber ich habe mich oft quergestellt. Sehr oft sogar«, verrate ich ihr. »Wenn Reyna verlangte, dass ich etwas tue, das ich nicht wollte, habe ich einfach Nein gesagt und bin in mein Zimmer gegangen. Sie hatte mir schon mein Leben weggenommen, ich dachte nicht, dass sie mir noch etwas anderes wegnehmen könnte, also war es mir am Anfang egal, ob sie angepisst ist. Aber es kam, wie es kommen musste: Irgendwann hat ihr mein Verhalten gereicht – und ich hatte sie unterschätzt. Reyna hat mir Fotos von dir und Isabella gezeigt. Mal wart ihr an einem Strand, mal saßt ihr auf einer Terrasse oder in einer Bar. Damit hat sie deutlich gemacht, dass sie die Macht hat und weiß, wo ihr seid. Hätte ich mich weiterhin geweigert, ihre Drecksarbeit zu erledigen, wäre der Deal geplatzt und sie wäre wieder hinter euch her gewesen. Das musste ich verhindern.«

Wenn ich mich daran zuruckerinnere, wie selbstgefällig Reyna mir die Fotos vor die Füße geworfen hat, brodelt es in mir, als würde pure Lava durch meine Adern fließen. Ich wollte ihr die Fotos in den Rachen stopfen und gehen. Aber ich war machtlos, und das hat mich beinahe verrückt gemacht.

»Ich habe nachgegeben und getan, was sie wollte, damit sie euch nicht hinterherjagt. Es dauerte nicht lange – bloß ein paar Wochen –, bis sie gemerkt hat, dass ich eingeknickt bin, und mir mehr Verantwortung übertrug. Ich wurde besser und wichtiger, also bekam ich mehr Freiheiten, und je weniger ich überwacht wurde, desto größer wurde die Chance, aus dem Teufelskreis auszubrechen.«

»Hattest du einen Plan?«

»Ja«, erwidere ich. »Ich habe angefangen, ihr vorzuspielen, mir würde dieses Leben gefallen, und hab ihr die gleichen Lügen erzählt wie dir gestern im Flugzeug. Ich habe sogar Frauen bezahlt, damit sie vorgeben, mit mir im Bett gewesen zu sein, um den Anschein zu erwecken, ich wäre über dich hinweg. In Wirklichkeit habe ich Whisky getrunken und mich mit den Frauen bloß unterhalten. So leicht hatten sie noch nie Geld verdient.«

»Clever.«

»Mein Kopf ist nicht nur zum Frisieren da«, feixe ich und ernte prompt einen Schlag aufs Bein. Aber der lustige Moment vergeht, sobald ich weiterspreche. »Vor ungefähr zwei Monaten hat Reyna mich nach Arizona geschickt. Dadurch stand ich nicht mehr unter ihrer Beobachtung und konnte endlich anfangen zu planen, wie ich sie endgültig loswerden kann«, erzähle ich ihr. »Ich fing an, Infos über ihre Schmuggelrouten und die Politiker zu sammeln, die sie geschmiert hat. Dabei hatte ich die Hilfe eines verdeckten Ermittlers. Trip arbeitet seit mehr als einem Jahr für die Organisation. Nur dass er es eben für die Regierung tut.

Er war einer der Männer, die mit mir ihm Keller waren, und er war auch derjenige, der meine Nachrichten an dich weitergegeben hat.«

Ruckartig setzt Camy sich auf und legt mir ihre Hände auf die Brust. »Wie sieht Trip aus?«, fragt sie aufgeregt. »Hat er so kurze Haare wie die Typen beim Militär? Ein unauffälliges Nullachtfünfzehngesicht und eine tiefe Stimme?«

»Ja?«, antworte ich irritiert.

»Trip ist der Freund eines Freundes!«, ruft sie plötzlich. »Wie hat er es geschafft, nach Kanada zu kommen, um mir deine erste Nachricht zu geben, ohne dass jemand es bemerkt?«

»Keine Ahnung«, gestehe ich mit schiefem Grinsen. »Der Kerl behält das meiste lieber für sich.«

»Du musst Beatrice von Trip erzählen«, fordert Camy. »Ich habe keine Ahnung, was sie mit den Leuten aus dem Haus angestellt hat, aber wenn dieser Trip dir geholfen hat, müssen wir dafür sorgen, dass es ihm gut geht.«

»Ich habe schon mit ihr gesprochen«, beichte ich, und postwendend nimmt sie ihre Hände von mir.

»Du hast ihr die Wahrheit gesagt, aber mir nicht?«, fragt Camy verletzt.

»Es ging nicht anders. Es ist genau so, wie du gesagt hast: Trip darf nichts passieren. Er ist nur aufgeflogen, weil er dir meine Nachricht ins Hotel gebracht hat und beobachtet wurde. Außerdem konnte ich mit dir nicht darüber sprechen. Immerhin wollte ich mich von dir fernhalten.«

Einen Moment lang starrt Camy mich wortlos an, dann nickt sie zerknirscht und reibt sich über die Schläfe, als hätte sie Kopfschmerzen. »Ich habe gewusst, dass die Nachrichten von dir kommen«, sagt sie mehr zu sich als zu mir. »Ich wusste es, aber ich konnte es trotzdem nicht glauben. Du warst tot, und Tote schicken keine Botschaften, aber ich war mir sicher, dass nur du dahinterstecken kannst. Isa hat mich für verrückt erklärt.«

»Das glaube ich sofort«, sage ich und muss schmunzeln.

»Wieso hast du weiterhin so getan, als wäre ich dir egal?«, will Camy wissen. »Als du mir im Flugzeug sagtest, du hättest endlich das Leben, das du immer schon führen wolltest ... es tat schrecklich weh, das zu hören, Chris. Ich habe an allem gezweifelt, bis ich sicher war, dich nie richtig gekannt zu haben.«

»Es tut mir unendlich leid, dir wehgetan zu haben«, sage ich. »Aber ich wollte an dem Plan festhalten. Ich wollte zurück zur Organisation und weiter Infos sammeln, damit ich irgendwann genug gegen sie in der Hand habe, um sie endgültig aus unserem Leben zu werfen. Denn Tatsache ist und bleibt, dass Reyna hinter uns her ist.

Hätte ich zugelassen, dass du merkst, wie wichtig du mir bist, hättest du nicht lockergelassen und versucht, mir auszureden, zurückzugehen und es zu beenden.«

»Was hat deine Meinung geändert?«, fragt sie zaghaft.

»Du«, erwidere ich schlicht. »Als du vorhin vor mir zurückgewichen bist, habe ich es nicht mehr ausgehalten. Ich will dich beschützen, und dafür sind mir alle Mittel recht, Curls. Aber dass du Angst vor mir hast, ist zu viel. Ich ertrage es, dass du mich hasst, dass wir getrennt sind und sogar dass dein Leben ohne mich weitergeht, aber das nicht.«

»Du wirst einen Dreck ertragen!«, ruft sie plötzlich aufgebracht. »Wehe, du gehst dahin zurück, Christian Green! Du lässt mich nicht wieder allein.«

Grinsend ziehe ich sie an mich und schlinge die Arme um ihren Rücken. Camy wehrt sich und nuschelt etwas gegen meine Brust, das sich verdächtig nach Fluchen anhört, was mein Grinsen nur breiter werden lässt.

»Beruhig dich, du Kampfzwerg. Ich habe nicht vor, zurückzugehen und dich zu verlassen. Jetzt nicht mehr.«

Sie kneift mir in die Leiste, sodass ich sie überrascht loslasse, dann schlägt sie mir gegen die Schulter. »Jag mir nicht so eine Angst ein«, fordert Camy und erdolcht mich förmlich mit ihrem strengen Blick. »Nie wieder.«

»Aye, aye, Mam«, feixe ich, und prompt hebt sie den Arm, um mich wieder zu boxen. Amüsiert fange ich ihre Hand ab und ziehe sie erneut an mich. »Das hat mir gefehlt. *Du* hast mir gefehlt«, flüstere ich – da geht die Tür auf. Ruckartig schießen unsere Blicke nach links.

»Na, wenn das mal nicht längst überfällig war«, kommentiert Isa trocken. »Also, ihr zwei seid wieder in unsterblicher Liebe vereint«, stellt sie fest und schlendert zum Besucherstuhl neben uns. »Eure Kuschelstunde bedeutet vermutlich, dass wir endlich mit dem Däumchendrehen aufhören und etwas unternehmen. Also, wie lautet der Plan?«

»Es soll Menschen geben, die merken, wenn sie stören«, stichelt Camy und löst sich von mir.

Isa rollt mit den Augen und setzt sich unbeschwert auf einen der Stühle vorm Schreibtisch. »Schießt los.«

»Es gibt keinen Plan. Noch nicht zumindest«, antwortet Camy und sieht nachdenklich zu mir. »Aber Isa hat recht, wir müssen etwas unternehmen. Uns darauf zu verlassen, dass deine Mutter alles regelt, wäre dämlich. Außerdem hast du es selbst gesagt: Reyna will uns nach wie vor finden.«

»Sehe ich auch so«, stimme ich zu. »Wir dürfen uns weder auf Beatrice verlassen noch vergessen, zu was die Herreros imstande sind. Wir müssen von hier verschwinden und uns etwas überlegen. Ich habe die Schnauze voll davon, mir von anderen das Leben versauen zu lassen.«

»Stopp«, wirft Isa ein und runzelt die Stirn. »Wie stellst du dir das vor? Selbst wenn wir es auf wundersame Weise schaffen sollten, Reyna loszuwerden, ersetzt jemand anderes ihren Platz. Und dieser jemand wird Rache für seine Vorgängerin wollen. Auch wenn du das nicht gern hörst, Chris, aber deine Mutter ist zurzeit unsere beste Option. Sie hat die nötigen Mittel und Kontakte, um uns endgültig aus dem Mist rauszuholen. Das hat sie bewiesen, indem sie dich gefunden hat.«

Isa hat recht, ich höre das wirklich nicht gern. Trotzdem muss ich ihr zustimmen. Momentan wäre es Selbstmord, das

Anwesen zu verlassen und Beatrices Schutz aufzugeben. Vermutlich ist sie der einzige Grund, aus dem die Herreros noch nicht über uns hergefallen sind wie Fliegen über einen Kuhhaufen. Auch wenn ich es hasse, nicke ich bestätigend.

»Wir bleiben fürs Erste hier«, verkünde ich.

Der Unwille ist Camy deutlich anzusehen. Ablehnend überkreuzt sie die Arme vor der Brust und verzieht das Gesicht.

»Ich vertraue Beatrice nicht«, lässt sie mich wissen.

»Ich auch nicht«, gestehe ich und weiß, wie traurig es klingt, seiner eigenen Mutter nicht zu vertrauen. Aber im Grunde ist sie das nicht. Sie ist bloß die Frau, die mich geboren und hin und wieder mit erzogen hat, wenn die Nanny freihatte oder ihr langweilig war. *Zynisch, ich? Niemals.*

»Also steht es fest«, fasst Isa zusammen und reibt die Hände aneinander. »Wir bleiben hier, weil Beatrice das kleinere und leichter zu kontrollierende Übel ist.«

Besser hätte ich es nicht formulieren können.

28

Camy

Diese Frau wird mir von Tag zu Tag unheimlicher. Erst das perfekt eingerichtete Zimmer in Arizona, dann der Frühstückstisch mit meinen liebsten Leckereien und jetzt dieses Abendessen. Wenn es nicht absurd klingen würde, könnte ich denken, dass Beatrice mich ausspioniert hat und jetzt versucht, sich durch diese Kleinigkeiten mein Vertrauen zu erschleichen. Und so ausgehungert, wie ich bin, geht der Plan sogar beinahe auf. Allerdings nur beinahe, denn naiv genug, um darauf reinzufallen, bin ich nicht. Trotzdem genieße ich jeden Bissen des saftigen Steaks und stöhne innerlich auf, als ich die Pommes in die Mayo tunke.

Seit Monaten hat mir kein Essen so gut geschmeckt, was sicherlich zum Großteil daran liegt, dass Chris direkt neben mir sitzt. Er hat seinen Stuhl nah neben meinen gestellt, sodass sich unsere Beine unter dem Tisch ständig berühren. Das entgeht Beatrices wachsamen Augen natürlich nicht. Ich bin bei der Hälfte des Steaks angekommen, als sie es nicht mehr aushält und das Besteck geräuschvoll zur Seite legt.

»Ihr habt euch vertragen.« Eine Feststellung, keine Frage. »Das bedeutet anscheinend, dass du deiner Verlobten die Wahrheit erzählt hast und nicht mehr zurückgehen willst.«

Abrupt höre ich auf zu kauen und runzle die Stirn. Bedächtig lege ich die Pommes zurück auf meinen Teller und wische mir geistesabwesend die Hände an der Serviette ab.

»Was ist los?«, fragt Chris und stupst mich vorsichtig mit dem Ellenbogen an.

»Nichts«, erwidere ich mit verkniffenem Lächeln.

»Wir wollten ehrlich sein.«

»Es ist nichts Schlimmes, nur … Wir haben nicht darüber gesprochen, was wir sind«, erkläre ich unsicher und starre auf die Serviette in meinen Händen. »Deine Mutter hat mich deine Verlobte genannt, Chris. Aber ich weiß nicht, was ich für dich bin.«

»Du bist alles für mich«, entgegnet er zärtlich. Behutsam zieht er die Serviette zwischen meinen Fingern hervor, legt sie auf den Tisch und greift nach meinen Händen. »Brauchen wir wirklich eine Definition für unseren Beziehungsstatus? Reicht es nicht, dass wir wieder zusammen sind und du weißt, wie wichtig du mir bist?«

Ich sollte Nein sagen. Sollte mir seiner Liebe sicher sein. Aber das bin ich nicht. Chris hat bisher nicht gesagt, dass er mich noch liebt, nur, dass ich ihm wichtig bin und dass er mich vermisst hat. Es brennt mir auf der Seele, zu wissen, wo wir stehen. Fangen wir von vorn an? Machen wir da weiter, wo wir aufgehört haben, oder entwickeln wir uns in eine andere Richtung? In eine, die uns auf getrennte Wege führt. Mein gesamtes Leben steht in der Schwebe, ist es da falsch, mir zumindest eine Sache zu wünschen, die nicht mit hundert Fragezeichen versehen ist?

Zu meinem Glück komme ich darum herum, antworten zu müssen. Die Frau mit dem frechen Pferdeschwanz, die Chris in Sierra Vista vom Stuhl befreit hat, platzt ins Esszimmer. Sie stellt sich in den Türrahmen, und sofort schwenken alle Blicke zu ihr. Sogar Isa, die sich bisher nicht für das Gespräch interessiert hat, hört auf zu essen und sieht auf.

»Sie wollten informiert werden, sobald wir die Männer untergebracht haben«, sagt sie statt einer Begrüßung und richtet ihre Aufmerksamkeit ausschließlich auf Beatrice.

»Danke, Stephanie«, erwiderte diese. »Verlief alles wie geplant, oder gab es nennenswerte Komplikationen?«

»Nein, Mam. Alles lief reibungslos.«

»Moment«, mischt Chris sich ein und sieht misstrauisch zwischen seiner Mutter und Stephanie hin und her. »Worüber redet ihr?«

»Ich habe mich um die Männer gekümmert, die wir aus Arizona mitgenommen haben«, erklärt Beatrice sachlich. »Die, die mit dir im Keller waren, wurden freigelassen und haben genug Geld bekommen, um untertauchen zu können. So wie du es wolltest. Die anderen wurden hierhergebracht.«

Ohne Vorwarnung springt Chris auf und schiebt seinen Stuhl dermaßen ruckartig zurück, dass er gegen die Wand hinter ihm kracht. »Ich will zu Kelvin.«

»Kelvin ist hier?«, rufe ich.

Der Keller. Seine Finger auf meinem Bein – auf meinem Gesicht. Ein Knall. Blut. Eine Waffe. Eduardo.

Reine Panik treibt meinen Puls an. Er schießt in die Höhe, bis ich kurz vor einem Herzinfarkt stehe und mein Körper bis in die Zehenspitzen pulsiert.

Der Mann, der mich begrapscht hat, als ich mich nicht wehren konnte, und dem ich eine Kugel ins Bein gejagt habe, ist in diesem Haus. *Er ist hier! Hier!*

»Kelvin war nicht in Arizona«, bringe ich hervor und schüttle wie in Trance den Kopf. »Ich hätte es auf keinen Fall vergessen, wenn ich ihn dort gesehen hätte.«

»Er wurde als Erster weggebracht, noch bevor wir eingetroffen sind«, erklärt Beatrice und runzelt verwirrt die Stirn. »Hätte ich ihn dalassen oder lieber woanders unterbringen sollen?«

»Nein!«, rufen Chris und ich zeitgleich. »Nein«, wiederholt er ruhiger und sieht besorgt zu mir hinab. »Wir haben eine Vorgeschichte, die nicht besonders lustig ist. Vor allem Camy hat einiges mit dem Mistkerl zu klären.«

»Ich will ihn sehen«, sage ich entschieden. Mich ihm entgegenzustellen jagt mir mehr Angst ein, als ich zugeben möchte. Und doch weiß ich, dass ich genau das tun muss, wenn ich den Schrecken endlich loswerden will.

»Ich glaube nicht, dass ...«, beginnt Beatrice, aber ein einziger strenger Blick von Chris genügt, damit sie einknickt. »In Ordnung.« Sie seufzt unwillig und reibt sich über die Stirn. »Stephanie soll euch hinbringen.«

Noch bevor Beatrice ausgesprochen hat, springe ich auf, dränge mich zwischen Chris und dem umgefallenen Stuhl hindurch und stelle mich zum Pferdeschwanz an die Tür.

»Alles klar«, sagt sie pflichtbewusst und wirft mir einen knappen Blick zu. »Kommen Sie mit.«

Meine Gedanken fahren Achterbahn, während ich Stephanie aus dem Esszimmer und in den Eingangsbereich folge. Ich bin davon überzeugt, das Richtige zu tun. Allerdings fühlt sich das Richtige nicht immer gut an. In meinem Fall ziehen sich die Eingeweide zusammen, es lockt Übelkeit hervor und lässt mich frieren. Aber ich darf – nein, ich *werde* – mich von der Angst nicht besiegen lassen.

Zu meiner Überraschung geht Stephanie geradewegs auf die Tür der Vorratskammer unter der Treppe zu und öffnet sie. Ich schlucke gegen die Übelkeit an und spähe neugierig über ihre Schulter. Stephanie greift einen Balken des Holzregals, das die gesamte Wand des winzigen Raumes verdeckt, und zieht sie nach vorn, wie eine Tür.

Prompt klappt mein Mund fassungslos auf.

»Ziemlich cool, oder?«, fragt sie mich grinsend.

Ich nicke und schüttle gleich darauf den Kopf. »Dass die Greens auf geheime Gänge stehen, wusste ich«, gebe ich zurück. »Aber mit so was hätte ich nie gerechnet.«

»Das ist noch gar nichts. Sie müssten den Zugang zum Keller in Mrs. Greens Haus in Charleston sehen«, erwidert Stephanie schmunzelnd, dann wird sie plötzlich ernst. »Wenn Sie bereit sind, können wir runtergehen.«

Die kurzfristige gute Laune vergeht mir schlagartig. Hin- und hergerissen starre ich auf die Stufen, da beginnt mein Nacken auf einmal warm zu prickeln, und sofort beruhigt sich mein Puls. Auch wenn ich damit gerechnet habe, macht mein Herz einen erleichterten Sprung, sobald er hinter mich tritt und nach meiner Hand greift.

»Ich bin hier, Curls«, sagt Chris. »Er kann dir nichts anhaben. Nie wieder und schon gar nicht in meiner Nähe.« Wortlos drückt er meine Hand und schenkt mir durch diese einfache Geste so viel mehr, als ich beschreiben kann.

Ich umklammere Chris' Finger wie einem rettenden Anker und steige hinter Stephanie die wenigen Stufen hinab. Die Treppe mündet in einem erstaunlich hellen und einladenden Gang. Es hängen Leuchten an den Wänden, die ihn wie einen gemütlichen Flur wirken lassen. Die vielen Schlösser an den Türen und die zwei bewaffneten Wachmänner vor der hinteren Wand zeigen allerdings mehr als deutlich, dass wir uns auf keinem gewöhnlichen Flur befinden. Es ist ein luxuriöser Gefängnistrakt.

Stephanie zückt einen Kupferschlüssel aus der Hosentasche und schließt damit zwei Schlösser an der letzten Tür auf der linken Seite auf, dann tritt sie wortlos zur Seite.

»Soll ich vorgehen?«, fragt Chris leise.

Ich schüttle den Kopf und lasse seine Hand los. Das hier muss ich aus eigener Kraft durchstehen. Auch wenn meine Knie weich wie Pudding sind und mein Herz mir bis in den Hals klopft, weigere ich mich, gegen die Angst zu verlieren. *Es ist bloß ein Gefühl, dem man sich stellen und das man überwinden kann.* Mehrmals wiederhole ich das im Geiste, dann hole ich tief Luft und betrete den Raum.

Das Erste, das mir auffällt, sind die Wände. Sie sind unverputzt, sodass die Backsteinformen durch die weiße Farbe hindurchscheinen. Rechts steht ein schmales Klappbett, auf dem eine dünne beige Decke liegt, und auf dem Boden daneben sehe ich einen Eimer, bei dem ich mir nicht vorstellen will, für was er da ist. Als Nächstes entdecke ich ihn, und die Umgebung verschwimmt. Kelvin sitzt auf dem einzigen Stuhl im Raum. Er ist nicht daran festgebunden, aber seine Hände verstecken sich auf seinem Rücken, wo sie fixiert wurden. Zumindest hoffe ich das.

Seine Augen blitzen auf, sobald er mich erkennt, und seine Lippen verziehen sich zu einem schmierigen Lächeln.

»Hallo, Schönheit«, begrüßt er mich gut gelaunt. »Ich wusste, dass du mich besuchen würdest. Willst du mich nicht hier rauslassen, damit wir uns an einem gemütlicheren Ort unterhalten können?«

»Du bist genau da, wo du hingehörst«, spucke ich ihm entgegen, und plötzlich ist die Angst verschwunden. An seine Stelle ist glühender Hass getreten, der mich innerlich wärmt. Er verbrennt mich nicht, wie ich erwartet hatte. Nein. Er bestärkt mich.

»Schade. Ich hatte gehofft, wir könnten da weitermachen, wo wir damals in Mexiko aufgehört haben.«

Hinter mir stößt Chris einen wütenden Laut aus, der irgendwo zwischen Zischen und Fluchen liegt, und prompt springt Kelvins Blick zu ihm.

»Green«, flötet Kelvin. »Wie immer ist es mir kein Vergnügen, dich zu treffen.«

»Wo ist Reyna?«, will Chris wissen.

Kelvin grinst uns dermaßen selbstzufrieden an, dass ich am liebsten auf ihn losgehen würde.

»Keine Ahnung.«

»Du wirst uns nichts sagen. Völlig egal, was wir dir dafür anbieten«, stelle ich frustriert fest – da kommt mir eine Idee. »Aber dass du nichts sagst, macht nichts. Wir wissen, in welcher Stadt sie sich aufhält, den genauen Ort erfahren wir auch noch. Außerdem weißt du vermutlich gar nicht, wo sie gerade ist. Somit bist du unwichtig für uns«, behaupte ich und wende mich ab. »Komm, Chris, lass uns gehen. Er ist unsere Zeit nicht wert.«

Es dauert einen Moment, bis Chris begreift, was ich vorhabe. Ich kann förmlich in seinen Augen sehen, wann es klick macht. Er zwinkert mir unauffällig zu, dann wirft er Kelvin einen arroganten Blick entgegen.

»Auf Nimmerwiedersehen. Ich hoffe, dein Gefängnis gefällt dir. Du wirst sehr lange hierbleiben. Allein.«

»Das könnt ihr nicht machen!«, brüllt Kelvin, und seine überhebliche Fassade fällt in sich zusammen wie ein Kartenhaus.

Ich verscheuche das zufriedene Lächeln von meinem Gesicht, ehe ich erneut zu ihm sehe. »Wir können, und wir werden. Du weißt nichts, das hilfreich wäre, also verschwenden wir unsere Zeit nicht mit dir.«

»Reyna wird mich hier rausholen!«, ruft Kelvin und nickt mehrmals, als würde er sich selbst davon überzeugen wollen.

»Wieso sollte sie das riskieren?«, stichle ich. »Sie hat genügend Leute, die deine Arbeit übernehmen können. Du bist ersetzbar, Kelvin.«

»Das bin ich nicht«, keift er wütend. »Die meisten vertrauen Reyna nicht oder wollen keine Frau an der Spitze der Organisation. Ich bin der Einzige, der zwischen ihr und einer Meuterei steht. Das weiß sie. Sie braucht mich.«

»Weil du so viel Einfluss auf die anderen hast«, wirft Chris herablassend ein. »Ich war Teil des Ganzen, falls du es vergessen hast. Sie hören auf das, was Reyna sagt.«

»Nur dass nicht Reyna es sagt, sondern ich«, verkündet Kelvin stolz und reckt das unrasierte Kinn. »Sie ist mehr damit beschäftigt, ihren Bengel zu erziehen, als die Organisation zu leiten. Das meiste plane und entscheide ich schon seit Monaten.«

»Bullshit.« Chris lacht auf. »Du machst dich wichtiger, als du bist. Das war schon immer dein Problem.«

»Tue ich nicht!«, brüllt er zurück und kneift die Augen zu verärgerten Schlitzen zusammen. »Reyna und Eduardo sind die Einzigen, die als offizielle Anführer infrage kommen. Außer ihnen ist niemand mehr übrig, aber sie ist zu inkompetent und gefühlsduselig, um in diesem Geschäft lange zu überleben. Und Eduardo ist noch ein Kind. Also übernehme ich die Entscheidungen. Reyna ist bloß das Aushängeschild.«

»Du willst mir also weismachen, wenn Reyna und der Junge nicht mehr da wären und du ebenfalls festsitzen würdest, würde eine der einflussreichsten und gefürchtetsten kriminellen Organisationen was tun? Einfach zerfallen?«

»Genau das würde passieren, und aus diesem Grund wird sie mich hier rausholen«, höhnt Kelvin. »Reyna braucht mich, um die Leute bei Laune zu halten und ihnen Aufgaben zu geben, die sie von der Tatsache ablenken, dass sie sie als Anführerin nicht akzeptieren. Sie hat keine Ahnung vom Geschäft. Ohne mich wäre schon lange alles den Bach runtergegangen.«

»Danke für die Infos, Kelvin.«

Erschrocken reißt er die Augen auf und starrt mich fassungslos an, sobald ihm sein Fehler bewusst wird. Ihn so zu sehen tut meiner verwundeten Seele unbeschreiblich gut und lässt das Trauma, das er mir beschert hat, schrumpfen. Und dass Kelvin hysterisch stammelt, er hätte gelogen, um sich wichtig zu machen, ist das Sahnehäubchen.

Wir ignorieren den plumpen Versuch, sich herauszureden, und verlassen schweigend den Raum, während er uns Beleidigungen und Drohungen hinterherbrüllt, die seine Verzweiflung nur noch deutlicher machen.

Stephanie schließt die Tür ab und nickt uns beeindruckt zu, sobald wir wieder auf dem Flur sind. »Guter Schachzug«, verkündet sie. »Ich werde Mrs. Green informieren. Genießen Sie Ihren Sieg.«

Nachdem Stephanie die Treppe hinaufgestiegen ist, reißt Chris mich ohne Vorwarnung in seine Arme und gibt mir einen stürmischen Kuss.

»Du bist großartig«, raunt er. »Nicht nur bildschön und unverschämt sexy, sondern auch intelligent und clever.«

»Wie machen wir jetzt weiter?«, will ich wissen und versuche, mir nicht anmerken zu lassen, wie sehr ich seine Komplimente genieße.

»Jetzt entwickeln wir einen Plan, wie wir endlich unser Leben zurückbekommen.«

Unser Leben.

Seins und meins.

Gemeinsam.

29

Camy

Es ist surreal. Bis vor drei Tagen dachte ich noch, ich hätte ihn für immer verloren. Dass Chris gestorben war, weil er kurz zuvor seine Deckung aufgab, um mich zu retten, und dass ich ihn nie wieder sehen würde.

Ich befand mich auf einer Reise, die ich nur angetreten habe, um einen Abschluss und gleichzeitig einen Neuanfang zu finden. Ohne ihn.

Aber Chris ist nicht tot. Er sitzt quicklebendig neben mir auf dem Bett und quillt förmlich über vor Tatendrang. Ich sehe, spüre und höre ihn. Trotzdem fällt es mir schwer, mich davon abzuhalten, mir in den Arm zu kneifen und mich davon zu überzeugen, nicht zu halluzinieren. Tatsächlich in der Realität zu sein und nicht in einem wunderschönen Traum.

»Das können wir nicht machen«, erkläre ich überzeugt. »Selbst wenn wir Reyna irgendwie in die Falle locken und es schaffen, die Behörden dorthin zu rufen, ohne dass sie auch uns sofort am Rockzipfel hängen, können wir das nicht tun, Chris. Eduardo würde seine Mutter verlieren und im Fürsorgesystem landen. Ich will nicht dafür verantwortlich sein, das Leben eines Kindes zu zerstören.«

»Glaub mir«, erwidert Chris bitter. »Für den Jungen ist es besser, in Pflegefamilien aufzuwachsen als bei seiner Mutter. Violet, Ian und Isabella würden mir da sofort zustimmen.«

»Nur weil ich im Gegensatz zu euch eine normale Kindheit hatte, heißt das nicht, dass ich keine Ahnung habe, wie ein Kind nicht aufwachsen sollte«, werfe ich ein und pikse Chris in die Brust.

Unvermittelt schnappt er sich meinen Finger und führt ihn an seine Lippen. »Wir denken uns etwas aus, um zu verhindern, dass der Junge leiden muss«, verspricht Chris und küsst zärtlich meine Fingerknöchel. Seine Stimme ist tiefer und sein Blick fiebriger geworden, was mich schlagartig rot anlaufen lässt und Hitze durch meinen Körper treibt. »Lass uns das Thema wechseln. Wenn wir wissen, wie wir Reyna finden, können wir uns immer noch Gedanken darum machen.«

»Über was möchtest du sprechen?«, frage ich und verfluche mich für das verräterische Beben in meiner Stimme.

Chris ist viel zu nah. Er hält meine Hand an seine Brust gedrückt, und sein Bein klebt regelrecht an meinem. Der Kerl macht es einem alles andere als einfach, sich zurückzuhalten. Denn trotz allem, was vorgefallen ist, zieht mich dieser Mann an wie ein Magnet Metall. Es ist unmöglich, ihm nicht nah sein zu wollen. Ihn nicht berühren zu wollen. Jede Faser meines Körpers drängt mich auf ihn zu. Es fühlt sich an, als würden kräftige Hände mich in seine Richtung zerren und an ihn pressen wollen.

Um der Situation zu entkommen, entziehe ich ihm meine Hand und rutsche vom Bett. Ich habe es noch nicht geschafft, meinen Koffer auszuräumen, weshalb er noch immer prall gefüllt auf dem Boden liegt. Okay, ich mache mir nichts vor. Der Koffer wird genauso dort liegen bleiben, wie er ist, bis wir abreisen.

Chris' wachsamer Blick bringt meine Haut zum Glühen und macht mich nervös wie einen unerfahrenen Teenie, während ich den Deckel aufklappe und das ausgehöhlte Buch herausnehme.

»Du willst nicht ernsthaft darüber sprechen, dass Beatrice

mich hat beschatten lassen?«, kommentiert Chris ungläubig. »Ich kenne mindestens tausend fröhlichere Themen als meine Mutter. Spontan fallen mir da Mord, Gewalt und Folter ein.«

»Das ist nicht witzig«, tadle ich, kann mir ein winziges Schmunzeln aber nicht verkneifen. Ich setze mich mit dem Buch zurück aufs Bett, wobei ich darauf achte, dieses Mal mehr Abstand zwischen Chris und mir zu lassen. Zur Sicherheit. »Ich will nicht über deine Mutter reden, sondern mir Fotos ansehen, die uns an glückliche Zeiten erinnern.«

»Bist du heute sentimental veranlagt?«, zieht er mich auf.

Ich schnaube. »Von mir aus kannst du gehen. Ich werde mir jetzt Fotos ansehen. Mit dir oder ohne dich.«

»Na schön«, lenkt er ein und nimmt mir ungefragt das Buch ab. Chris holt einige Fotos heraus und blättert sie desinteressiert durch, dann stoppt er auf einmal und zieht eins aus dem Stapel heraus. »Erinnerst du dich daran?«

Um besser auf das Foto sehen zu können, beuge ich mich vor, bis ich halb über Chris' Schoß bin. Ein Lächeln schleicht sich auf mein Gesicht, als ich den Moment wiedererkenne.

»Das ist kein Jahr her«, sage ich. »Wir waren in Dublin.«

»In der Innenstadt«, präzisiert Chris und streicht gedankenverloren über das Foto. »Du wolltest in einen Schuhladen, aber ich hab dich ewig vor diesem Schaufenster festgehalten. Als wir zurück an den Laden kamen, hatte er schon geschlossen. Du warst so sauer auf mich, dass du rote Flecken am Hals bekommen hast.«

Ich kann die Szene deutlich vor mir sehen. Wir schlenderten durch die belebten Straßen von Dublin und waren auf dem Weg zu einem Geschäft, in dem ich Schuhe für unsere Hochzeit bestellt hatte. Wunderschöne weiße High Heels, die über und über mit Kristallen besetzt und so hoch waren, dass ich keine Ahnung hatte, wie ich darin laufen sollte. Chris hielt mich unterwegs immer wieder auf und kaufte unnötigen Kram, wie ein

Autorennspiel für Kinder und ein kitschiges Kissen mit gelben Enten darauf, das er Caleb schenken wollte. Am Ende behielt ich das Kissen, und wir kauften Caleb ein anderes.

Irgendwann blieb Chris vor einem Schaufenster stehen und fuchtelte so aufgeregt mit den Händen herum, dass es mich zum Lachen brachte. Genau diesen Augenblick haben Beatrices Leute auf dem Foto festgehalten. Wir standen vor einem Tattoostudio und bewunderten die kunstvollen Vorlagen, die quer über das Fenster verteilt hingen.

»Weißt du noch, was ich damals tun wollte?«

»Du wolltest mich davon überzeugen reinzugehen, weil du dein Tribal mit einem C erweitern wolltest«, antworte ich und schlucke mühsam gegen den Kloß im Hals an. »Einem C für Camy.«

»Ich hab's getan«, flüstert Chris unvermittelt.

»Was getan?«

»Es erweitert.«

Ungläubig sehe ich auf und warte auf seine Bestätigung, mich verhört zu haben. Doch die kommt nicht. Stattdessen lächelt Chris frech und legt das Foto zur Seite. Wortlos greift er nach dem Saum seines T-Shirts und zieht es sich über den Kopf, ohne mich aus den Augen zu lassen.

Es fällt mir unsagbar schwer, mich auf sein Tribal zu konzentrieren statt darauf, dass dieser verflucht attraktive Mann halb nackt vor mir sitzt. Ich könnte mich vorwagen, ihn küssen und den Moment ausnutzen, um das Ziehen in mir gewinnen zu lassen. Aber ich tue es nicht, denn dafür ist die Bedeutung dessen, was er mir zeigen will, zu wichtig.

Chris drückt die Schulter nach vorn und tatsächlich: Ein Ausläufer des Musters ist länger als früher und formt ein filigranes C, das knapp neben seiner Wirbelsäule liegt.

Meine Augen brennen bei dem Anblick, und ein Schluchzen kriecht meine Kehle hinauf, bevor ich es stoppen kann. Er hat mich bei sich getragen. Mich auf seiner Haut verewigt und all die Monate an mich gedacht. Diese Gewissheit bedeutet mir so viel mehr, als er ahnt. So viel mehr, als ich je in Worte fassen könnte.

Chris zieht die Schulter zurück und umfasst besorgt mein Gesicht. »Was ist los?«

»Die letzten Monate waren die reinste Hölle. Da war dieser unendliche, immer präsente Schmerz, der mich nach und nach zerfressen hat. Ich wusste, dass es nie ganz aufhören würde wehzutun, aber ich musste versuchen, ihn auf ein erträgliches Maß zu schrumpfen, wenn ich je wieder lächeln wollte, ohne mich schuldig zu fühlen. Also habe ich Isabella davon überzeugt, Reyna zu suchen. Chris, ich wollte einen Abschluss, damit ich einen Weg finde, ohne dich weiterzumachen. Ich hatte mich damit abgefunden, nie wieder zu lieben und für immer allein zu bleiben, auch wenn es etwas in mir getötet hat. Aber jetzt sitzt du vor mir, und … es ist nicht einfach, die Hoffnung wieder zuzulassen und mir einzugestehen, dass das alles echt ist. Dass *du* echt bist.«

»Es tut mir so leid«, flüstert Chris. Seine Augen funkeln dunkel vor Selbsthass, und um seinen Mund spielt ein bitterer Zug. »Hätte ich eine andere Möglichkeit gesehen, um dich zu beschützen, hätte ich dir das niemals angetan. Alles, was ich wollte, war, dafür zu sorgen, dass ihr in Sicherheit seid. Du und Isabella. Ihr solltet nichts ausbaden müssen, was ich verbockt habe. Vor allem du sollst das nicht«, setzt er nach und reibt mit den Daumen zärtlich über meine Wangen. »Hättest du dich damals nicht in mich verliebt, wäre dir dieser ganze Bullshit nie zugestoßen. Ich kann die Vergangenheit nicht ungeschehen machen, Camy, aber ich wollte zumindest dafür sorgen, dass sie dich nicht mehr verfolgt und dir im Weg steht.«

»Reyna kann mir nichts antun, das mehr wehtut, als zu glauben, ich hätte dich verloren«, stelle ich klar. »Wenn du mich also wirklich beschützen willst, lass mich nie wieder allein, Christian. Das ist alles, was ich will.«

»Nie wieder«, verspricht er sofort.

»Sag nichts, das du nicht so meinst«, fordere ich scharf und zucke unter der Heftigkeit meiner Worte zusammen. Keine Ahnung, wo die Wut plötzlich herkommt, aber sie ist da und will sich Luft machen. »Nimm dir Zeit und denk genau darüber nach, bevor du irgendwas versprichst. Ich will es nicht bereuen müssen, dir noch einmal vertraut zu haben.«

»Ich meine es ernst«, erwidert er und legt irritiert den Kopf schief. »Ich halte mein Wort, Curls. Versprochen.«

»Vor uns liegt keine Aufgabe, die wir gemütlich aus dem Bett heraus erledigen können«, beharre ich und rutsche ein Stück nach hinten, sodass seine Hände von meinem Gesicht gleiten. »Es wird gefährlich, da mache ich mir nichts vor. Wenn das mit uns wieder etwas werden soll, muss ich wissen, dass du mich nicht wegstößt. Nicht dieses Mal. Nie wieder. Ich bin stärker und kann mehr aushalten, als du mir zutraust, Chris. Du musst mir in diesem Punkt endlich anfangen zu vertrauen.«

»Camy …« Er lächelt zärtlich und greift nach meinen Händen. »Ich würde mich immer vor dich werfen, um dich zu beschützen, aber ich werde dich nie wieder wegschubsen. Auch festgefahrene Idioten wie ich können sich ändern und aus ihren Fehlern lernen. Und das habe ich«, setzt er überzeugt nach. »Ich liebe dich, Camy Owsen. Und ich verspreche, dir nie wieder unnötig wehzutun.«

Durch diese drei kleinen und doch so bedeutsamen Worte löst sich meine Wut in Rauch auf. Was in diesem Moment zählt, sind Chris und ich. Alles andere ist plötzlich unwichtig geworden.

Die Vergangenheit.

Die Zukunft.

Alle Sorgen und Probleme, die außerhalb meines Zimmers auf uns lauern. Alles kann warten, nur nicht dieser Moment.

Ich beuge mich vor, senke meine Lippen auf seine und lasse all den aufgestauten Schmerz und Frust in den Kuss gleiten. Wir pressen uns aneinander, bis kein Blatt mehr zwischen uns passt und ich das heftige Schlagen seines Herzens an meiner Brust spüre. Unsere Lippen treffen unkontrolliert aufeinander. Wieder und wieder. Ohne Hemmungen und mit purer Verzweiflung.

Chris greift mir in die Haare und zieht daran. Nicht schmerzhaft, aber stark genug, dass es mir einen heiseren Laut entlockt und meine Lust weiter anheizt. Ohne es bewusst zu tun, rutsche ich vor und setze mich auf seinen Schoß. Es fühlt sich an, als würde ich nach Hause kommen. Endlich heimkehren.

Chris lehnt sich zur Seite und lässt mich vorsichtig aufs Bett gleiten, bis ich auf dem Rücken unter ihm liege und ihm atemlos in die glühenden Augen sehe.

»Kein Zurück«, raunt er dunkel, und prompt stellen sich die feinen Härchen auf meinen Armen auf, während mein Herz einen glücklichen Sprung macht.

»Ich liebe dich, Christian«, flüstere ich. »Für mich gab es nie ein Zurück, und es wird niemals eins geben.«

Sein Blick versengt mich beinahe. Chris lehnt sich vor, und sein Mund findet diese besonders empfindliche Stelle unter meinem Ohr. Er saugt und knabbert daran, was einen prickelnden Stoß durch meinen Körper jagt, der sich in meiner Mitte entlädt wie ein Feuerwerk. Seine Lippen zeichnen einen Weg meinen Hals hinab übers Schlüsselbein bis zum Ansatz meiner Brüste. Seine Zähne zupfen am dünnen Stoff meines Tops, als würden sie eine Frage stellen. Eine, auf die ich, ohne zu zögern, antworte. Ich greife nach dem Saum meines Tops und ziehe es mir über den Kopf, wodurch Chris den Kopf heben muss, um meinen Armen Platz zu machen. In seinem Blick braut sich ein unaufhaltbarer Sturm zusammen, während er auf meinen BH starrt und sich unbewusst über die Lippen leckt.

Es ist ewig her, seit ich mich so begehrt gefühlt habe. Seit ich zuletzt eine solche Lust verspürte. Ich habe das Gefühl, sie ausleben zu müssen, da ich andernfalls vor Druck zerspringe.

Meine Nägel kratzen über Chris' feste Brust und genießen es, seine nackte Haut zu spüren und die Gewissheit zu haben, dass er mir gehört. Ich streiche über jede Unebenheit und jeden Muskelstrang – bis ich bei einer Narbe auf seinem Rippenbogen ankomme.

Fasziniert streiche ich darüber, fahre der Form nach und verbiete den aufkommenden Erinnerungen, durchzubrechen und mich zu überrennen. Dennoch schaffen es einige und zwingen meine Finger zum Stoppen.

»Das ist die Stelle«, stelle ich heiser fest, und prompt versteift Chris sich unter der Berührung. Seine Brust spannt sich an, und er zieht die Schultern hoch, als müsse er sich hinter einer Rüstung verstecken.

Einem Impuls folgend, richte ich mich auf und lege meine Lippen über die Narbe. Ich küsse sie. Überschütte sie mit Liebe und hoffe, dass es ihm dabei hilft, seine Dämonen zu verscheuchen. So, wie seine Liebeserklärung meine Dämonen ruhiggestellt hat.

Unter schweren Lidern blicke ich zu Chris hoch. Seine Augen sind geschlossen, und obwohl sein Körper noch immer angespannt ist, wirkt sein Gesicht von Sekunde zu Sekunde gelöster. Aber das ist nicht genug, denn ich wünsche mir, dass er ebenso glücklich ist, wie ich es im Augenblick bin. Also löse ich mich von der Narbe, lege mich wieder auf den Rücken und lasse meine Finger quälend langsam über seinen Bauch fahren, um ihn abzulenken. Sie folgen der schmalen Spur aus Haaren hinab zu seiner Jeans. Ich nehme den Blick nicht von Chris' Gesicht, während ich seine Hose öffne und sie ein Stück über seinen Hintern schiebe.

Ein winziges Grinsen zieht an seinen Mundwinkeln. Er tut es mir gleich und öffnet meine Hose. Aber er streift sie mir ganz ab, wofür er sich aufsetzen muss. Wieder sieht er zu meinen Brüsten, und dieses Mal hält ihn nichts auf. Seine Finger tänzeln über den viel zu dünnen und doch zu dicken Stoff, ertasten meine harten Brustwarzen und streichen federleicht darüber. Ich stöhne, werfe den Kopf in den Nacken und dränge mich seiner Berührung entgegen. Ab diesem Moment gibt es kein Halten mehr. Als wäre der lustvolle Laut ein Startsignal und unsere Körper die Rennstrecke.

Mit hektischen und drängenden Bewegungen streifen wir uns die restlichen Kleider ab. Dabei sprechen wir kein Wort, und doch quillt die Luft zwischen uns beinahe über vor Worten. Worten, die nicht ausgesprochen werden müssen, denn das Wichtige fühlen wir überdeutlich. Die Zuneigung, das wiedererwachte Vertrauen und die Verbundenheit, die einem nur sein Seelenverwandter schenken kann.

Zärtlich lässt Chris seine Hand zwischen meinen Brüsten hinabfahren. Er streicht an meinem Bauchnabel entlang über mein Schambein, bis er meinen Oberschenkel packt und ich einen leisen überraschten Ton von mir gebe.

Chris stoppt seine Bewegungen abrupt und sieht mich schwer atmend an. Seine Wangen sind gerötet, sein Blick fiebrig, und ich spüre, dass sein Herz genauso schnell pumpt wie meins.

»Soll ich aufhören?«, fragt er, und wie viel Kraft ihn diese Frage kostet, zeigt das Zittern seiner Muskeln überdeutlich. »Wenn es dir zu schnell geht …«, setzt er nach und bringt mein Herz damit vor Liebe beinahe zum Überlaufen.

»Wehe, du hörst auf«, flüstere ich.

Chris grinst. Erleichtert und zärtlich zugleich. Vorsichtig, aber bestimmend drängt er meine Beine auseinander und gleitet dazwischen, während unsere Blicke sich ineinander verkeilen.

Dann versenkt er sich in mir.

30

Chris

Früher war Sex etwas rein Körperliches für mich. Es war etwas, das Spaß machte und das zu einem gelungenen Partyabend ebenso dazugehörte wie zum Abschluss eines stressigen Tages.

Der Sex mit Camy ist anders.

Er bedeutet etwas.

Bei ihr zu sein ist nicht nur dazu gedacht, zur Erfüllung zu führen, wie es früher der Fall war, sondern dazu, den anderen auf die intensivste Weise zu spüren, die möglich ist. Wir waren so lange voneinander getrennt, dass ich mich kaum zurückhalten kann und die herannahenden Wellen des Höhepunkts schon spüre, noch bevor ich in ihr bin. Aber ich versuche es, denn auch für Camy ist es ewig her, und ich will sie weder überfordern noch enttäuschen. Außerdem will ich jede Sekunde voll auskosten.

Die ersten Stöße sind langsam und überwältigend intensiv. Bei jedem neuen Eindringen überrennt mich ein Schauer, den ich bis ins Mark spüre und der es mir verdammt schwer macht, das gemäßigte Tempo beizubehalten. Ich beiße die Zähne zusammen und versuche, mich zu konzentrieren. An etwas zu denken, das mich beruhigt. Aber wie zum Teufel soll ich das schaffen, wenn Camy sich unter mir hemmungslos windet, immer lauter stöhnt und sich an meinem Becken festkrallt?

Die Frau, die ich liebe, meinetwegen so gelöst zu sehen,

dämpft einen Teil der beißenden Schuldgefühle, weil sie so sehr leiden musste. Zusätzlich spricht es die animalische Seite in mir an, die mehr als stolz und zufrieden mit ihrer Reaktion auf mein Tun ist.

Camy ruft meinen Namen, als wäre er Fluch und Gebet zugleich, und sieht mich unter schweren Lidern an – das ist zu viel für meine brüchige Selbstbeherrschung. Ich stoße einen derben Fluch aus, was ihr ein wissendes Grinsen entlockt. Die Genugtuung vergeht ihr allerdings schlagartig, als ich das Tempo erhöhe, sie an der Hüfte packe und härter nehme.

»Bitte«, fleht sie keuchend. »Chris, ich kann … Ich muss … bitte.« Mehr muss sie nicht sagen.

Ich überschütte ihre Brüste mit Küssen, umspiele ihre Brustwarzen mit der Zunge, bis sie hart und geschwollen vor mir aufragen, und kann mir kein Bild vorstellen, das schöner sein könnte. Dann richte ich mich auf, hebe mit der Rechten ihr Becken an und fasse mit der Linken zwischen uns. Ich ertaste ihre Perle und umkreise sie mit dem Daumen auf die Weise, von der ich weiß, dass es sie in den Wahnsinn treibt. Ich zupfe leicht daran, erhöhe den Druck und kreise immer schneller über die pulsierende Stelle.

Camy vergräbt ihre Nägel in meiner Haut. Sie kommt jedem meiner Stöße mit der gleichen Gier entgegen, die auch mich allmählich den kläglichen Rest an Kontrolle verlieren lässt, und wirft den Kopf hin und her. Dann stockt sie unvermittelt. Ihre Beine zittern, ihr Körper bäumt sich mir entgegen, und sie schreit meinen Namen.

Mit brennendem Blick nimmt Camy mich gefangen und reißt mich mit sich über die Klippe. Ein weiteres Mal versenke ich mich in ihr, dann explodiert meine Welt.

Heftiger als die Lust entlädt sich eine Welle der Euphorie und entzündet jeden noch so winzigen Millimeter in mir. Verdammt, das klingt so kitschig! Aber es ist wahr. Dank dieser wundervollen Frau, die mit glücklichem, aber erschöpftem Lächeln unter mir liegt, ist Sex zu mehr als einem rein körperlichen Akt geworden. Mit Camy ist es eine Verbindung auf höherer Ebene.

Ausgelaugt rolle ich mich zur Seite und streiche den Schweiß von meiner Stirn. Jeder Nerv pulsiert, und meine Haut ist dermaßen überempfindlich, dass ich vor Schreck beinahe zusammenfahre, als Camy sich an mich schmiegt und ihren Kopf auf meiner Brust ablegt.

»Ich schätze«, sagt sie schläfrig, »jetzt weiß auch der Letzte im Haus, dass wir uns versöhnt haben.«

Grinsend streiche ich ihr übers Haar und schlinge den Arm um ihren Bauch. »Ich will ja nicht angeben, aber ich bin stolz darauf, wie laut du meinetwegen geschrien hast.«

»Eigentlich meinte ich dein Brüllen, nicht meins«, kontert sie frech, was mich zum Lachen bringt. Auch Camy lacht, allerdings geht es in ein herzhaftes Gähnen über. »Ich gehe schnell ins Bad«, verkündet sie und gleitet auf wackeligen Beinen aus dem Bett.

Ich sehe ihr nach, bewundere den perfekten Apfelhintern und frage mich, womit ein verkommener Typ wie ich so viel Glück verdient hat.

Sobald sie das Bad wieder verlassen hat, stehe ich ebenfalls auf und gehe hinein, um mich zu waschen. Anschließend steige ich zurück ins Bett, und sofort schmiegt Camy sich wieder an mich wie eine verschmuste Katze.

»Schlaf jetzt, Schönheit«, flüstere ich und küsse sie auf die Schläfe. Mit einer Hand fische ich nach der Decke und breite sie mehr schlecht als recht über uns aus.

»Ich liebe dich«, wispert Camy und schließt die Augen.

»Ich liebe dich auch, Curls«, erwidere ich aufrichtig.

Nein. Nein. Nein verdammt! Meine Kehle ist so zugeschnürt, dass ich kaum noch Luft bekomme. Dieser Keller ist ein herunterge-

kommenes Drecksloch, in dem sie nicht sein sollte. Sie sollte nicht auf diesem schäbigen Stuhl sitzen. Ihre Augen sind geschlossen, das Gesicht ist bleich wie der Tod selbst, und nicht der kleinste Muskel bewegt sich. Aber sie ist nicht tot. Sie darf nicht tot sein.

»Zu spät«, sagt jemand und lacht, aber ich sehe nicht von ihr weg. Ich kann nicht. Meine Beine bewegen sich, ohne dass ich es spüre. Stück für Stück komme ich dem nahe, was von ihr übrig ist, bis ich direkt vor ihr stehe und ihren Geruch wahrnehme. Süß wie ein Gummidrops, aber auch frisch wie eine Blumenwiese im Frühling.

Vorsichtig strecke ich die Hand aus und berühre ihr Haar. Selbst ihre sonst so eigenwilligen Locken hängen kraftlos an ihrem Kopf herab. Ich streiche ihr den dunklen Schleier vom Gesicht, beuge mich vor und gebe ihr einen zärtlichen Kuss auf die Stirn. Keinen Abschiedskuss! Sie ist nicht tot. Nicht tot.

Nicht. Tot!

»Du hättest sie nicht allein lassen dürfen«, stichelt jemand, und dieses Mal sehe ich auf. Ein Schatten, mehr steht dort nicht. Umrisse, so verschwommen, als würde ich durch ein Milchglas blicken, und eine Stimme, düster und gehässig, als stünde der Teufel persönlich vor mir.

Plötzlich wird es so hell, dass ich die Augen zusammenkneifen muss, um etwas zu erkennen. So hell, dass der Schatten verblasst und vom Licht verschluckt wird.

Schützend schlinge ich die Arme um ihren Kopf. Ich will ihr sagen, dass alles gut wird. Dass ich da bin und niemand ihr je wieder wehtun wird. Aber egal, wie hartnäckig ich es versuche, ich bekomme keinen Ton heraus.

Panisch reiße ich die Augen auf und blinzle überrascht. Das Licht ist verschwunden. Ich richte mich auf, nehme die Arme von ihr und sehe mich nach dem Schatten um, aber er ist ebenso weg wie das Licht. Erleichtert strecke ich den Arm aus, doch ich greife ins Leere.

Mein Blick schießt zu ihr – der Stuhl ist leer.

»Ich habe es dir gesagt«, stichelt die Stimme aus dem Nichts. »Du darfst sie nicht allein lassen. Nicht aus den Augen lassen. Niemals.«

Schweißgebadet schrecke ich auf. Mein Herz rast, springt mir beinahe aus der Brust, und mein Haar klebt auf meiner Haut wie ein nasses Tuch.

Panisch sehe ich mich im schwachen Licht um und atme erleichtert auf, als ich Camy neben mir im Bett entdecke. Sie schläft, schnarcht leise vor sich hin und lächelt. Was sie auch träumt, es ist definitiv erfreulicher als bei mir.

Ich streiche ihr über die Schulter und ziehe sofort wieder die Hand zurück. Es ist verrückt. Ich bin verrückt. Habe ich sie gerade angefasst, um mich davon zu überzeugen, dass sie echt ist? *Was zur Hölle war das für ein Traum? Und wieso hallt er dermaßen hartnäckig in mir nach?* Kopfschüttelnd setze ich mich auf und reibe mir über die Augen. Unmöglich, dass ich mich einfach hinlegen und wieder einschlafen kann.

Um Camy nicht zu wecken, schiebe ich vorsichtig die Decke von mir und wuchte in Zeitlupe meine Beine aus dem Bett, damit die Matratze nicht wackelt. Einen Moment lang sitze ich unschlüssig auf der Bettkante und überlege, was ich jetzt, mitten in der Nacht, machen kann, ohne jemanden zu wecken – dann fallen mir die Fotos ein, die ich noch nicht alle gesehen habe. Kurz entschlossen beuge ich mich vor und taste im Halbdunkeln nach Camys Koffer. Doch statt des Koffers berühren meine Finger etwas anderes. Einen festen schmalen Stoffstreifen, der sich anfühlt wie der Träger einer Tasche. Ich sollte nicht in ihren Sachen wühlen, aber ich kann nicht anders. Ich will herausfinden, was dort versteckt ist.

Ich ziehe an dem Träger und hole eine Reisetasche unter dem Bett hervor. Meine Tasche. Ungläubig kneife ich die Augen zusammen, um im Dunkeln besser sehen zu können und mich zu vergewissern, mich nicht zu irren. Ja, es ist die schwarze Reisetasche, die ich damals in Mexiko ins Schließfach schloss und von der ich glaubte, sie wäre seitdem verloren. Was sie nicht ist. All die Zeit über hat Camy die Tasche behalten, und so prall, wie sie aussieht, hat sie auch den Inhalt nicht weggeworfen. Camy hat meine Sachen aufbewahrt, obwohl sie dachte, ich wäre tot. Obwohl es ihr extrem wehgetan haben muss, meine Habseligkeiten um sich zu haben. Greifbare Erinnerungen an den Mann, den sie für immer verloren glaubte.

Minutenlang starre ich reglos auf die Tasche, dann schiebe ich sie wieder unters Bett und stehe langsam auf. Anschließend verlasse ich leise Camys Zimmer und schleiche durch den menschenleeren Flur in meins. Praktischerweise liegt es direkt gegenüber. Ich will mich nicht mitten in der Nacht wegschleichen wie nach einem One-Night-Stand. Ich brauche bloß einen Moment für mich, um Luft zu holen und den Traum und die Entdeckung der Tasche zu verdauen.

In meinem Zimmer ist es stockdunkel, und dass ich daran nichts ändern kann, ist meine eigene Schuld. Ich habe die zwei einzigen Lampen nach meiner Ankunft gegen die Wand geworfen. Aus Wut, weil Beatrice mich hier eingesperrt hat, als wäre ich ein Teenager und sie könnte mir Hausarrest geben. Als kurz darauf der Krach aus Camys Zimmer dröhnte und ich sah, dass sie ebenso ihre Wut an den Möbeln ausgelassen hat, ging es mir sofort besser. Nicht, weil ich es toll finden würde, wenn es ihr schlecht geht, sondern weil es uns verbindet. Wir neigen beide zu dramatischen Gefühlsausbrüchen. Daran hat sich durch die monatelange Trennung nichts geändert.

Ich lasse die Tür offen stehen, damit das Licht aus dem Flur mein Zimmer beleuchtet und ich mir im Dunkeln nichts breche. Da ich frische Luft brauche, um den Kopf freizubekommen, ziehe ich den schwarzen Samtvorhang zur Seite und öffne die

Tür zum Balkon. Groß ist er nicht. Er bietet gerade einmal genug Platz, damit zwei, höchstens drei Leute nebeneinanderstehen können. Möbel gibt es keine, aber das stört mich nicht. Im Gegenteil. Ich bin froh über die Bewegung meiner Muskeln, denn innerlich bin ich zu unruhig, als dass ich mich setzen und stillhalten könnte.

Der Mond ist nirgends zu sehen, was die Nacht düster und bedrohlich wirken lässt. *Passend zu meiner Stimmung.* Seufzend lehne ich die Unterarme auf die Brüstung und sehe in den Garten hinab. Das Areal ist nicht sonderlich groß, was mich verwundert. Beatrice steht auf pompöse Gärten mit seltenen Blumen. Dieser hier ist rechteckig, umringt von Bäumen, die dank des heranschreitenden Herbstes nur noch spärlich mit Blättern bedeckt sind und stellenweise den Blick auf den hohen Zaun freigeben, der das Grundstück umschließt. Direkt unter meinem Balkon ist der Pool, den man über die Terrassentür im Wohnzimmer erreicht.

Einige Zeit starre ich vor mich hin und versuche, diesen beschissenen Traum zu verdrängen, da springt das Licht auf der Terrasse plötzlich an.

Ich kann nicht sagen, weshalb ich es tue, aber ich nehme sofort die Arme von der Brüstung und ducke mich instinktiv, bis ich nur knapp über den Rand blicken kann und von unten vermutlich nicht zu sehen bin.

Zwei Menschen treten neben den Pool. Die blonden Locken erkenne ich selbst im schwachen Licht der mickrigen Terrassenlampe. Es ist Beatrice. Aber wer neben ihr steht, kann ich nicht erkennen. Von der Statur her würde ich sagen, es ist ein Mann, allerdings könnte es auch eine kräftige Frau sein, die ihre Haare unter der schwarzen Cap versteckt.

Beatrice sagt etwas, das ich von hier aus nicht verstehe, und sieht über ihre Schulter. Minutenlang unterhalten die zwei sich, wobei sie sich immer wieder umsieht, als fürchte sie, erwischt oder belauscht zu werden. Dann fuchtelt Beatrice plötzlich aufgeregt mit den Händen in der Luft. Ihr Gegenüber schüttelt den Kopf und verschwindet ohne Erwiderung im Haus.

Beatrice legt die Hände in den Nacken und starrt zum Himmel. So bleibt sie stehen, ehe sie nickt, als hätte sie eine Entscheidung getroffen. Sie nimmt die Hände herunter und schüttelt sie mehrmals aus, dann verschwindet auch sie wieder im Haus.

Keine Ahnung, was ich gerade beobachtet habe, aber was es auch war, Beatrice will es geheim halten. Mir fällt kein anderer Grund ein, aus dem sie sonst ein Treffen mitten in der Nacht vereinbaren sollte.

Ja, Beatrice Green führt etwas im Schilde, von dem mein Instinkt mir sagt, dass es mir nicht gefallen wird.

31

Camy

Wie gut es sich anfühlt auszuschlafen, hatte ich vergessen – was eine Schande ist. Immerhin war Schlafen früher eins meiner liebsten Hobbys. Meine Augen brennen nicht vor Müdigkeit, und meine Glieder sind nicht bleischwer. Außerdem ist mein Verstand ausgeruht und klar. Es ist ewig her, seit ich beim Wachwerden zuletzt keine schlechte Laune hatte. Die Lider zu öffnen, mich aufzusetzen und den neuen Tag zu begrüßen fällt mir leicht. Erstaunlich, wie viel guter Schlaf zur mentalen Gesundheit beiträgt. Guter Schlaf und verdammt guter Sex, denke ich grinsend.

Durch den winzigen Spalt zwischen den Vorhängen erkenne ich, dass die Sonne bereits aufgegangen ist und ihre warmen Strahlen auf die Welt wirft. Da ich den Wecker zertrümmert habe, kann ich nicht nach der Uhrzeit sehen, aber ich bin sicher, dass es bereits später Vormittag sein muss.

Ich strecke mich und wackle mit den Zehen, die unter der Decke hervorlugen und eindeutig etwas Farbe vertragen könnten. Ich bin sicher, Isa wäre begeistert, wenn ich sie nach Nagellack fragen würde.

Ich werfe die Decke zur Seite und schwinge die Beine aus dem Bett – da fällt es mir schlagartig auf: Chris liegt nicht neben mir. Sofort verpufft die gute Laune, und ich schlinge besorgt die Arme um mich. Er würde mich nicht grundlos allein lassen. Irgendetwas ist passiert, während ich geschlafen habe wie eine Tote.

Ich springe auf und sehe mich hektisch nach meinen Klamotten um, die gestern im Eifer des Gefechts quer durchs Zimmer geflogen sind. Da geht die Badezimmertür auf, und ich stoße erleichtert die Luft aus.

Chris bleibt abrupt stehen. Sein Blick gleitet so genüsslich über meinen nackten Körper, dass ich erneut grinsen muss und die restliche Sorge in mir verfliegt.

»Guten Morgen, Mister Green«, sage ich.

Er antwortet nicht. Chris fixiert meine Brüste und leckt sich über die Lippen. Schmunzelnd schnippe ich vor meinem Gesicht mit dem Finger, damit er hochsieht. Was er nicht tut. Okay, dann eben anders. Ich schnappe mir die dünne Decke vom Bett und schlinge sie um meinen Körper. Prompt verzieht Chris das Gesicht wie ein bockiges Kind.

»Spielverderberin.«

»Dir auch einen guten Morgen«, erwidere ich fröhlich. »Wie lange bist du schon wach?«

»Eine Weile«, antwortet er und weicht meinem Blick aus. Sofort blinken meine Warnleuchten auf.

»Was ist los?«

»Nichts.«

Er lügt! Fassungslos gehe ich auf ihn zu, bis ich meinen Finger in seine Brust bohren kann. »Wir sind ehrlich zueinander«, mahne ich streng. »Und wir meistern jedes Hindernis zusammen. Egal, was es ist, du schließt mich nicht wieder aus, Christian!«

Chris blinzelt mehrmals und sieht mich wortlos an, dann drängt er sich an mir vorbei. *So nicht, Freundchen!* Wütend nehme ich die Hand herunter und drehe mich um. Er steht mit dem Rücken zu mir, und seine Schultern sind dermaßen angespannt, dass sie das graue Shirt zu eng für seine Statur wirken lassen.

»Ich höre.«

»Es war eine lange Nacht, Camy«, erwidert er tonlos. »Lass mich erst mal einen Kaffee trinken und gib meinem Gehirn die Chance wachzuwerden, dann erzähle ich dir alles.«

»Scheiß auf den Kaffee!«, fahre ich ihn an und ignoriere fürs Erste den Stich, weil er anscheinend in meiner Gegenwart nicht gut geschlafen hat.

»Curls …« Chris seufzt und dreht sich zu mir um. Er reibt sich mit den Fingerspitzen über die Schläfen. »Du lässt nicht locker, oder?«

»Ich sag es mal so: Wenn du einen Kaffee willst, solltest du mit der Sprache rausrücken. Ich lasse dich nämlich nicht eher weg, bis du ehrlich zu mir warst.«

»Es war nie meine Absicht, dich zu belügen«, stellt er klar und plumpst aufs Bett. »Ich wollte mir nur erst selbst klar darüber werden, bevor ich es dir erzähle.«

Damit nimmt er mir den Wind aus den Segeln. Die Decke schleift über den Boden, als ich zum Bett gehe und mich neben Chris setze. »Erzähl es mir«, bitte ich behutsam und ziehe die Hand aus der Decke. »Vielleicht kriegen wir zusammen Ordnung rein«, ergänze ich und lege die Hand auf sein Bein.

»Vielleicht«, murmelt er und wirft mir ein schiefes Grinsen zu. »Du bist furchtbar stur und anstrengend am Morgen.«

»Und du lenkst ab.«

»Also schön. Ich bin nachts wach geworden und konnte nicht wieder einschlafen, da bin ich auf den Balkon an meinem Zimmer gegangen und hab etwas gesehen, von dem ich glaube, dass es geheim sein sollte.«

Etwas an der Art, wie er spricht, macht mich stutzig. Chris rattert den ersten Teil herunter, als wäre nichts dabei, während er den Schluss auffällig betont. Er will davon ablenken, dass er schlecht geschlafen hat. Lag es an meiner Nähe, dass er wach wurde? Hat ihn ein Geräusch geweckt? Ich bete, dass es nicht an mir lag.

»Beatrice hat auf der Terrasse mit jemandem gesprochen. Ich konnte nicht erkennen, wer es war. Nicht mal, ob es eine Frau oder ein Mann war«, unterbricht er meine Gedanken. »Jedenfalls haben sie lange geredet, dann ist der andere ins Haus gegangen, und sie sah aus, als würde die Last aller Weltprobleme auf ihre Schultern drücken.«

»Sprich sie darauf an«, schlage ich spontan vor, und Chris sieht mich an, als wäre ich verrückt geworden. »Was denn?«, frage ich schulterzuckend und stehe auf. »Sie ist deine Mutter, und auch wenn ich ihr nur so weit vertraue, wie ich spucken kann, glaube ich nicht, dass sie lügt, wenn du sie direkt darauf ansprichst.«

»Du willst immer das Gute in den Menschen sehen«, behauptet er. »Diese Eigenschaft ist großartig, aber du kennst Beatrice noch nicht richtig. Sie ist sich nie zu schade für eine Lüge. Selbst wenn man sie schon ertappt hat. Sie bleibt einfach bei der Geschichte, und wenn sie die Schnauze voll hat, geht sie. Beatrice ist unheimlich stur.«

»Kommt mir irgendwie bekannt vor«, murmle ich.

»Was?«

»Gar nichts. Ich springe schnell unter die Dusche und ziehe mich an. Danach suchen wir deine Mutter.«

Auch wenn ich mit dem Rücken zu ihm stehe, weiß ich, dass Chris mir verwirrt nachstarrt. Ich zeige ihm über die Schulter hinweg den Mittelfinger und schlage die Badezimmertür geräuschvoll hinter mir zu.

»Ich wollte dich fragen, ob du mitduschen willst, aber das Privileg hast du eben verspielt«, rufe ich und drehe den Schlüssel im Schloss. *Tja, Mister, Pech gehabt.*

Sein Murren ist Musik in meinen Ohren.

Als ich aus dem Bad kam, war Chris nicht mehr da. In aller Ruhe habe ich mir den schwarzen Pullover angezogen, den Isa damals in Kanada für mich gekauft hat. Ich trage ihn ohne Top darunter, damit der V-Ausschnitt provozierend tief und offen bleibt. Außerdem habe ich eine kakifarbene Hose an, von der ich weiß, dass mein Hintern darin aussieht wie ein Apfel. Meine Locken habe ich grob gekämmt und mit den Fingern in Form gebracht, so wie er es liebt.

Wenig später kam Chris zurück. Ihm sind beinahe die Augen rausgefallen, als er mich sah. Er wollte mich sofort an sich ziehen, aber ich habe mich an ihm vorbei aus dem Zimmer gestohlen.

Hüftwackelnd laufe ich vor Chris die Treppe hinunter und freue mich diebisch über sein leises Gemecker.

Im Erdgeschoss duftet es nach frischen Waffeln und Kaffee, was mich schnurstracks ins Esszimmer gehen lässt. Isa sitzt bereits am Tisch, auf ihrem Platz auf der gegenüberliegenden Seite, und hebt den Kopf, sobald wir eintreten.

»Na endlich«, beschwert sie sich. »Ich hatte schon Angst, ihr könntet euch gestern Nacht gegenseitig gekillt haben. So laut, wie ihr wart, hätte es mich nicht gewundert, wenn ihr beim Höhepunkt einen Herzinfarkt bekommen hättet.«

»Neid ist eine Todsünde. Außerdem bekommst du davon Falten«, kommentiere ich übertrieben fröhlich und rutsche auf meinen Stuhl. »Wo ist Beatrice? Chris muss etwas Wichtiges mit ihr besprechen.«

»Als ich runterkam, war der Tisch schon gedeckt, aber von ihr war nichts zu sehen. Ich hab Stephanie gefragt, wo ihre Chefin abgeblieben ist«, erwidert Isa seelenruhig und lässt ein Stück Zucker in ihren Kaffee fallen.

»Und wo ist die Mutter des Jahres?«, will Chris wissen. Er bleibt hinter seinem Stuhl stehen und schielt zum leeren Platz am Kopfende des Tisches.

»Stephanie meinte, Beatrice sei noch vor Sonnenaufgang mit ein paar Leuten weggefahren, aber sie wüsste nicht, wohin. Und bevor du fragst: Ja, das macht mich auch neugierig. Und nein, ich konnte nicht mehr herausfinden. Ich bin Stephanie mehr als nur auf die Nerven gegangen, aber entweder weiß sie wirklich nichts, oder sie ist eine extrem gute Lügnerin.«

Chris flucht und schubst den Stuhl mit Wucht gegen den Tisch, sodass der Orangensaft in der Karaffe bedrohlich schaukelt und die Teller klimpern. »Ich wusste es!«, ruft er aufgebracht. »Sie hat etwas vor.«

»Beruhig dich«, bitte ich Chris. »Du kannst nicht wissen, ob es etwas mit uns zu tun hat. Ich bin sicher, sie hat auch noch andere Dinge, um die sie sich kümmern muss. Und selbst wenn es um uns geht, muss es nichts Schlimmes sein. Vielleicht geht sie bloß einer Spur zu Reyna nach.«

»Genau das befürchte ich«, gibt Chris durch zusammengebissene Zähne zu. »Sie weiß mehr, als sie uns sagt, und schließt uns aus, obwohl sie das Ganze im Grunde nichts angeht. Verdammt!«, ruft er wütend. »Sie legt es geradezu darauf an, dass ich sie hasse.«

Meine Lippen teilen sich, um etwas Beruhigendes zu erwidern, da dreht Chris sich um und rauscht wortlos aus dem Esszimmer.

Isa und ich sehen uns stumm an, dann springen wir auf und rennen ihm nach. Ich schlittere um die Kurve in den Eingangsbereich hinein und rutsche auf dem glatten Fliesenboden beinahe aus. Meine Arme rudern wild, und auch wenn ich vermutlich aussehe wie ein Reh auf dem Eis, schaffe ich es, das Gleichgewicht zurückzuerlangen. Isa schaut mir ungeduldig zu, anstatt zu helfen, wofür sie einen bösen Blick von mir bekommt, den sie schnaubend abtut. Ich verkneife mir einen Kommentar und eile Chris hinterher. Er stößt die Tür zum Arbeitszimmer auf und geht hinein, ohne sich nach uns oder den Sicherheitsleuten umzusehen. In dieser Verfassung ist ihm alles egal, außer seinem Ziel.

Knapp vor Isa husche ich in den Raum. Sie wirft einen letzten Blick auf den Flur, dann schließt sie leise die Tür hinter uns.

»Was hast du vor?«, will ich wissen und stelle mich neben Chris, der geradewegs zum Schreibtisch gegangen ist. »Ich habe hier drinnen schon alles durchsucht und nur die Karte gefunden, die uns, wie du mir beim letzten Mal sagtest, leider nicht weiterhilft.«

»Der Computer«, erwidert er abgelenkt und setzt sich auf den Bürostuhl.

»Insofern du nicht über Nacht zum Computerexperten geworden bist«, mischt Isa sich ein und lehnt sich mit der Hüfte an die Tischplatte, »bezweifle ich, dass du das Passwort knacken kannst.«

Als hätte er uns nicht gehört, schaltet Chris den Computer ein und zieht die Tastatur zu sich. Wie erwartet ploppt ein blaues Feld auf, in dessen Mitte man ein Passwort eintippen muss, um weiterzukommen.

»Was jetzt?« Ich beuge mich über Chris' Schulter, wodurch einige meiner Locken ihn an der Wange kitzeln. Er schüttelt geistesabwesend den Kopf und reibt sich über die Haut.

»Beatrice gibt sich gern sentimental«, verkündet Chris. »Sie tut so, als wäre sie familienbewusst und liebevoll. Nicht nur vor anderen, sondern auch vor sich selbst. Ich schätze, damit will sie ihr schlechtes Gewissen überlisten und sich einreden, keine ganz so schlechte Mutter zu sein.«

»Was willst du damit sagen?«, hakt Isa nach.

Bedächtig sieht Chris uns an, und ein arrogantes Grinsen hebt seine Mundwinkel. »Ich wette, ich kann ihr Passwort knacken.«

32

Camy

In den vergangenen Monaten habe ich nur selten an Dylan gedacht. Erst war er ein nerdiger Fremder, dann ein Freund, der großartig zuhören konnte, und dann … dann war er plötzlich ein Verräter und gehörte zum Feind.

An ihn zu denken tut weh, denn obwohl er uns verraten hat, war er eine lange Zeit über mein Freund. Außerdem verstehe ich seine Gründe, auch wenn das merkwürdig klingt und keine Rechtfertigung für seine Taten ist. Wenn ich daran denke, wie wir abends im Garten saßen und gelacht haben oder über unsere Zukunft fantasierten, schwebt ein Schleier über der Erinnerung. Ein dunkler, der mich die Frage stellen lässt, ob er zu diesem Zeitpunkt bereits gegen uns arbeitete. Ob die Freundschaft echt war oder ob alles bloß zum Plan gehörte.

Dieser Moment gerade ist einer der seltenen, in denen sein Name durch meinen Kopf geistert, ohne vom bitteren Beigeschmack verdorben zu werden. Er hätte sofort gewusst, wie wir Beatrices Computer überlisten und am Passwort vorbeikommen. Wir hingegen haben keine Ahnung.

Ich halte Wache an der Tür, lausche auf den Flur und somit auf Bewegungen im Eingangsbereich, der nahtlos in den kurzen Flur übergeht, auf dem das Arbeitszimmer liegt. Isabella weicht unterdessen nicht von Chris' Seite. Sie späht über seine Schulter, hält sich aber mit Kommentaren zurück, während er immer lauter und verzweifelter flucht. Chris hat es mit allen möglichen Namen versucht. Sogar mit dem seines Vaters, auch wenn er nicht daran glaubte, dass er tatsächlich das Passwort sein könnte.

Inzwischen habe ich die Hoffnung aufgegeben, aber das behalte ich für mich. Die Situation ist auch ohne meinen Pessimismus schon angespannt genug. Ich sehe zu Chris, und die tiefe Falte auf seiner Stirn macht mir Sorgen. Er ist kurz davor, aufzugeben. Es ist nichts Schlimmes dabei, sich einzugestehen, dass man verloren hat. Aber er sieht das anders – das würde ich an seiner Stelle vermutlich auch. Für Chris wäre es nicht zu ertragen, gegen seine Mutter zu verlieren.

Plötzlich schießt sein Kopf nach oben. »Wenn sie das wirklich getan hat«, murmelt er. »Ist sie eine noch größere Heuchlerin, als ich dachte.«

Seine Finger fliegen über die Tastatur. Reglos starrt er auf den Bildschirm und kneift die Lippen zu einer dünnen Linie zusammen. Ich öffne den Mund, will ihm sagen, dass wir woanders suchen sollten, da lacht Isa auf einmal laut auf und klopft ihm auf die Schulter.

»Ich fasse es nicht, dass du das geschafft hast«, verkündet sie, und mein Herz macht einen aufgeregten Satz. »Was ist das Passwort?«

»Mein Geburtsdatum. Nicht in Zahlen, sondern ausgeschrieben in Buchstaben«, antwortet er leise. Dann flucht er. »Als wäre der Tag etwas Besonderes für sie. Sie hat mir seit siebzehn Jahren nicht mehr gratuliert, aber sie benutzt ihn als Passwort. Unglaublich, wie falsch diese Frau ist.«

Ich verkneife es mir, meine Meinung dazu zu sagen. Im Gegensatz zu Chris glaube ich nicht, dass er Beatrice egal ist. Ich glaube, dass sie feige ist und ihren eigenen Vorteil vor den von allen anderen stellt. Aber ich bin inzwischen dennoch davon überzeugt, dass sie ihren Sohn auf ihre Weise liebt und ihn wirklich vermisst hat. Dass sie Chris gern wieder näherkommen würde, aber nicht weiß, wie. Und dass wir es ihr mit unserem

Misstrauen nicht einfach machen. Allerdings bin ich nicht bereit, mich für sie zu verbiegen oder ihr bei Chris zu helfen. Sie hat Fehler gemacht, für die sie allein geradestehen muss. Beatrice muss sich das Vertrauen verdienen, und durch Aktionen wie die von heute Nacht macht sie es ihrem Sohn verdammt schwer, die Hindernisse zu überwinden und ihr einen Platz in seinem Leben zuzugestehen.

»Mal sehen, was du verheimlichst, Beatrice«, wispert Chris und beginnt, die Maus hin und her zu schieben.

»Was tut er?«

»Keine Ahnung«, antwortet Isa schulterzuckend. »Er öffnet irgendwelche Dokumente und schließt sie sofort wieder.«

»Kommst du an die E-Mails ran?«, will ich wissen.

Chris blickt über den Monitorrand zu mir und zwinkert frech. »Das werden wir gleich sehen.«

Ich halte es nicht länger aus, an der Tür rumzustehen und nichts zu tun. Zwar kann ich am Computer ebenfalls nichts ausrichten, aber immerhin bin ich näher am Geschehen dran, also stelle ich mich auf die freie Seite neben Chris. Er öffnet eine App für E-Mails auf dem Desktop, und wir atmen zeitgleich erleichtert auf, weil sie nicht passwortgeschützt ist. Allerdings vergeht uns die Erleichterung sofort, als eine Nachricht aufploppt, die den Betreff *Keine Spielchen* trägt.

Morgen, 18:00 Uhr
Große Lichtung am Missouri River, wie besprochen.
Keine Fallen. Keine Cops.
Halten Sie sich daran, oder die Jagd ist eröffnet.

Darunter stehen Zahlen, die vermutlich Koordinaten sind und zu der besagten Stelle führen. Die Bedeutung der Nachricht sickert nur langsam in meinen Verstand, aber sobald sie dort angekommen ist, löst sie einen Flächenbrand aus.

Beatrice trifft sich mit jemandem, und dem Datum der Mail nach tut sie das noch heute Abend. Ich würde alles darauf verwetten, dass es bei dem geheimen Treffen um Reyna geht.

»Vielleicht ein Informant?«

»Nein«, widerspricht Chris Isabella sofort. »Ein Informant hätte den Preis für sein Wissen genannt oder sie an Geld erinnert. Mit wem auch immer sie sich trifft, es muss etwas Großes dahinterstecken.«

Meine Hand senkt sich auf Chris' Schulter, und beinahe im gleichen Moment sieht er zu mir auf und schenkt mir ein bitteres Lächeln. »Sie hintergeht mich«, sagt er brüchig. »Schon wieder. Sie plant etwas und mischt sich dabei ungefragt in mein Leben ein. Und sie schließt mich schon wieder aus allen Entscheidungen aus, dabei betrifft es sie gar nicht. Es geht um uns drei. Aber wie immer muss sie sich in den Vordergrund drängen.«

»Lasst uns ein Auto organisieren und ihr folgen«, mischt Isa sich ein. »Uns bleibt noch mehr als genug Zeit, um dorthin zu fahren und herauszufinden, was sie treibt.«

Nickend will ich meine Hand von Chris' Schulter nehmen, da greift er danach und führt sie an seine Lippen. Sein hauchzarter Kuss entfacht ein süßes Ziehen in meinem Herzen, denn die Botschaft dahinter ist eindeutig.

»Ich schließe dich nicht aus oder stoße dich weg. Nicht dieses Mal. Nie wieder. Wir schaffen das zusammen.«

Isas vernehmliches Räuspern zerstört den Augenblick. Ich könnte mich ewig an das warme Gefühl klammern, das Chris' stummes Versprechen mir schenkt. Aber Isa hat recht. Wir müssen los.

Chris notiert sich die Adresse und Uhrzeit aus der Mail, dann schließt er das Programm und fährt den Computer runter. Wir überprüfen mehrmals, ob alles wieder so steht wie vor unserem Eindringen, und verlassen anschließend nacheinander das Arbeitszimmer. Kurz bleiben wir auf dem Gang stehen und sehen uns unschlüssig an, wie genau es jetzt weitergehen soll. Da kommt mir eine Idee.

Ich gehe geradewegs ins Wohnzimmer rüber und steuere auf den Wachmann an der Terrassentür zu. Isas klackernde Schritte folgen mir, und dass Chris direkt hinter mir steht, spüre ich, ohne hinsehen zu müssen.

»Guten Morgen«, begrüße ich den Mann betont freundlich.

Er dreht sich zu mir um, und ich erkenne ihn sofort. Es ist der kahlköpfige Wachmann, der auf der Fahrt hierher mit Isa und mir im Wagen saß.

»Miss Owsen«, erwidert er höflich und nickt auch den anderen knapp zu. »Kann ich Ihnen irgendwie helfen?«

»Wir brauchen einen Wagen«, verkünde ich und recke das Kinn, damit er mir die Unsicherheit nicht ansieht. »Wir wollen in die Stadt fahren und einkaufen. Ich habe bald keine sauberen Klamotten mehr.«

Er runzelt die Stirn. »Ich werde den Hausmädchen Bescheid geben. Die waschen Ihre Sachen sofort.«

»Nein«, erwidere ich hektischer als beabsichtigt und zügle mich rasch. Mit übertrieben freundlichem Lächeln spiele ich mit einer meiner Locken und bete, dass er mir die Unschuldstour abkauft. »Das ist nett gemeint, aber ich brauche außerdem noch einige Sachen aus der Drogerie. Peinliche Sachen«, setze ich leise nach. »Würden Sie bitte einen Wagen bereitstellen, damit wir loskönnen?«

»Das geht leider nicht«, sagt er bedauernd und sieht über meinen Kopf hinweg zu Isa und Chris. »Ich habe strikte Anweisung, Sie drei nicht vom Gelände zu lassen.«

Die Bombe explodiert mit einem so lauten Knall, dass ich beinahe nach hinten stolpere.

»Das ist nicht ihr Ernst!«, braust Isa auf und drängt sich an mir vorbei, bis sie so nah vor dem Wachmann steht, dass ihre

Nasen sich beinahe berühren. »Beatrice kann uns hier nicht einfach einsperren! Wir sind nicht ihre Gefangenen, sondern ihre Gäste.«

Automatisch trete ich einen Schritt zurück und spüre Chris' Brust im Rücken. Sein Atem geht so angestrengt, dass seine Rippen sich heftig heben und senken. Er kocht vor Wut.

»Hier stehen mehr als genug Autos rum«, versucht Isa es ruhiger und lässt ihre Stimme verführerisch klingen. »Es würde mit Sicherheit nicht auffallen, wenn wir mit einem davon unterwegs sind. Und wir verraten auch keinem, dass Sie uns die Schlüssel gegeben haben. Außerdem sind wir zurück, bevor Beatrice wiederauftaucht.«

»Ich werde Ihnen keine Schlüssel aushändigen«, stellt der Wachmann klar und wendet sich ohne ein weiteres Wort von uns ab.

Damit ist die Diskussion beendet. Wir sitzen hier fest.

Isas Augen sprühen vor Zorn, als sie sich zu uns dreht und nach unseren Händen greift. Sie zieht uns aus dem Wohnzimmer und führt uns an den Händen zur Treppe im Eingangsbereich. Erst als sie auf der untersten Stufe steht, lässt sie unsere Hände los und atmet bebend ein und aus.

»Das kann sie nicht machen«, echauffiert sich Isa. Ihre Haut hat rote Flecken, die sich ihren Hals herunterschlängeln und die Blutergüsse darauf heller färben. Ja, sie platzt gleich vor Wut.

»Wie ihr seht«, kommentiert Chris überraschend gefasst, »kann sie es, und sie tut es. Beatrice ist es völlig egal, was wir wollen, solange sie ihren Willen bekommt. So war sie schon immer.«

»Wie kannst du so gelassen bleiben?«, regt Isa sich auf. »Wir sind nicht weniger ihre Gefangenen wie die Typen im Keller!«

»Weißt du, wo das Problem mit improvisierten Gefängnissen liegt?«, fragt Chris und legt von hinten den Kopf auf meine Schulter. »Man findet immer einen Weg, um auszubrechen.«

Isas Gesicht hellt sich Stück für Stück auf, und die zornige Falte zwischen ihren Brauen verschwindet. »Hast du einen Plan?«

»Seit der ersten Sekunde, die ich auf diesem Grundstück verbracht habe«, gibt er selbstzufrieden zu und küsst flüchtig meinen Hals, ehe er den Kopf wieder hebt. Chris sieht abwechselnd zu Isa und mir, wobei ein zufriedenes Grinsen an seinen Mundwinkeln zieht. »Wir werden eine Ablenkung brauchen«, verkündet er. »Und dafür ist niemand geeigneter als du, Isabella.«

»Ich soll hierbleiben?«, hakt sie nach und lehnt sich an die Treppenbrüstung. »Das gefällt mir nicht. Ihr habt den ganzen Spaß, und ich soll hier Däumchen drehen.«

»Wir holen dich, sobald wir alles geregelt haben«, verspricht Chris. »Ich muss dahin, weil es um meine Mutter geht«, fügt er hinzu. »Und Camy muss mit, weil sie die Einzige von uns ist, die eine Verbindung zu Reyna hat. Auch wenn es mir nicht passt und ich es immer noch nicht ganz verstehe, versucht Reyna, Camy auf ihre eigene verquere Art zu beschützen. Falls Reyna oder einer ihren engeren Mitarbeiter tatsächlich dort ist, könnte Camy die Einzige sein, die eine Katastrophe verhindern kann.«

Mit Reyna verhandeln? Allein die Vorstellung, mich mit der Frau zu unterhalten, die die schlimmsten Monate meines Lebens verschuldet hat, macht mich panisch und aggressiv zugleich. Mein Herz klopft stark vor Angst, aber ich konzentriere mich auf die Wut, denn sie gibt mir Kraft.

»Erzähl mir von deinem Plan«, fordere ich Chris auf und strecke, so entschlossen ich kann, den Rücken durch.

Stolz funkelt in seinen Augen, als er zu mir sieht. Stolz, Liebe, aber auch Sorge, die seinen flammenden Blick trübt.

»Wir werden Krach machen«, verrät er zwinkernd. »Eine Menge Krach.«

33

Chris

»Roll von mir aus mit den Augen. Vielleicht findest du ja so endlich dein Gehirn.«

Unvermittelt prustet Camy los und hält sich vor Lachen den Bauch. Dass ich sie böse anfunkle, ist ihr bewusst – und es ist ihr egal. Isas Spruch war lustig, trotzdem verkneife ich mir das Schmunzeln, denn damit würde ich sie bloß bestätigen. Sie ist nach wie vor sauer, weil sie nicht mitkommen wird, und lässt uns den Frust deutlich spüren. Vor allem ich bin ihr Ziel, da es mein Plan ist.

»Du übertreibst mit der Vorbereitung«, stelle ich klar und schnappe mir das Handtuch vom Bett. »Es wird keinen interessieren, ob du im Minikleid oder in einer Jogginghose Ärger machst. Sie wird nur das interessieren, was du tust.«

»Natürlich interessiert es sie«, beharrt Isa schnaubend. »In Jogginghose wäre es wesentlich schwieriger, wie ein dummes Weibchen zu wirken, das versehentlich Mist baut. In dem Kleid allerdings sehe ich nicht nur unverschämt gut aus, sondern lenke sie auch von der Tatsache ab, dass ich mehr als eine Gehirnzelle besitze. Außerdem seid ihr zwei halb nackt. Dagegen ist der Mini ein Witz.«

Ich erwidere nicht, dass die Badeklamotten zum Plan gehören. Das weiß Isa. Sie will mich provozieren, allerdings jagt nicht sie meinen Puls in die Höhe, sondern die verflucht attraktive Frau neben mir. Camy steckt in einem so knappen mintgrünen Bikini, dass ich meine Badehose zurechtrücken muss, um meinem Freund darin Platz zu machen.

»Haben wir alles?«, fragt Camy geschäftig und hängt sich die große Tasche über die Schulter.

»Wenn nicht, können wir jetzt nichts mehr daran ändern«, erkläre ich und zwinge mich, ihr nicht weiter auf die Brüste zu starren. »Wir müssen los.«

Die lockere Stimmung verpufft auf einen Schlag. Plötzlich wird die Luft so dick, dass ich fühlen kann, wie sie über meine Arme weht und mich zur Tür drücken will. Ich gebe nach, werfe mir das Handtuch über die Schulter und verlasse als Erster Camys Zimmer. Auf dem Flur bleiben wir kurz stehen und nicken uns ermutigend zu, dann gehen wir los.

Zwei Hausmädchen kommen uns auf der Treppe entgegen, die mich von Kopf bis Fuß mustern. Ich zwinkere ihnen zu, was sie kichern und schneller laufen lässt. Tuschelnd huschen sie an uns vorbei, da bekomme ich einen Klaps auf den Hinterkopf und stolpere die nächsten Stufen hinab.

»Nur weil ich dein Gesicht nicht sehe, heißt das nicht, dass ich nicht genau weiß, was du treibst, Christian.«

Abwehrend hebe ich die Hände und bleibe am Fuß der Treppe stehen. »Ich wollte sie nur ablenken.«

»Das ist dir gelungen«, faucht Camy, und die blitzende Eifersucht in ihren Augen ist so niedlich, dass ich sie am liebsten an mich ziehen und küssen würde. Was ich nicht tue, denn in diesem Moment bleibt Isa neben mir stehen und schielt zur Küchentür am Ende des kurzen Ganges.

»Es geht los«, raunt sie, und zum ersten Mal seit einer Ewigkeit sehe ich meine Freundin nervös. Nichtsdestotrotz strafft Isa entschlossen die Schultern. »Drei Minuten«, wiederholt sie leise, was wir vorhin besprochen haben.

Ohne Vorwarnung prescht Camy vor und schlingt die Arme

um Isa. »Sollte etwas schiefgehen, hau ab«, flüstert sie gerade laut genug, damit ich es höre. Zu meiner Verwunderung erwidert Isa die Umarmung, und auch wenn wir es eilig haben, gönne ich ihnen den Moment. Sie brauchen ihn, denn niemand von uns weiß, wie die kommenden Stunden verlaufen werden. Ich spreche es nicht aus – niemand von uns tut es –, aber es ist gut möglich, dass das hier das letzte Mal für eine lange Zeit ist, dass wir drei zusammen sind.

Nachdem die Frauen sich voneinander gelöst haben, lächelt Isa uns gezwungen fröhlich an, wendet sich ab und geht auf die Küchentür zu. Ab jetzt können wir nicht mehr zurück.

Ich schlinge den Arm um Camys nackte Hüfte und führe sie durchs Wohnzimmer. Der Kahlkopf hält noch immer Wache an der Terrassentür. Er lässt uns kommentarlos an sich vorbeitreten, damit wir zum Pool gelangen, aber sein Blick verfolgt uns bei jedem Schritt.

Camy setzt sich auf eine der Liegen und stellt ihre Tasche neben sich ab. Der Ärmel eines Pullovers lugt oben heraus, und sofort stopft sie den Stoff in die Tasche zurück und zieht den Reißverschluss zu.

»Soll ich die Heizstrahler anstellen?«

Die Stimme erschreckt mich, sodass ich zusammenfahre und ruckartig den Kopf drehe. Der Wachmann runzelt die Stirn über meine Reaktion und mustert mich auf eine Art, die meine Finger kribbeln lässt. Er ist skeptisch und wird uns nicht für eine Sekunde aus den Augen lassen, so viel steht fest.

Camy öffnet den Mund, doch ehe sie auf seine Frage antworten kann, schrillt ein ohrenbetäubender Alarm los. Der Wachmann späht unschlüssig über seine Schulter ins Wohnzimmer, dann sieht er wieder zu uns. Er ist hin- und hergerissen. Innerlich brülle ich, er soll abhauen, aber er bewegt sich nicht. Zumindest nicht sofort. Erst als Schreie und aufgeregtes Getrampel laut werden, flucht er und rennt ins Haus.

Im Augenwinkel sehe ich, dass Camy aufstehen will, aber ich hebe die Hand und bedeute ihr, noch sitzen zu bleiben. Im Kopf zähle ich bis zwanzig, ehe ich die Hand wieder senke und aufstehe. Camy folgt meinem Beispiel. Sie springt auf und hält mir die schwere Tasche entgegen. Ich hänge sie mir über die Schulter, packe Camys Hand und ziehe sie hinter mir am Pool vorbei. Wir schleichen dicht an der Hausmauer entlang, ducken uns unter dem Wohnzimmerfenster und rennen zur Hausecke, hinter der sich der Vorplatz befindet. Wenn ich recht habe, sind wir den Kameras ausgewichen, wenn nicht … daran will ich nicht denken, denn dann wäre hier in wenigen Sekunden der Teufel los und der Plan gescheitert.

Camys Hand zittert in meiner. Ich streiche mit dem Daumen ermutigend über ihren Handrücken, und obwohl mein Herz mir beinahe aus der Brust springt und das Adrenalin meine Adern flutet, zwinge ich mich, ruhig zu bleiben.

Für Camy.

Für Isabella.

Für mich.

Mein Kopf muss klar bleiben, und meine Gedanken brauche ich jetzt geordnet.

Vorsichtig spähe ich um die Ecke. Der Vorplatz ist menschenleer und die Haustür nach wie vor geschlossen. So weit, so gut.

»Wir machen es wie besprochen«, raune ich und sehe zu Camy. »Kein Anhalten, kein Zurücksehen. Erst wenn wir bei den Autos sind.«

Sie atmet schnell, aber nicht vor Angst, wird mir klar. Es ist dieses Glitzern in ihren Augen. Diese adrenalingeladene Röte auf ihren Wangen, die mich an damals erinnert, als wir mit dem Auto vor Reyna flüchteten. Damals, an dieser Tankstelle, bei unserer ersten Begegnung mit ihr, wussten wir noch nicht, wer sie ist oder dass sie wenig später unser Leben versauen wird. Wir flüchteten, weil sie zu den Herreros gehörte, und Camy fühlte sich dabei lebendig und frei. Genau so, wie sie es jetzt tut.

Ich habe sie unterschätzt. All die Jahre über, obwohl ich weiß, was in ihr steckt. Vielleicht wollte ich nicht wahrhaben, wie stark Camy tatsächlich ist, weil es genau diese Stärke sein könnte, die sie unvorsichtig werden lässt. Weil ich sie vor einem folgenschweren Fehler bewahren wollte, in dem ich sie aus der Schussbahn nehme, damit sie gar nicht erst die Möglichkeit hat, Fehler zu begehen. So wie mein Vater aus Übermut einen Fehler beging und daraufhin erschossen wurde. Aber so kann ich mich nicht mehr verhalten, das wird mir schlagartig bewusst. Camy wird nie klein beigeben. Sie wird sich nie zurückziehen und mich die Kämpfe allein ausfechten lassen. Und genau das macht unsere Beziehung sicherer, fester und stärker.

Wir sind uns ebenbürtig.

Ein letztes Mal drücke ich ihre Hand, dann sprinte ich los. Wir rennen über den Vorplatz, bis wir atemlos zwischen den parkenden Autos rings um den kitschigen Springbrunnen ankommen. Ich spähe ins Fenster des Wagens hinter mir. Dann in das daneben und noch eins weiter, bis ich erleichtert aufatme. Der Schlüssel steckt im Schloss.

Ich gebe Camy ein Zeichen, und sie öffnet langsam die Tür. Geduckt schlängelt sie sich in den Wagen, rutscht auf den Beifahrersitz, sodass ich hinter ihr einsteigen und leise die Tür hinter mir zuziehen kann. Ab da geht alles ganz schnell. Camy schnallt sich an, ich starte den Motor und steuere den Wagen die Auffahrt hinunter. Ein Wachmann rennt uns entgegen, aber ich weiche ihm nicht aus.

Er zieht seine Pistole und zielt auf uns.

Wir rasen auf ihn zu.

Seine Arme zittern, aber er bleibt stehen.

Ich brülle Camy an, sich gut festzuhalten.

Der Wachmann reißt die Augen auf und hechtet in der letzten Sekunde zur Seite.

Camy lacht beinahe hysterisch, verstummt aber sofort, als das Tor sich in unsere Sicht schiebt. Unruhig fummle ich am Schlüsselbund und bete stumm, dass ich mich nicht verkalkuliert habe. *Da.* Ich drossle das Tempo minimal, drücke auf den unscheinbaren Knopf in dem schmalen Anhänger, und tatsächlich gleitet das Tor zur Seite. Zu langsam, aber ich kann nicht anhalten oder stärker abbremsen, sonst schaffen wir es nicht raus, bis der nächste Wachmann auftaucht, der vielleicht nicht die Waffe senkt, sondern schießt.

Die Fahrerseite schrammt am Metall des Tors entlang, und ein schriller Ton durchdringt den Wagen, was mir eine Gänsehaut über den Körper jagt. Fast wie damals in der Schule, wenn jemand mit den Nägeln auf der Tafel kratzte.

Der Wagen macht einen Sprung, als wir über die Bordsteinkante fliegen und mit quietschenden Reifen auf der Straße landen. Ich reiße das Lenkrad herum, erhöhe wieder die Geschwindigkeit und fege die lange, abgelegene Straße entlang. Im Augenwinkel sehe ich, dass Camy sich immer wieder besorgt umdreht, und werfe einen Blick in den Rückspiegel. Dort ist kein Wagen zu sehen. Kein Mensch ist auf der Straße, und die Einfahrt vom Anwesen rückt in immer weitere Ferne, was mir wie ein Wunder vorkommt.

Schließlich biegen wir um die nächste Kurve, und die Auffahrt verschwindet ganz hinter uns. Aber ich atme nicht auf, denn noch sind wir nicht in Sicherheit.

Es dauert eine knappe halbe Stunde, ehe ich in einen Waldweg steure und den Motor ausstelle. Ich ziehe den Schlüssel aus dem Schloss und werfe ihn aufs Armaturenbrett, bevor ich breit grinsend zu Camy sehe. Ihre Augen funkeln, und sie schenkt mir ein überwältigendes Lächeln. Ohne Vorwarnung umfasst sie mein Gesicht und senkt ihre Lippen auf meine.

Viel zu kurz. Viel zu wenig. Aber für mehr haben wir leider keine Zeit.

Wie geplant steigen wir aus, nehmen die Tasche und eine Karte aus dem Handschuhfach mit und entfernen uns rasch vom Wagen. Keine Ahnung, wo genau wir sind, aber im Moment spielt das keine Rolle. Wichtig ist nur, dass wir es rausgeschafft haben und uns genug Zeit bleibt, um zu Beatrices geheimem Treffen zu gelangen.

Im Schutz mehrerer Bäume lasse ich die Tasche fallen und setze mich daneben in das Herbstlaub. Ich ziehe den Reißverschluss auf und fische unsere Kleidung heraus. Camy reiche ich eine schlichte Jeans und einen dunkelgrünen Pullover, den sie sich sofort über den mickrigen Bikini streift – dann hält sie plötzlich inne und sieht zu mir.

»Wir haben es geschafft«, flüstert sie ungläubig und fängt an zu lachen. »Christian! Wir haben es wirklich geschafft!«

Ich will in ihr erleichtertes Lachen einsteigen, aber ich kann mich nur zu einem winzigen Lächeln durchringen. *Ja, wir haben es geschafft.* Aber nur für den Augenblick, denn der schwere Part liegt erst noch vor uns.

34

Camy

»Wir müssen hier lang.«

»Wie kannst du dir da so sicher sein?«, will ich wissen und schlage einen tief hängenden Ast aus dem Weg, um Chris zwischen den Bäumen hindurch zu folgen. »Wir haben kein Navi. Nicht mal einen altmodischen Kompass, und Wegweiser gibt's hier auch keine.«

»Ich kann Karten lesen«, erwidert er schmunzelnd. »Pfadfindercamp. Drei Jahre in Folge.«

»Du warst Pfadfinder? Ausgerechnet du?« Ich kann mir ein Lachen nicht verkneifen, und prompt bleibt Chris stehen.

Behutsam faltet er die Karte zusammen und steckt sie in seine hintere Hosentasche, ehe sein Blick mich fixiert. »Was ist daran bitte so lustig?«

»Nichts«, japse ich und wische mir eine Lachträne aus dem Auge. »Pfadfinder sind cool. Ich wollte auch immer einer sein, aber in Rosehill gibt es leider keine.«

»Und wieso lachst du dann?«

Mit neugierigem Funkeln in den Augen tritt Chris auf mich zu und legt mir eine Hand aufs Becken, was mir einen elektrischen Schlag versetzt, der sich quer durch meinen Körper schlängelt.

»Ich kann mir nicht vorstellen«, erkläre ich und schlucke gegen die plötzliche Hitze in mir an, »wie du mit penibel gebundenem Tuch um den Hals im Entenmarsch durch den Wald läufst und versuchst, dir Abzeichen zu verdienen.«

»Hey, ich war die heißeste Ente.«

»Das glaube ich sofort«, sage ich und stelle mich auf die Zehenspitzen, um mein Gesicht vor seines zu bringen.

Chris beugt sich so weit vor, dass unsere Lippen nur einen Millimeter voneinander getrennt sind. »Dafür haben wir jetzt leider keine Zeit, Schönheit.«

Abrupt lässt er mich los und tritt zurück.

Ich strauchle einen Schritt vor und verenge die Augen. »Das war nicht witzig!«

»Ebenso wenig wie die Tatsache, dass ich bei den Pfadfindern war«, erwidert er zwinkernd. »Wir müssen weiter.«

Ohne ein weiteres Wort dreht Chris sich um und folgt einem imaginären Weg durch den Wald, den ich weder kenne noch sehe. Ich höre ihn vor mir fröhlich ein Kinderlied singen und kann nicht anders, als leise zu lachen. Er hat mich auflaufen lassen, trotzdem schafft Chris es in Sekundenschnelle, meinen Frust verrauchen und mich meine Ängste und Sorgen vergessen zu lassen. Das ist eine der Eigenschaften, für die ich ihn liebe. Egal, wie dunkel die Situation ist, er lässt mich immer das Licht erkennen.

Wir streifen weiter durch den dichten Wald. Vorbei an umgestürzten Bäumen und flinken Vögeln, die von Baum zu Baum flattern. Wären wir nicht auf dem Weg, Beatrice zu beschatten, könnte ich den Ausflug genießen. Aber genau das sind wir, was mir unvermittelt wieder bewusst wird, als Chris plötzlich stehen bleibt und den Finger auf die Lippen legt. So leise wie möglich schleiche ich neben ihn und folge seinem starren Blick die Anhöhe hinab.

Wir sind nur wenige Meter von einer Lichtung entfernt, die an einem der vielen Ausläufer des Missouri River direkt unter uns liegt. Der Fluss braust im Hintergrund, und das Wasser darin blitzt in der untergehenden Sonne wie ein Spiegel, auf den man eine Lampe hält. Der Anblick des lichten Ortes inmitten von hohen Bäumen könnte friedlich sein. Er könnte wunderschön und beruhigend sein, aber er ist das Gegenteil davon.

Mein Körper erstarrt, und ein eiskalter Schauder rennt meine Wirbelsäule hinab. Ich blinzle mehrmals, immer heftiger, bis meine Lider sich schwer anfühlen und sich in meinem Kopf alles dreht.

Ich habe damit gerechnet, Beatrice zu sehen, und auch damit, dass sie begleitet wird. Drei Männer und eine Frau stehen hinter ihr, und selbst aus der Entfernung erkenne ich, dass ihre Hände auf den Pistolenhalftern an ihren Hüften liegen. Bereit, die Waffen zu zücken und ihre Chefin zu verteidigen, sollte es nötig werden. Die andere Seite der Lichtung ist ein so exaktes Ebenbild dessen, dass es beinahe komisch ist. Auch dort stehen vier Personen. Männer in dunklen Hosen und hellen Oberteilen. Sie stehen steif nebeneinander, und eine Hand liegt auf dem Rücken. Sicherlich in Griffnähe ihrer eigenen Waffen.

Ich taste nach Chris' Hand und klammere mich daran fest, um mich davon zu überzeugen, dass die Szene real ist. Dass die Frau, die vor der Wand aus Männern steht, tatsächlich Reyna Herrero ist. Die Frau, die uns so viel Leid und Schmerz zugefügt hat und die mich durch die Hölle jagte.

Ich würde zu gern den Ausdruck auf ihrem Gesicht erkennen, und zeitgleich will ich es nicht. Denn ich will sie nicht sehen. Will mich nicht mit den vielen aufwühlenden Gefühlen auseinandersetzen, die sie in mir lostritt. Aber ich muss es, da die Gefühle mich überrennen, obwohl ich ihre Mimik nicht richtig sehen kann. Stünde ich direkt vor ihr, würde in ihre dunklen Augen sehen und das selbstzufriedene Lächeln vor mir haben, würde das Chaos versuchen, mich schachmatt zu setzen. Das darf nicht passieren.

»Ich fasse es nicht«, höre ich Chris wispern und stimme ihm

wortlos zu. Keine Ahnung, wie sie es angestellt hat, aber Beatrice Green hat ein Treffen mit Reyna Herrero arrangiert – und sie hat uns nichts davon gesagt.

»Wieso konntest du nicht schlafen?«, frage ich spontan und überrasche damit nicht nur mich selbst, sondern auch Chris.

Verwirrt zieht er die Brauen zusammen, ohne den Blick von der Lichtung abzuwenden. »Lass uns das später besprechen«, bittet er, aber ich schüttle den Kopf.

»Vielleicht gibt es kein Später mehr«, gebe ich bitter zurück und drücke seine Hand. »Lenk mich ab, Chris. Erzähl mir, was los war. Bitte.«

Er atmet tief ein und aus, und seine Hand zuckt in meiner. Vermutlich will er sich durch die Haare fahren, wie er es immer tut, wenn er nervös oder angespannt ist. Aber er tut es nicht, sondern belässt seine Finger fest um meine verschlungen, und dafür bin ich ihm dankbar.

»Ich hatte einen Traum«, gesteht Chris und schluckt hart. »Wir waren in Mexiko und … Du warst an diesen Stuhl im Keller gebunden. Dein Körper hing leblos darauf, genau wie damals. Aber du warst nicht tot, das wusste ich einfach. Dann war da eine Stimme, die mich ermahnte, ich hätte dich nicht allein lassen dürfen und dass es jetzt zu spät sei. Davon wollte ich nichts hören.« Er bricht ab, und ich kann im Augenwinkel erkennen, dass Chris kaum merklich den Kopf schüttelt. »Am Ende des Traums warst du verschwunden«, beendet er, und der Schmerz in seiner Stimme reißt ein tiefes Loch in mein Inneres.

Ich zwinge mich dazu, den Blick nicht von der Lichtung zu nehmen, auch wenn ich zu gern zu Chris sehen würde.

»Ich bin hier«, wispere ich und stupse zum Beweis mit meinem Arm gegen seinen. »Mir geht es gut, weil du mich gefunden und gerettet hast. Wärst du damals nicht gekommen, weiß ich nicht, was passiert wäre.«

»Vermutlich hast du recht«, gibt er leise zurück. »Aber die

Stimme in meinem Traum sagte, es sei zu spät. Ich hätte dich nicht allein lassen dürfen, und zumindest mit Letzterem hatte die Stimme recht, Camy. Ich hätte dich nie wegstoßen und vertreiben dürfen. Niemals.«

»Ich habe dir verziehen«, beteuere ich. »Wir sind wieder zusammen, Christian. Zusammen und wohlauf.«

»Aber wie lange noch?«, fragt er düster. »Was meine Mutter da unten auch treibt, ich kann mir nicht vorstellen, dass etwas Gutes dabei rauskommt. Beatrice ist nicht dafür bekannt, bis zum Schluss zu bleiben, wenn es Ärger gibt. Und Reyna«, setzt er nach. »Sie wird sich von Beatrice nicht einlullen lassen. Meine Mutter will helfen, aber am Ende wird sie nur noch mehr Probleme schaffen. Sobald ihr das bewusst wird, wird sie von der Bildfläche verschwinden, sodass wir den Mist allein beseitigen müssen, den sie verbockt hat.«

Ich erwidere nichts. Was sollte ich auch sagen? Immerhin hat Chris recht. Dort unten auf der Lichtung stehen sich zwei sture Frauen gegenüber, die jede ihr eigenes Ziel verfolgt. Ein Ziel, das wir nicht kennen. Somit können wir nicht einschätzen, wie das Ganze ausgehen wird. Was wir aber wissen, ist genau das, was Chris gerade sagte, auch wenn ich es ungern höre oder zugebe.

»Was machen wir jetzt?«

»Warten und zusehen«, antwortet Chris.

Er zieht mich an der Hand mit sich hinunter, bis wir auf dem trockenen Gras knien. Kurz denke ich an die Waffen, die in meiner Tasche versteckt sind, hole sie aber nicht heraus. Da wir zwischen weitgefächerten Ästen der Bäume und hinter hohen Grashalmen hocken, könnten wir Glück haben und unerkannt bleiben. Es wäre also möglich, dass wir die Waffen gar nicht brauchen und ich mich nicht überwinden muss, sie zu berühren.

Es ist richtig und sicher, hier zu warten und das Szenario erst mal zu beobachten. Trotzdem juckt es mich, näher heranzuschleichen und sie zu belauschen. Vor allem, da Reyna einen Schritt vortritt, etwas sagt und dabei gestikuliert. Beatrice erwidert etwas, und der Drang, unser Versteck zu verlassen, wird heftiger.

»Vielleicht sollten wir …«, setze ich an, als es plötzlich hinter uns raschelt und ich abrupt verstumme.

Chris hat es auch gehört. Sein Kopf fliegt in die Richtung des Geräuschs, und er kneift die Augen zusammen, um zwischen dem Gewirr des Waldes etwas zu erkennen. Der Moment, in dem er die dunklen Gestalten, die nur wenige Meter von uns entfernt sind, entdeckt, ist deutlich zu spüren. Seine Finger zerquetschen meine beinahe, und er reißt erschrocken die Augen auf. Chris' Reaktion ist ein Spiegelbild meiner eigenen.

Um aufzustehen und wegzurennen, ist es zu spät. Sie würden uns sofort bemerken. Und die Tasche zu öffnen, um uns zu bewaffnen, würde zu große Bewegungen benötigen. Statt dem Fluchtinstinkt zu folgen, ducken wir uns also tiefer ins hohe Gras. Ich rutsche so nah an Chris heran, dass ich beinahe auf seinem Schoß sitze und lege den Kopf an seine Brust, um uns zu einem unscheinbaren Knäuel am Boden zu machen, das hoffentlich nicht entdeckt wird.

So verharren wir.

Sekunden-, dann minutenlang, bis meine Beine durch die unbequeme Situation taub werden und ich so unruhig bin, dass es von innen gegen meine Haut drückt und sich alles spannt.

Chris streicht mir übers Bein und drückt meine Finger, aber die Unruhe legt sich nicht. Im Gegenteil. Eine dunkle Vorahnung gesellt sich hinzu, und plötzlich fühle ich mich wie ein in die Ecke gedrängtes Tier, das genau weiß, dass es nicht entkommen kann und im Käfig landen wird. Dennoch ducke ich mich weiter.

Die Menschen sind inzwischen verschwunden, was mir mehr Sorgen bereitet, als stünden sie nur einen Schritt vor uns. Wir sehen sie nicht mehr, demnach könnten sie überall sein. Auf der Lichtung beispielsweise, wo sie einen Hinterhalt gegen Chris' Mutter planen. Oder auf dem Weg zum Anwesen, um uns zu suchen. Sie würden nur Isa vorfinden, und wir wären nicht da, um ihr zu helfen.

Das Warten macht mich verrückt. Um mich abzulenken, richte ich mich ein winziges Stück auf und konzentriere mich auf die Lichtung. Reyna und Beatrice stehen inzwischen näher beieinander, als hätte jede einen Schritt auf die andere zugemacht. Keine Ahnung, ob wortwörtlich oder auch metaphorisch. Und ob mir das gefallen würde, weiß ich auch nicht.

Ich unterdrücke ein Seufzen und will den Kopf wieder an Chris' Brust lehnen, da zuckt er unvermittelt zurück und starrt mit großen Augen an mir vorbei. Perplex sehe ich erst in sein besorgtes Gesicht, dann folge ich seinem Blick, und mein Herz bleibt stehen.

35

Camy

Mit schweißnasser Stirn blicke ich in den Lauf der Waffe, die auf meinen Kopf zielt.

Vor uns stehen zwei Männer. Sie sagen kein Wort, bedeuten uns stumm, aufzustehen, und drücken uns ihre Pistolen beinahe ins Gesicht. Ich folge ihrer Aufforderung und sehe im Augenwinkel besorgt zu Chris. Seine Lippen sind so fest zusammengepresst, dass sie zu einer weißen dünnen Linie geworden sind, und sein Blick zeugt von Wut und Sorge. Wie sehr er sich zusammenreißt, um ihren wortlosen Anweisungen nachzukommen, beweisen das Zucken seines Kiefers und das Zittern seiner Muskeln überdeutlich. Vermutlich würde er sich am liebsten wehren, aber selbst er sieht ein, dass wir keine Chance haben.

Der Mann neben mir presst den Lauf seiner Waffe in meine Leiste, und Chris' Selbstbeherrschung implodiert.

»Nimm deine dreckigen Hände von ihr!«, brüllt er.

Als Antwort lacht der Mann selbstgefällig und presst die Waffe provozierend tiefer in mein Fleisch.

Chris macht einen Schritt nach vorn, da drückt der andere ihm seine Waffe ins Rückgrat, und er stoppt.

»Ich hoffe, damit ist geklärt, wer hier das Sagen hat«, höhnt der Typ neben mir und drängt mich zum Weitergehen.

Ich spanne die Muskeln an und sehe warnend zu Chris. Mein Blick ist trauriger, als ich will, dennoch erzielt es einen Effekt.

Chris stößt kapitulierend die Luft aus, dann nickt er. Knapp nur, aber es genügt, um zu wissen, dass er sich vorerst zurückhalten wird.

Unsere Angreifer sind so unterschiedlich wie Tag und Nacht. Der Mann, der hinter Chris herläuft und ihn den Hügel hinabführt, hat schulterlange schwarze Haare und einen gepflegten Schnauzbart. Seine Kleidung ist schlicht. Weißer Pullover, schwarze Stoffhose, schwarze Lackschuhe. Der Typ, dessen Waffe noch immer in meine Leiste sticht, hat kurze braune Haare, ist penibel glatt rasiert und trägt eine rechteckige Brille. Sein hellblaues Hemd hat auffällige goldene Knöpfe, und er trägt dunkle Jeans und schwarze Chucks. Er ist der erste Herreromitarbeiter, dem ich begegne, der nicht das typische weiße Oberteil mit der ebenso typischen schwarzen Hose kombiniert. Ob das gut oder schlecht ist, kann ich nicht einschätzen.

Schweigend steigen wir die Anhöhe hinunter, bis wir an einer Baumreihe stehen bleiben, die die Lichtung vom umliegenden Wald abgrenzt. Links von uns steht Beatrice, rechts Reyna. Die Männer stoßen uns nach vorn, sodass wir auf die Lichtung stolpern und plötzlich in der Mitte des Geschehens stehen. Auf dem Präsentierteller. Völlig ungeschützt.

Beatrices Augen werden riesig, als sie uns entdeckt. Panik und Unglaube strahlen uns an, dann wird ihr Blick schlagartig vollkommen emotionslos.

»Ich wusste, dass es ein Fehler war, euch nicht in den Keller zu sperren«, begrüßt sie uns und wischt sich eine Locke aus dem Gesicht. »Du bist unverbesserlich stur und leichtsinnig wie dein Vater.«

Chris zuckt minimal zusammen, und instinktiv strecke ich die Hand nach ihm aus. Doch ehe ich ihn berühren kann, bekomme ich einen heftigen Stoß in den Rücken, der mich nach vorn wirft. Mit einem erschrockenen Schrei falle ich auf die Knie und stütze meine Hände im trockenen Gras ab. Nur einen

Moment später kniet Chris neben mir. Seine Hand findet meine, und auch wenn wir tief im Mist hocken, fühle ich mich augenblicklich besser.

»Da jetzt endlich alle da sind, können wir ja anfangen.«

Reynas boshafte Stimme jagt mir mehr Angst ein, als in den Lauf einer Waffe zu starren. Eine Stoßwelle schießt meine Wirbelsäule hinab und lässt sogar meine Zehen beben. Vor Angst, Zorn, Sorge und vor allem vor Hass.

»Ich würde ja sagen, es freut mich, dich zu sehen«, gifte ich und sehe zu ihr. »Aber meine Mom sagt immer, lügen versaut das Karma.«

Reyna schmunzelt und überkreuzt die Arme vor der Brust. Ihre Haare sind kürzer und reichen ihr nur noch bis knapp auf die Schultern. Außerdem ist sie dünner geworden, sodass das schwarze knielange Kleid an ihr herabhängt, als wäre es eine Nummer zu groß. Auch ihr Gesicht hat sich verändert. Dunkle Ringe zieren ihre Augen, und die Lippen wirken blass. Abgekämpft, so erscheint die ach so mächtige Anführerin der Herreros mir. Müde, ausgelaugt und antriebslos.

»Ich dachte, inzwischen hättest du begriffen, welches Geschenk ich dir damals gemacht habe«, sagt sie und seufzt, als hätte ich sie tief enttäuscht. »Aber hier hockst du nun. Neben dem Mann, der dir den ganzen Ärger und Schmerz eingebrockt hat, und siehst mich an, als wäre ich Satans Braut.«

»Du bist Satans Braut. Außerdem hast du mir das alles eingebrockt, nicht Chris. Er kann nichts dafür, in welche Familie er hineingeboren wurde, aber du kannst sehr wohl etwas dafür, welche Entscheidungen du getroffen und welchen Mann du geheiratet hast.«

»Lasst uns nicht streiten«, mischt Beatrice sich ein. »Wir waren gerade dabei zu verhandeln«, erklärt sie und tritt einen großen Schritt auf Reyna zu. »Wie viel willst du, damit du mit dieser sinnlosen Jagd endlich aufhörst?«

»Ich habe mehr Geld, als ich ausgeben kann«, spottet Reyna. »Was ich aber nicht habe, ist die Anerkennung meines herzallerliebsten Ehemannes. Die bekomme ich erst, wenn ich Christian Green unter Kontrolle habe. Oder wenn er tot ist.« Den letzten Satz sagt sie dermaßen kalt, dass mein Herz vor Schock einen Schlag aussetzt und mein Puls flattert.

»Es wird weder das eine noch das andere passieren«, gibt Beatrice entschlossen zurück. »Du wirst meine Familie nie wieder mit deinen Spielchen quälen. Wir regeln das mit Geld. So wurde es schon immer gemacht. Das wüsstest du, wenn du nicht erst so kurz in unserer Welt wärst, dass du beinahe noch ein Baby bist.«

»Und selbst das ist schon zu lange!«, schreit Reyna. Ihre Hände ballen sich zu Fäusten. »Ihr seid mir im Grunde völlig egal. Würde mein Mann mir nicht im Nacken sitzen, wäre ich gar nicht hier und würde auch keinen Gedanken an euch verschwenden. Aber das tut er, also habe ich keine Wahl«, erklärt sie aufgebracht. »Eduardo hasst die Greens dafür, dass er ihretwegen hinter Gittern sitzt. Wären Christian und sein missratener Cousin Ian nicht gewesen, hätten die Behörden keine Beweise gegen ihn und seinen Vater gehabt. Aber die beiden waren da, und sie haben die Beweise geliefert.

Eduardo wird nicht eher Ruhe geben, bis er seine Rache an euch bekommen hat. Also, entweder erledige ich die Angelegenheit mit euch auf eine Art, die ihn zufriedenstellt, oder er lässt meinen Sohn und mich nie in Ruhe. Bei diesen Optionen eine Wahl zu treffen fällt mir mehr als leicht, wie ihr euch sicherlich vorstellen könnt.«

»Du könntest dich den Behörden stellen.«

Reyna gibt einen Ton von sich, der Lachen und Schnauben zugleich ist, und sieht zu mir. »Kleine, ahnungslose Camy«, erwidert sie so hochtrabend, dass ich am liebsten aufspringen und ihr ins Gesicht schlagen würde. »Ich habe dir ein neues Leben geschenkt, aber du hast nicht einmal darüber nachgedacht, das Geschenk anzunehmen. Nicht für eine Sekunde hast du wertgeschätzt, was ich dir ermöglichen wollte. Wenn man mir einen Weg aufzeigen würde, diesem Leben ohne jegliche Konsequenz zu entfliehen, würde ich meinen Sohn packen und nie zurücksehen. Aber diese Chance habe ich nicht. Du hingegen hattest sie und hast sie mit Füßen getreten.«

»Du könntest …«, setze ich an, aber das verzweifelte Funkeln in Reynas Augen lässt mich überrascht verstummen.

»Ich kann gar nichts«, gibt sie mit traurigem Lächeln zurück und streicht sich die Haare hinters Ohr. »Sie würden mich vielleicht gehen lassen, aber mein Sohn müsste in der Familie Herrero bleiben – als rechtmäßiger Nachfolger. Und ohne meinen Sohn gehe ich nirgendwohin.«

»Manchmal muss man sich von seinem Kind trennen, auch wenn es schmerzhaft ist. Manchmal ist das die einzige Möglichkeit, um die Kraft zu sammeln, die man braucht, um irgendwann als die Mutter zurückzukommen, die das Kind verdient.«

Ich höre förmlich, welchen Kampf Beatrices Worte in Chris lostreten. Sie hat ihn verlassen. Hat ihn im Stich gelassen und ihm das Vertrauen in andere Menschen genommen. Aber jetzt ist sie da. Beatrice will ihm beistehen und ihm helfen. Und obwohl uns ihre Art, das zu tun, nicht gefällt, hat sie offensichtlich nur das Beste für Chris im Sinn. Das ist meiner Ansicht nach weit mehr wert als eine bloße Entschuldigung. Ich möchte gerade wirklich nicht mit Chris tauschen, denn ich wüsste nicht, was ich denken und fühlen sollte. Was ich aber möchte, ist, ihm beizustehen.

Kurz entschlossen schiebe ich mich auf Knien näher zu ihm. So nah, dass unsere Schultern sich berühren. Er hebt den Kopf, und bei seinem liebevollen Blick schmelze ich dahin. Auch der schmerzliche Schatten und der tosende Sturm in seinen Augen kann die Liebe, die er mir gegenüber zeigt, nicht mindern.

Chris ist verletzt und verwirrt, auch wenn er das vor Beatrice niemals zugeben würde. Dennoch schreckt ihn das nicht mehr davon ab, mich in seinem Leben zu belassen. Und genau das ist die Gewissheit, die ich bis vor wenigen Tagen vermisste. Die mich im Kummer beinahe versinken ließ.

Chris und ich, wir haben die Hürden überwunden, die unserer Beziehung im Weg standen. Zumindest beinahe, schallt eine nervige Stimme in meinem Kopf. Unwillig reiße ich mich von Chris los und sehe erneut zu Reyna. Sie ist die letzte Mauer, die zwischen uns und einer glücklichen Zukunft steht. Ich bete, dass wir sie Stück für Stück einreißen können.

»Wenn du dich den Behörden stellst«, rufe ich einem Impuls folgend, »könntest du einen Deal aushandeln. So, wie Chris, Ian und Violet es damals gemacht haben. Ich bin sicher, sie würden dich straffrei davonkommen lassen, wenn du ihnen die Infos gibst, die sie wollen.«

»Und jetzt schaut, wohin dieser grandiose Deal euch gebracht hat«, sagt Reyna zynisch. »Ihr seid in meiner Schussbahn gelandet und musstet alles aufgeben, was ihr geliebt habt. Eure Freunde, eure Familie und eure Heimat. Das ist es nicht wert. Ich würde ebenso von der Organisation gejagt werden wie ihr. So ein Leben tue ich Eduardo nicht an.«

»Aber dieses Leben willst du ihm antun?«, wirft Chris ein. »Als Kind einer Verbrecherfamilie kann ich dir versichern, dass jedes Leben besser ist als dieses. Alles, was man sich als Kind wünscht, ist die Liebe seiner Mutter und die Sicherheit, dass sie alles Böse von einem fernhält. Kannst du deinem Sohn das geben?«

Reynas Mund klappt zu. Ein nachdenklicher Schatten huscht über ihr Gesicht, und ihre Fäuste lösen sich, als würde der Zorn sie verlassen.

»Außerdem bin ich mir sicher, dass du genug Schmutz gesammelt hast, um deinem Mann zu drohen, damit er euch in

Ruhe lässt. Und am Geld wird es mit Sicherheit auch nicht scheitern«, setzt Chris eindringlich nach.

Sie erwidert nichts, steht einfach da und scheint tatsächlich über seine Worte nachzudenken.

Eine Welle der Hoffnung versucht, mich zu überschwemmen, was ich hartnäckig unterdrücke. Es ist die Hoffnung darauf, dass Chris sie erreicht hat. Dass sie auf ihn hört und der Kampf endlich vorüber ist. Aber so einfach wird es nicht sein. So einfach ist es nie.

Die Männer hinter Reyna beginnen, aufgeregt zu tuscheln, was der rationalen Camy in mir genügend Kraft gibt, um die Glut der Hoffnung weiter im Keim zu ersticken. Einer von ihnen zieht seine Waffe hinter dem Rücken hervor und tritt aus der Reihe nach vorn. Das entgeht den anderen ebenso wenig wie mir.

Reyna dreht den Oberkörper und sieht geradewegs zu ihm. Sorgenvolle Falten umringen ihre Augen, als ihr der Fehler bewusst wird. Als *uns allen* der Fehler bewusst wird.

Kelvin hat es uns gesagt.

Er wusste es, aber wir wollten nicht hören.

Die Männer stehen nicht hinter Reyna, sondern hinter ihrem Sohn und den Traditionen der Organisation. Einer Organisation, die sie soeben mit ihren Worten und vor allem mit dem, was sie nicht sagte, abgelehnt hat.

»Reyna.« Der Mann hebt die Waffe, zielt auf seine Chefin und reckt das breite Kinn. »Ich glaube, es ist klar, dass du ab sofort nichts mehr zu sagen hast.«

36

Chris

Endlich bekommt das Miststück, was es verdient. Das ist mein erster Gedanke, als dieser Möchtegern-Rebell vortritt und die Eier hat, die Waffe gegen seine Chefin zu erheben. Mein zweiter Gedanke lautet: *Das bekannte Übel ist nie so schlimm wie das unbekannte* – und das überwiegt sowohl den Hass wie auch die Genugtuung. Selbst in mir.

»Lass den Blödsinn und nimm die Waffe runter«, fordert Reyna. Ihre Stimme ist beeindruckend sicher und ihr Blick unerschütterlich. Aber das nervöse Schlucken verrät jedem, der genau hinsieht, wie nervös sie in Wahrheit ist. »Ich werde niemanden verraten. Schon gar nicht meinen Mann«, stellt sie klar. »Also nimm das Ding endlich weg.«

Ich nutze die Ablenkung und ziehe Camy mit mir hoch. Meine Beine sind steif, und meine Kniescheibe knackt beim Aufstehen. Camy geht es nicht besser. Sie streckt den Rücken durch und schüttelt die Arme aus, dann deutet sie fragend zur Mitte der Lichtung. Ich schüttle entschieden den Kopf. Wir dürfen uns nicht einmischen, auch wenn es mich juckt, etwas zu unternehmen. Noch nicht zumindest, denn noch stehen zwei ziemlich finstere Typen mit ihren Waffen hinter uns. Sie warten nur darauf, dass wir einen Fehler begehen und ihnen damit einen Grund zum Abdrücken liefern. Es grenzt bereits an ein Wunder, dass sie zu sehr abgelenkt sind, um uns zu verbieten, aufzustehen.

»Wir nehmen keine Anweisungen mehr von dir an.«

»Das ist Wahnsinn!«, brüllt Reyna verzweifelt. »Ihr arbeitet für mich! Ich bezahle euer Gehalt! Ich koordiniere eure Aufgaben, und ich halte die Organisation zusammen!«

»Du«, spuckt der Typ ihr entgegen, »bist der Grund, aus dem alles zerfallen wird. Eine Frau ist viel zu emotional für diesen Job. Don Juan hätte dir nie die Verantwortung übertragen, wenn er eine andere Wahl gehabt hätte.«

Er macht eine knappe Geste mit der Hand, und die übrigen Männer treten zu ihm nach vorn. Auch die Typen hinter uns regen sich. Ich sehe sie nicht an, aber ich spüre überdeutlich, dass sie nicht still stehen. Ein endloser Moment vergeht, dann laufen sie plötzlich an uns vorbei. Sie stellen sich zu den anderen Herreros, und von einer Sekunde auf die andere hockt uns niemand mehr im Nacken. Ich packe Camys Hand und ziehe sie sofort mit mir nach links. Zu Beatrice und ihren Männern. So weit in Sicherheit, wie es die Situation zulässt.

»Hey!«, ruft Schnauzbart. »Wenn ihr sie abknallt, wer bezahlt uns dann?«

»Ich«, erwidert der Rebell, ohne zu zögern. »Und ich verdopple euer Geld, wenn ihr ab jetzt tut, was ich sage.«

Deshalb passen die zwei nicht ins Bild, wird mir klar. Weil sie nicht zu den Herreros gehören. Vermutlich hat Reyna sie angeheuert, weil sie zu wenig Männer dabeihatte oder ihren eigenen nicht genug vertraut. Anscheinend hat sie dabei vergessen, dass das bessere Angebot immer gewinnt.

Camy umklammert meine Finger wie ein Schraubstock und dirigiert uns hinter die Wand aus Bewaffneten. Ich hasse es, tatenlos hier rumzustehen, aber was wäre, wenn ich mich einmische? Was, wenn ich auf Reyna losgehe? Würden ihre Männer mich aufhalten? Vermutlich. Eine Meuterei ist eine Sache; zuzulassen, dass die Mutter ihres Erben vom Feind erschossen wird, eine ganz andere. Außerdem habe ich keine Waffe. Die Tasche ist auf der Anhöhe zurückgeblieben, und ich glaube nicht, dass mir einer von Beatrices Leuten freiwillig seine überlässt. Daher bleibe ich stehen, auch wenn sich in mir eine Rastlosigkeit zusammenbraut, die mich drängen will, vorzutreten und etwas zu tun.

»Was hast du jetzt vor, Manuél?« Reynas Stimme bebt. Ob vor Angst oder Wut, kann ich nicht einschätzen, aber es ist klar, dass sie eingesehen hat, die Kontrolle verloren zu haben. »Mich absetzen und selbst an die Spitze klettern? Wirklich? Wie rechtfertigst du das vor Juan und Eduardo?«

Der angesprochene Manuél schnaubt und zuckt mit den Schultern, ehe er antwortet. »Denkst du, das interessiert die beiden, solange es dem Jungen gut geht und die Geschäfte laufen?«, höhnt er. »Aber keine Sorge, ich werde dich weder in ein dunkles Loch sperren noch erschießen. Nicht, bis ich von den wahren Anführern den Befehl dazu erhalten habe. Schießen werde ich allerdings trotzdem – nur eben nicht auf dich.« Mit grimmiger Miene sieht Manuél an Reyna vorbei.

Zu mir.

Camys Körper zuckt. Sie versucht, sich vor mich zu stellen, aber das lasse ich nicht zu. Energisch schiebe ich sie hinter mich und trete vor, sodass ich dicht hinter Beatrices Männern stehe und Camy abschirme.

»Ich werde beenden, was du versäumt hast, Reyna«, verkündet Manuél. »Die Bosse werden stolz sein, weil dieses unnötige Spiel endlich ein Ende hat. Du hast viel zu viel Zeit auf die Greens vergeudet. Zeit, die wir für wichtige Geschäfte hätten nutzen sollen.«

»Du mischst dich nicht in meine Pläne ein!«, faucht sie, und plötzlich geht es so schnell, dass ich beinahe nicht hinterherkomme. Reyna prescht vor und wirft sich auf Manuél. Sie versucht, an seine Waffe zu gelangen, aber ehe sie auch nur in dessen Nähe kommt, haben die Typen, die vor wenigen Minuten noch hinter Camy und mir standen, sie gepackt und ihr die Arme auf den Rücken gedreht. Sie kreischt wie eine Furie, tritt nach den Männern und brüllt ihnen Drohungen zu, aber sie hat keine Chance. Gerade als sie ihre Lage zu begreifen scheint, zerreißt ein Knall die Luft.

Für eine Sekunde wird es totenstill, dann ertönt ein schmerzerfüllter Schrei, und Manuél fällt zu Boden. Er lässt seine Waffe achtlos neben sich fallen und umklammert seinen Arm. Blut sickert durch das weiße Hemd, tropft zu Boden und taucht den sattgrünen Rasen um ihn in tiefes Rot.

Verwirrt stelle ich mich auf die Zehen, um mir einen Überblick zu verschaffen, und bei dem, was ich entdecke, kann ich nicht anders, als überrascht zu lachen.

Camy starrt mich an, als hätte ich den Verstand verloren, aber das spielt keine Rolle. Reynas Geschrei spielt keine Rolle. Ebenso wie Manuéls Schmerzensschreie und die perplexen Gesichter der übrigen Herreros. Das Einzige, das ich wahrnehme, ist die ausgestreckte Hand meiner Mutter – und die Pistole darin.

Sie hat geschossen. Hat den Moment genutzt, in dem jeder von Reynas Gegenwehr abgelenkt war, und hat abgedrückt.

Ich will mich an den Männern vorbeidrängen, um mir ebenfalls eine Waffe zu beschaffen, als sie wie eine Armee exakt zeitgleich ihre Pistolen zücken und sie mir so direkt vor der Nase wegschnappen.

Es dauert, bis jeder durchschaut hat, was gerade passiert. Wie in Zeitlupe werden die Augen der Männer gegenüber riesig. Ihre Hände zucken. Wollen zu den Waffen greifen – da entsichern Beatrices Leute ihre Pistolen und treten vor.

Ein ergebenes und verbittertes Raunen weht über die Lichtung, als die Herreros sich einer nach dem anderen auf die Knie fallen lassen und die Hände über den Kopf nehmen. Sie wollen Reyna mit sich zu Boden ziehen, doch sie keift und schlägt nach den Männern.

»An deiner Stelle würde ich mit dem Rumgestrampel aufhören und tun, was sie verlangen«, ruft Beatrice. Normalerweise würde mich der überhebliche Ton ihrer Stimme zur Weißglut treiben. Aber nicht heute. Nicht jetzt.

»Leck mich!«, flucht Reyna. Sie starrt meine Mutter an wie den Antichristen persönlich. Ihre Stirn liegt in tiefen Falten, und um ihren Mund zeigt sich ein widerwilliger Zug.

Diese mächtigen Frauen bieten sich ein stures Blickduell, das nicht nur ich gebannt verfolge. Alle starren auf die Szene und halten den Atem an.

Es liegt in meiner Natur, mich einzumischen. Etwas zu unternehmen, statt rumzustehen und bloß Zuschauer zu sein. Trotzdem rege ich mich nicht.

Schließlich stößt Reyna hart die Luft aus und sackt auf die Knie hinab. Provozierend langsam hebt sie die Hände und legt jeden Finger einzeln auf ihren Hinterkopf.

Ich blinzle. Atme ein. Atme aus. Blinzle erneut.

An dem Bild ändert sich nichts; so absurd und surreal es auch ist, ist es dennoch real.

Wir haben gewonnen. Sie haben sich ergeben.

Es ist vorbei.

Sobald diese Erkenntnis in meinen Verstand sickert, hält mich nichts mehr. Lachend ziehe ich Camy in die Arme und wirble sie durch die Luft. Ihr erschrockener Schrei geht in ein helles, glockenklares Lachen über, was das schönste Geräusch ist, das ich mir vorstellen kann.

»Es ist vorbei!«, ruft sie und schüttelt ungläubig den Kopf, wodurch ihre Locken wild umherfliegen.

Vorsichtig setze ich Camy vor mir ab und umschließe ihr Gesicht mit den Händen. »Das ist es.« Ich beuge mich vor und schließe die Augen – da erklingt ein eindringliches Räuspern.

Fluchend hebe ich den Kopf und sehe über Camy hinweg geradewegs ins tadelnde Gesicht meiner Mutter. Hinter ihr laufen die Männer mit erhobenen Waffen auf die andere Seite der Lichtung. Nur zwei bleiben bei ihr stehen und sichern die Umgebung.

»Wir müssen weg«, teilt Beatrice mir mit.

»Erst sagst du mir, wie genau es jetzt weitergeht.«

»Wir verschwinden von hier«, verkündet sie und deutet auf den schmalen Weg, über den wir vor nicht mehr als einer halben Stunde noch als Gefangene die Lichtung betraten. »Ich rufe aus sicherer Entfernung die Polizei an, und wir überlassen ihnen die Drecksarbeit.«

»Und dann?«, mischt Camy sich ein.

Noch immer liegen meine Hände auf ihrem Gesicht und berühren ihre erhitzte Haut. Sie glüht. Vor Aufregung, Freude, aber auch vor Unsicherheit. Denn was ab jetzt vor uns liegt, ist ungewiss.

»Wir hoffen, dass die Polizei den Müll entsorgt und die Luft wieder so sauber sein wird, dass wir atmen können«, beantwortet Beatrice ihre Frage.

»Wieso sollten sie sie festnehmen? Und wie hast du Reyna eigentlich dazu gebracht, sich mit dir zu treffen?«, will ich wissen und beäuge meine Mutter skeptisch.

Sie verheimlicht etwas, da bin ich mir sicher. So überlegen, wie sie umherblickt, und so entschlossen, wie sie spricht, steht fest, dass sie einen Trumpf im Ärmel hat, den sie bisher nicht preisgegeben hat.

Beatrice grinst, und plötzlich fühle ich mich, als würde ich in einen Spiegel sehen. Das gleiche arrogante Zucken der Mundwinkel, das gleiche stolze Funkeln in den blauen Augen. Es ist beinahe unheimlich, wie ähnlich wir uns sind, obwohl wir zeitgleich dermaßen verschiedene Charaktere sind.

Betont langsam streckt Beatrice die Hand nach hinten aus, ohne den Blick von uns zu nehmen. Als hätte er auf das Kommando gewartet, zieht der Typ hinter ihr den Reißverschluss seiner dünnen Jacke auf und fischt eine Rolle gedrehter Papiere aus der Innentasche, die er an Beatrice weiterreicht. Sie kostet den Moment voll aus, glättet die Unterlagen, als hätte sie alle Zeit der Welt, und streckt sie mir entgegen.

Ich will Camy nicht loslassen. Nie wieder. Dennoch nehme ich die Hände von ihrem Gesicht und greife danach. Gleich das oberste Blatt lässt mich die Stirn runzeln. Es ist eine Landkarte, die die untere Hälfte der USA und einen Teil von Mexiko zeigt. Direkt hinter der Grenze ist ein Ort rot umrandet. Sofort schießt mein Blick zu Camy. Sie nickt, noch ehe ich die Frage stellen konnte.

»Das ist die Karte, die ich unter der Tastatur gefunden habe«, bestätigt sie und späht über meinen Arm. »Aber gestern stand da noch nichts geschrieben.«

Koordinaten. Das erkenne ich auf Anhieb.

Die Papiere darunter bestehen aus dem ausgedruckten Chatverlauf, den wir vorhin auf Beatrices Computer gelesen haben, und weiteren, die sie bereits gelöscht haben muss, weshalb ich sie nicht finden konnte. Zudem sind es Listen mit Namen und Nummern von Bankkonten.

Langsam lasse ich die Unterlagen sinken und sehe erneut zu meiner Mutter auf. »Was ist das?«

»Ihr dachtet doch nicht, ich wäre ohne etwas Handfestes zu diesem Treffen gegangen und hätte darauf gehofft, eine Frau wie Reyna mit leeren Drohungen und Versprechungen über Geld zu überzeugen?«

Es kitzelt mich auf der Zunge, ihr zu sagen, wo sie sich ihre Arroganz hinschieben kann, aber da spricht sie bereits weiter.

»Was du in deinen Händen hältst, ist unsere Versicherung. Aufzeichnungen über alles Kriminelle, das die Organisation seit deinem vermeintlichen Tod betrieben hat. Oder eben alles, was ich handfest belegen kann.«

»Woher hast du das?«, will ich wissen.

Beatrices Blick verändert sich. Die Arroganz tritt so weit in den Hintergrund, bis sie durch ein Funkeln ersetzt wird, das mir ins Herz sticht. Wäre unsere Beziehung nicht so vorbelastet, würde ich die Zuneigung genießen, mit der sie mich betrachtet. Aber das ist sie, weshalb ich mir das angenehm warme Gefühl in der Brust zwar zugestehe, aber mich weigere, es meinen Argwohn ganz unterdrücken zu lassen.

»Ich hatte immer ein Auge auf dich«, gesteht sie leise. »Immer, Christian. Daher weiß ich, was dir damals in Mexiko zugestoßen ist. Es hat mir die Luft zum Atmen genommen und mir das Herz aus der Brust gerissen, was diese Frau dir angetan hat. Ich konnte das nur überstehen, indem ich mir ein Ziel gesetzt habe. Ähnlich wie es bei Camy und Isabella der Fall war. Also habe ich angefangen, Nachforschungen anzustellen und die Organisation überwachen zu lassen. Dass dabei keinem meiner Informanten aufgefallen ist, dass du am Leben bist … hätte ich es früher erkannt, hätte das drei Frauen, die dich lieben, viel Kummer und Schmerz erspart«, sagt sie und wischt sich eine Träne aus dem Auge. »Aber es hätte mich vermutlich auch dazu gebracht, die Nachforschungen einzustellen und stattdessen zu versuchen, dich da rauszuholen. Wenn man es so sehen will, hatte es also sogar etwas Gutes. Denn dadurch habe ich die Informationen zusammenbekommen, die wir jetzt brauchen, um Reyna endgültig dahin zu bringen, wo sie sein soll. Ins Gefängnis.«

»Du sagst immer, du willst keine Green sein«, verkünde ich und versuche erst gar nicht, mir die Rührung nicht anmerken zu lassen. »Aber du bist eine. Durch und durch.«

37

Camy

In jedem Märchen gibt es diesen einen Punkt, ab dem sich alles zum Guten wendet. Der Leser begreift, welche Moral die Geschichte verdeutlichen soll und weshalb es nötig war, dass die Figuren dermaßen leiden. Weshalb sie durchs finstere Tal schreiten oder den Drachen erlegen mussten, ehe ihnen das Glück vergönnt ist. Märchen zeigen, dass kein Frieden ohne Opfer möglich ist und dass man für sein Glück kämpfen muss. Aber egal, wie hart der Weg auch war, sie haben immer ein Happy End.

Das wahre Leben hält nur wenige Happy Ends bereit. Das ist einer der Gründe, aus denen wir Märchen lesen und lieben: weil sie uns davon träumen lassen, dass jeder das Ende bekommen kann, das er sich wünscht, solange er hart genug daran arbeitet und nicht aufgibt.

Als ich klein war, dachte ich genauso. Ich war davon überzeugt, dass man bloß die Steine aus dem Weg räumen muss, um den Weg zur Sonne zu finden. Später, als junge Erwachsene, war ich mir dessen nicht mehr so sicher. Und als ich Christian verlor, verlor ich schließlich auch das letzte bisschen Hoffnung darauf, dass das reale Leben einem Märchen gleichen könnte. Aber hier stehe ich nun. Auf einem Waldweg, den die untergehende Sonne in gedämpftes Licht taucht, und stecke mitten im Happy End des Märchens. Die Bösen werden von den Rittern in ihre metallenen Kutschen gesteckt und zum Kerker gefahren, während ihre Königin den Thron verliert und in den Turm gesperrt wird. Die Monarchie fällt, und die Bauern können endlich ohne Unterdrückung leben.

»Ist alles okay bei dir?«

Chris' Frage reißt mich aus den wirren Überlegungen.

Ich schüttle den Kopf, dann wende ich den Blick vom Inneren des Wagens ab. »Ja, es ist nur ...«, setze ich an. »Ich kann nicht fassen, wie schnell alles zum Schluss gegangen ist«, gestehe ich und denke an die letzte Stunde zurück.

Nachdem die Herreros entwaffnet und gefesselt waren, kniete Beatrice sich vor Reyna. Wie viel Genugtuung es ihr bereitete, die Unterlagen in deren Ausschnitt zu stecken und ihren Untergang damit zu besiegeln, war deutlich zu sehen.

»Du hättest auf mein Angebot mit dem Geld eingehen sollen«, stichelte Beatrice, ehe sie aufstand. »Tja, im Nachhinein ist man bekanntlich immer schlauer.«

Reyna erwiderte nichts. Kein Fluch. Keine Drohung. Ihr Blick war glasig und die Schultern so weit vorgebeugt, als hätte sie keine Kraft, sich aufrecht zu halten. Ich wartete auf den Anflug des Mitleids, den ich sonst häufig für sie empfunden hatte, aber der kam nicht. Ich horchte in mich hinein, betrachtete Reyna und spürte nichts als Erleichterung. Ja, sie wurde in ein Leben gedrängt, das sie nie wollte, aber es war ihr freier Wille, wie sie es gestaltet. Sie hätte zur Polizei gehen können oder die Leitung abgeben und behaupten, sie würde sich voll auf ihren Sohn konzentrieren wollen. Aber das tat sie nicht, und auch wenn sie es vermutlich nie zugeben wird, bin ich mir sicher, dass sie ihre Position ebenso genoss, wie sie sie hasste.

Noch auf der Lichtung rief Beatrice mit einem Einweghandy erst einige Leute zur Unterstützung und anschließend die Polizei an. Danach entfernte sie gekonnt die SIM-Karte sowie den Akku und warf alles in den Ausläufer des Missouri River. Keine zwei Minuten später tauchten Männer und Frauen auf, die auf Abruf in der Nähe gewartet hatten, wie Beatrice uns verriet. Sie führten die Herreros einen unscheinbaren Weg neben der Lichtung entlang, von dem aus man zur einzigen Straße kommt, die hier entlangführt.

Ich folgte ihnen mit etwas Abstand. Chris hingegen ließ es sich nicht nehmen, selbst mit anzupacken und Reyna eigenhändig zur Straße zu bringen.

Anschließend ließen wir die anderen allein und gingen zurück zur Anhöhe, um unsere Tasche zu holen. Wir warteten dort ab, bis wir das eindeutige Schrillen von Polizeisirenen hörten, ehe wir den Weg quer durch den Wald zurückgingen, den wir gekommen waren. Beatrice und zwei ihrer Leute begleiteten uns, was weder Chris noch mir gefiel. Wir wollten einen Moment für uns haben. Aber wir wollten Beatrice nicht vor den Kopf stoßen, immerhin hat sie uns gerade unser Leben zurückgegeben, also sagten wir nichts dazu. Chris' Mutter ist die unerwartete Heldin in diesem Märchen. Allerdings gibt es noch jemanden, ohne den wir sicherlich nicht so weit gekommen wären: Lucandrá. Zwar haben wir sie am Schluss nicht mit einbinden müssen, aber ich bin mir sicher, hätte sie uns damals nicht die Tipps gegeben und uns über Reynas Geschichte aufgeklärt, wären wir nicht so weit gekommen. Dass Reyna hinter Gittern landen wird, ist nicht die Rache, die sie sich gewünscht hat, aber ich bin dennoch davon überzeugt, dass ihr das Ende gefällt.

»Ich kann nicht glauben, dass es tatsächlich vorbei ist«, sage ich und werfe die Autotür vom Rücksitz zu, auf dem jetzt die prall gefüllte Tasche liegt.

»Ich auch nicht«, erwidert Chris und schlingt den Arm um meine Hüfte. Sanft küsst er mich auf den Hals und zieht mich fester an sich. »Vor allem kann ich nicht fassen, dass meine Mutter uns tatsächlich geholfen hat«, gibt er schmunzelnd zu.

»Wenn ich ehrlich bin, habe ich damit gerechnet, dass sie uns in ein noch größeres Chaos reißt.«

»Das habe ich gehört!«

Leise lachend sehe ich zu Beatrice. Sie steht wenige Meter neben uns an einen Baum gelehnt und sonnt sich in ihrem Erfolg. Zu Recht. Ohne sie hätten wir es nicht geschafft.

»Das solltest du auch«, gibt Chris frech zu, was seine Mutter zum Schnauben bringt. Dabei lächeln ihre Augen auf eine Weise, wie es vermutlich nur bei Müttern vorkommt. Bei Müttern, die stolz darauf sind, ihren Kindern etwas Gutes getan und sie glücklich gemacht zu haben.

»Habt ihr bemerkt, wie perplex die Polizisten waren, als sie die Unterlagen gesehen haben?«, will sie wissen.

Nickend erinnere ich mich an den Augenblick, den wir durch die Bäume hindurch beobachtet haben. Eine Uniformierte zog sie aus Reynas Ausschnitt, warf einen Blick darauf. Einen Moment lang starrte sie abwechselnd die Zettel und Reyna an, dann griff sie zu ihrem Funkgerät und sprach aufgeregt hinein.

»Wir sollten verschwinden, ehe das FBI auftaucht und uns entdeckt«, wirft Chris ein, und schlagartig verpufft die ausgelassene Stimmung.

»Irgendwann müssen wir uns der Behörde stellen und ihnen alles erklären. Wir sind ohne Wort aus dem Zeugenschutz verschwunden, das hat ihnen mit Sicherheit nicht gefallen.«

»Irgendwann müssen wir das, ja«, stimmt er mir zu. »Aber nicht jetzt. Wenn sie uns hier finden, wissen sie sofort, dass wir etwas mit der Sache zu tun haben, und dann werden sie Aussagen fordern, womit der Kreis von vorn beginnt.«

»Also halten wir uns aus der Sache raus und tun, als wüssten wir von nichts?«, frage ich ungläubig, und er nickt. »Das können wir nicht machen!«

»Wieso nicht?«

»Wir müssen mit ihnen reden«, beharre ich. »Eduardo darf

nicht ganz allein enden. Vielleicht können wir etwas tun, um Reynas Strafmaß zu reduzieren.«

»Und was genau willst du tun? Reyna gehört hinter Gittern. Genauso wie der Rest der Organisation. Würden wir für sie Partei ergreifen, würde uns das nie wieder loslassen.«

»Was für ein Leben hätte Eduardo mit zwei Eltern im Knast?«, halte ich dagegen. Energisch winde ich mich aus seiner Umarmung und stemme die Arme in die Hüften. »Dass Reyna bestraft werden muss, sehe ich ein. Ich bin zwar gutherzig, aber nicht blöd. Trotzdem müssen wir einen Weg finden, wie Eduardo nicht unter den Taten seiner Eltern leiden muss. Gerade du solltest verstehen, wie wichtig das ist.«

Getroffen zuckt Beatrice neben mir zusammen. »Ich könnte …«, setzt sie an und schluckt hörbar. »Ich werde meinen Kontaktmann informieren und dafür sorgen, dass der Kleine in eine liebevolle Familie kommt. Er wird organisieren, dass Eduardo weder ins Kinderheim muss noch von Pflegefamilie zu Pflegefamilie gereicht wird.«

»Nein.«

Verwundert sehe ich von Beatrice zu Chris. »Nein?«

»Nein«, wiederholt er überzeugt, und ein freches, überhebliches Grinsen ziert sein schönes Gesicht. »Ich habe eine bessere Idee.«

»Was für eine?«, hake ich nach.

»Lass dich überraschen«, raunt Chris und zieht mich so schwungvoll an sich, dass meine Wange gegen seine feste Brust gedrückt wird. »Vertrau mir. Ich sorge dafür, dass es so kommt, wie es kommen soll.«

Ja, das wird er. Inzwischen bin ich davon überzeugt, dass Chris sein Wort halten wird. Er hat viele Fehler gemacht. Hat mich wieder und wieder von sich gestoßen, weil er glaubte, nur so könne er mich beschützen. Sich vor mir zu verschließen war seine Art, um Schmerz und Enttäuschung aus dem Weg zu gehen. Aber er hat daraus gelernt. Christian Green ist nicht mehr der Mann, der er früher war. Er lässt sich nicht länger von seiner Vergangenheit definieren, sondern schreibt seine Zukunft selbst.

Wir mussten in wenigen Jahren sehr viel mehr Leid ertragen als die meisten Menschen in ihrem gesamten Leben. Und nicht immer konnten wir zusammen über die Hürden springen. Zu viel mussten wir allein meistern, und doch haben wir es geschafft, heute hier stehen zu können.

Gemeinsam.

38

Camy

»Ich fasse es nicht.«

»Was hattet ihr denn erwartet, was sie mit ihr tun würden?«, sagt Beatrice. »Sie hat den Alarm ausgelöst und die Hintertür aufgerissen. Sie mussten Isabella einsperren.«

»Aber nicht so«, stelle ich klar.

Auch wenn ich ihr Gesicht nicht sehen kann, bin ich mir sicher, dass sie mit den Augen rollt, statt zu antworten.

Mit Beatrice Schritt zu halten ist verflucht schwer. Sie rennt die Treppen förmlich hinunter und steuert auf die vorletzte Tür rechts zu, als hinge ihr Leben davon ab.

»Was passiert mit Kelvin und den anderen?«, will ich wissen und stoppe neben ihr vor der Tür.

»Meine Leute liefern sie später bei der Polizei ab. Als kleines Nachtragsgeschenk zu dem riesigen, das sie vorhin schon von uns bekommen haben.« Beatrice winkt einen der zwei Wachmänner zu uns, die vor der hinteren Wand stehen. »Schließ bitte die Tür auf«, verlangt sie.

»Mam?« Der Mann stockt und runzelt irritiert die Stirn. »Sie hat gegen Ihre Anweisungen verstoßen und den Alarm ausgelöst. Außerdem hat sie einige von uns angegriffen und …«

»Das weiß ich«, erwidert Beatrice und wirft mir einen so unwilligen Blick zu, dass man meinen könnte, ich wäre hier die

Böse. »Allerdings hat sich die Situation geändert. Unseren Gästen steht es frei, zu gehen, wenn sie das wünschen.«

Der Wachmann sieht unentschlossen zwischen seiner Chefin und mir hin und her, dann nickt er und zieht einen silbernen Schlüssel aus der Tasche seiner dunklen Jeans. Er hat die Tür noch nicht richtig aufgestoßen, da höre ich bereits Isas heftiges Fluchen und die vielen wüsten Drohungen darüber, was sie den Geschlechtsteilen der Wachen antun wird.

Mit breitem Grinsen dränge ich mich an den anderen vorbei in den Raum. »War ja klar«, begrüße ich Isa und schüttle gespielt tadelnd den Kopf. »Wir riskieren unseren Hals, und du legst dich entspannt ins Bett.«

»Du willst jetzt nicht ernsthaft mit mir darüber diskutieren, wie entspannend und gemütlich es war, stundenlang eingesperrt zu sein!«

Allgemein wirkt der Raum mehr wie ein schlichtes Gästezimmer und weniger wie eine Zelle. Beige gestrichene Wände, schmales Bett mit schneeweißer Decke sowie Kissen. Zudem steht ein winziger Holztisch an der Wand gegenüber dem Bett und davor ein schmuckloser Stuhl. Sehr viel angenehmer als Kelvins Zelle. Und das zu Recht.

»Du hättest es schlechter treffen können«, kommentiere ich die Einrichtung und ernte ein beleidigtes Schnauben sowie einen Mittelfinger von meiner Freundin.

»Was habe ich verpasst?«, will sie wissen. Isa steht auf und drängt sich an uns vorbei auf den Flur, bleibt dort aber stehen und funkelt den Wachmann angriffslustig an. »Bevor du mich das nächste Mal anfasst, lädst du mich gefälligst zum Essen ein.«

Verdattert starrt er ihr nach und öffnet immer wieder den Mund, ohne etwas zu sagen, während Isa hüftwackelnd die Treppe ansteuert, die in den Vorratsraum führt.

Schmunzelnd klopfe ich dem unschuldigen Mann auf die

Schulter. »Ich hoffe, Sie kennen ein gutes Restaurant«, feixe ich. »Sie isst übrigens liebend gern Sushi.«

Damit drehe ich mich um und folge Isa die Treppe hinauf. Im Eingangsbereich des Anwesens treffe ich erneut auf sie und werde mit einem bitterbösen Blick in Empfang genommen.

»Ich dachte schon, ihr kommt gar nicht mehr zurück!«

»Reyna und ihre Leute festnehmen zu lassen hat leider etwas länger gedauert als gedacht«, erwidere ich schnippisch. »Sorry, dass es in dem Gästezimmer keinen Meerblick gab, mit dem du dir die Zeit vertreiben konntest.«

»Was ist passiert?«, will sie wissen, und die schlechte Stimmung ist in Sekundenschnelle verpufft.

»Lange Geschichte.« Erschöpft wische ich mir ein imaginäres Haar aus der Stirn und lehne mich ans Treppengeländer, das zum ersten Stock führt.

»Ich will alle Details«, beharrt Isa, dann stockt sie und sieht sich fragend um. »Wo ist Chris?«

»Keine Ahnung. Er meinte, er hätte etwas Dringendes zu erledigen, würde aber bald zurückkommen.«

»Okay, dann sind es also nur du und ich«, kommentiert Isa, und ein wehmütiges Lächeln ziert ihr Gesicht. »Ganz wie in alten Zeiten.«

»Wie in alten Zeiten«, wiederhole ich leise.

Dieses Gespräch wird nicht das letzte sein, das Isabella und ich allein führen. Es wird viele Situationen geben, in denen wir uns unterhalten, etwas unternehmen oder uns anzicken, da bin ich sicher. Trotzdem fühlt es sich wie ein Abschied von etwas an, das ich nicht benennen kann, als wir uns zunicken und schweigend die Treppe hinaufsteigen.

Wir haben viel zusammen durchgestanden. Haben uns gegenseitig Halt gegeben – sie mir vermutlich mehr als ich ihr – und uns gemeinsam aus dem tiefen Loch der Trauer gekämpft.

Wir sind mehr als Freundinnen geworden.

Verbündete.

Vertraute.

Familie.

»Wollen wir?«, fragt Isa und reißt mich damit aus den Gedanken. Sie hält die Tür zu ihrem Zimmer auf und sieht mich abwartend an. »Ich will die Geschichte hören, wie ihr Reyna Herrero losgeworden seid.«

»Wir wollen.«

Ich folge Isa mit einem weinenden und einem lachenden Auge. Mit der Erleichterung, dass ab jetzt alles besser wird und wir alle endlich so leben können, wie wir es uns wünschen und verdienen. Aber auch mit der Trauer um die belastendste, schmerzhafteste und zeitgleich auch intensivste und prägendste Zeit meines Lebens.

Mein Knie schlägt wieder und wieder träge gegen ihres. Wir liegen auf Isas Bett, haben die Arme unter dem Kopf verschränkt und sehen ziellos zur Decke auf. Gesprochen haben wir seit Minuten nicht mehr, stattdessen haben wir die Beine angewinkelt, uns hingelegt und schlagen die Knie gegeneinander. Völlig sinnlos, aber beruhigend.

Mitten in diesem friedlichen Moment schrillt ein widerlich hoher Ton los. Prompt stoppen unsere Beine, und wir sitzen sofort senkrecht auf dem Bett.

»Was ist das?«

»Der Alarm«, antwortet Isa atemlos. »So klang es heute Mittag auch, nachdem ich die Hintertür aufgerissen hatte.«

»Verdammt«, fluche ich und springe auf.

»Wo willst du hin?«, ruft Isa, aber da habe ich ihre Tür bereits aufgerissen und bin aus dem Zimmer gerannt. Hektisch sehe ich mich auf dem Flur um und würde mir dabei am liebsten die Ohren zuhalten. Aber dann könnte ich nicht einschätzen, woher der Alarm kommt, weshalb ich mich zwinge, es nicht zu tun. Ich beiße die Zähne zusammen und konzentriere mich auf den durchdringenden Ton. Je näher ich der Treppe komme, desto lauter wird er.

Am oberen Treppenabsatz bleibe ich verwundert stehen. Beatrices Mitarbeiter sind nirgends zu sehen. Müssten sie bei einem Alarm nicht alles Mögliche vorbereiten und Ausgänge abriegeln oder so? Dass ich niemanden sehe, versetzt mich in Panik. Mein Herz vollführt einen so heftigen Galopp, dass meine Rippen schmerzen, und das viele Adrenalin lässt mich zittern. Über dem Gefühlschaos schwebt ein beängstigender Gedanke: Beatrices Leute würden sicherlich nicht grundlos ihre Aufgaben vernachlässigen.

Bedächtig steige ich die Treppen hinunter und halte mir schließlich doch die Ohren zu, da der Ton unerträglich wird. Es schrillt so heftig in meinem Kopf, dass der Lärm jeden weiteren Gedanken übertönt.

Auf Zehenspitzen schleiche ich mich zum Durchgang, der ins Wohnzimmer führt, und spähe um die Ecke. Auch hier ist niemand zu sehen. Allerdings steht fest, dass der Alarm von der Terrassentür kommt, denn im Wohnzimmer ist er dermaßen laut, dass mein Trommelfell beinahe zerplatzt. Trotzdem kann ich mich nicht davon abhalten, das Wohnzimmer zu betreten und auf die Tür zuzugehen. Immer wieder sehe ich hektisch über die Schulter, aber von Beatrices Leuten ist nach wie vor keine Spur zu entdecken. Keine Ahnung, was mich im Garten erwartet, aber so wie es aussieht, werde ich mich was auch immer allein stellen müssen.

Ich bin beinahe bei der Terrassentür angekommen, da verstummt der Alarm ebenso plötzlich, wie er begonnen hat. In meinen Ohren piepst es nervtötend nach, und kurz überlege ich, was ich über einen Tinnitus weiß. Sollte ich dank des Krachs einen bekommen haben, kann ich im Moment ohnehin nichts daran ändern, also schiebe ich den Gedanken vorerst zur Seite. Ich nehme meinen Mut zusammen, strecke den Rücken durch und trete in die offene Tür – dann bleibe ich abrupt stehen und schlage die Hände vor dem Mund zusammen.

»Hallo, Curls.«

Unfähig, mich zu bewegen, starre ich auf das Meer aus bunten Blumen und brennenden Kerzen, das den gesamten Bereich in eine romantische Oase verzaubert.

Tulpen, Rosen, Glockenblumen, Dahlien, Calla und wunderschöne Amaryllis stehen in gläsernen Vasen um den Pool herum. Unzählige Teelichter wurden zwischen den Vasen verteilt, und auf dem Pool schwimmen hellgrüne Plastikblüten, in deren Mitte Kerzen in allen Farben des Regenbogens treiben. Die Sonne ist bereits untergegangen, was die Atmosphäre noch atemberaubender macht. Und inmitten dieses wahr gewordenen Kitschtraumes steht die Liebe meines Lebens und sieht mich so liebevoll an, dass mir Tränen in die Augen schießen.

Es ist viel zu bunt.

Viel zu übertrieben.

Viel zu kitschig.

Ich liebe es!

»Christian«, stammle ich und nehme langsam die Hände vom Gesicht. »Was … was ist das hier alles?«

»Das ist das Mindeste, das du verdient hast.«

Mit kontrollierten Schritten kommt Chris um den Pool herum und stellt sich vor mich. Sein Blick wirkt entschlossen, aber etwas darin flackert nervös, und seine Finger trommeln unruhig auf seinem Oberschenkel.

»Camy«, beginnt er zärtlich. »Ich habe dich vor unserer Trennung geliebt, tue es heute und werde dich bis zu meinem letzten Atemzug lieben. Ich habe viele Fehler gemacht, das will ich nicht abstreiten. Aber ich habe daraus gelernt und verspreche, es für den Rest meines Lebens besser zu machen.«

»Chris …«, setze ich an, aber er unterbricht mich, in dem er sanft seinen Finger auf meine Lippen legt.

»Lass mich bitte aussprechen«, bittet er, und ich nicke verwirrt darüber, was das alles zu bedeuten hat. »Du wolltest wissen, was du für mich bist«, fährt er fort. »Und ich habe gesagt, du seist alles für mich. Das stimmt, Curls. Du bist alles, was ich brauche. Alles, was ich will, und alles, was ich mir wünsche. Ich habe dich nicht verdient, das ist mir bewusst. Nicht nach allem, was ich dir angetan habe. Trotzdem stehe ich hier und flehe«, sagt er und kniet sich plötzlich vor mich. »Ja, ich flehe, dass du mir diese eine letzte Chance gibst, um dir zu beweisen, dass ich es ernst meine und dich nie wieder verletzen werde.«

»Oh mein Gott, Christian«, schluchze ich.

»Ich kann nicht versprechen, nie wieder Fehler zu machen, dass wir uns niemals streiten werden oder ich etwas Dämliches mache, das dich verärgert«, setzt er nach und bringt mich damit zum Lächeln. »Aber ich schwöre, dich nie wieder von mir zu stoßen, Camy. Wie ich schon sagte, habe ich dazugelernt. Ich weiß jetzt, dass du so viel stärker bist als ich. Dass du keinen Kampf scheust und mich niemals verlassen würdest, solange ich dir keinen Grund dafür liefere. Daher frage ich dich, Camy Owsen«, verkündet er mit bebender Stimme: »Willst du mich heiraten? Willst du das Versprechen, das wir uns damals in Irland gaben, wahr machen und endlich meine Frau werden?«

Sprachlos sehe ich zu dem Mann hinunter, der mich mehr berührt, geliebt und emotional gefoltert hat, als es ein anderer je könnte. Dabei weiß ich, dass er jedes einzelne Wort ernst meint. Weiß, dass Chris und ich nun endlich zusammen sein und das Leben führen können, das wir uns so oft ausgemalt haben. Aber ich weiß auch, dass unsere glückliche Blase irgendwann zerplatzen könnte – denn Christian ist und bleibt ein Green. Er hat vermutlich mehr Feinde, als er denkt. Was allerdings weit mehr zählt, ist die Gewissheit auf ein Leben voller Liebe, an der Seite meines Seelenverwandten.

Daher: Ja, ich will mein Leben mit ihm verbringen. Ich wollte es, seit ich Chris das erste Mal sah, auch wenn ich es da noch nicht wusste.

»Camy?«, flüstert Chris, und die Unsicherheit in seiner Stimme lässt mich innerlich grinsen. Nach außen hin bleibe ich gelassen, überkreuze die Arme vor der Brust und ziehe eine Braue in die Höhe.

»Wurde auch Zeit, dass du mich das endlich fragst.«

»Freches Ding.«

»Arroganter Mistkerl.«

»Ich liebe dich.«

»Ich dich auch«, erwidere ich aufrichtig und löse die Arme. »Ja, Christian, ich will dich ebenso heute heiraten, wie ich es damals wollte. Und ich werde es morgen, in einer Woche, einem Monat und auch in einem Jahr noch wollen.«

»So viel Zeit werden wir nicht brauchen«, raunt er dunkel und steht auf. »Ich will nie wieder auch nur eine Sekunde ohne dich vergeuden. Außerdem kann ich die Hochzeitsnacht kaum abwarten.«

»Ich auch nicht«, flüstere ich und schlinge die Arme um seine Hüften. »Kein Zurück, Christian. Nie wieder.«

Früher waren wir bloß zwei Menschen, dessen Wege sich durch eine unglückliche Verkettung kreuzten. Heute folgen wir einem gemeinsamen Weg. Einem, der uns ins Glück – ins Happy End – führen wird.

Wenn ich aus unserer Geschichte eine Moral ziehen müsste, wäre es die, dass kein Trauma schwerer wiegt als die Liebe und dass das Schicksal immer eine Möglichkeit findet, um seinen Plan umzusetzen.

Chris und Camy.

Camy und Chris.

Verschieden und doch gleich.

Verbunden in Liebe und Vertrauen.

EPILOG

Chris

Eine Familie besteht aus weit mehr als aus dem gleichen Blut und einer vergleichbaren DNA. Das habe ich in den vergangenen Jahren gelernt. Nicht immer auf die einfachste Tour, aber die hätte bei mir ohnehin nicht gefruchtet. Sie besteht aus Menschen, die sich lieben, vertrauen und unterstützen. Im besten Fall sind sie genetisch verwandt, aber das ist nicht zwingend nötig. Wäre es anders, würden weder Gloria noch Andrew oder Olivia zu meiner Familie gehören. Auch Isabella wäre bloß eine Freundin, ebenso wie Violet. Aber sie alle sind Teil meiner selbst gewählten Familie – ebenso wie der kleine Eduardo. Und nach heute wird die wichtigste Person von allen endlich auch gesetzlich zu meiner Familie gehören.

Anders als bei unserem ersten verunglückten Versuch, sind heute alle anwesend. Camys Eltern, ihre Schwester und sogar meine Mutter. Unsere Eltern sitzen nebeneinander in der ersten Stuhlreihe, und ich spüre immer wieder ihre Blicke auf mir, während sie miteinander tuscheln. Aber das stört mich nicht. Auch nicht, dass Caleb und Eduardo sich quer über die Wiese jagen, die Gäste erschrecken und dabei kreischen.

Nichts könnte mir heute die gute Laune versauen. Na ja, nichts, außer dass Camy nicht auftaucht.

Sie wollte zusammen mit Isa, Violet und Olivia aus dem Hotel herfahren. Ich bin mit meinem Trauzeugen Ian gekommen, während die Kinder bei Beatrice und Gloria geblieben sind.

Als ich meiner Mutter und Camy vor sieben Monaten meinen Plan verkündete, Eduardo zu uns zu holen, hat Camy vor Rührung geweint. Beatrice hingegen war alles andere als begeistert. Sie hat eingeworfen, dass wir damit erneut zur Zielscheibe werden, da Reyna ihren Sohn nicht einfach aufgeben wird. Darin habe ich ihr damals recht gegeben – trotzdem haben wir es getan. Was gut war, denn inzwischen ist die Situation eine andere.

Camy schreibt regelmäßig Briefe an Reyna und schickt ihr auch Fotos von Eduardo. Besuchen können wir sie nicht, da sie in Arizona in Haft sitzt, wir aber in einem Vorort von New York leben und der Weg einfach zu weit für den Kleinen wäre. Aber Reyna schreibt Briefe zurück, außerdem telefoniert sie regelmäßig mit Eduardo.

Camy möchte, dass er weiß, wer seine Mutter ist, und dass sie im Gegenzug weiß, wie es ihrem Sohn bei uns geht. Und wenn die Zeit gekommen und Eduardo so weit ist, dass er es verstehen und verkraften kann, werden wir ihm die ganze Geschichte erzählen und ihm alle Fragen beantworten.

Reyna ist froh darüber, dass es ihm gut geht, während es seinem Vater traurigerweise egal ist, wo sein Sohn ist oder wie es ihm geht. Nachdem die Polizei alle festgenommen hat, war niemand mehr übrig, der die Organisation leiten kann, und somit hat Eduardo den Wert für seinen Vater verloren – ebenso wie Reyna. Soweit ich weiß, hat sie die Scheidung eingereicht.

Wir hören immer mal wieder Gerüchte darüber, dass jemand versucht, die alten Strukturen wieder aufzubauen und die Organisation unter neuer Führung zurückzuholen, aber niemand hält sich lange genug, um eine Gefahr darzustellen.

»Kalte Füße?«

»Nope. Alles mollig warm«, erwidere ich und zwinkere Ian frech an. »Die Kinder werden noch vor dem Essen todmüde sein, wenn sie weiter so rumrennen. Vielleicht sollten wir sie dazu bringen, sich hinzusetzen.«

Er zuckt mit den Schultern und legt mir einen Arm um die Schulter. »Glaub mir«, flüstert Ian verschwörerisch, »es ist besser, wenn sie sich jetzt austoben und früh schlafen. So bekommst du einen ruhigen Abend mit deiner Frau.«

Meiner Frau. Egal, wie oft ich es höre, entlockt es mir doch jedes Mal aufs Neue ein verdattertes Lächeln.

Ian nimmt den Arm von meiner Schulter und zieht sein Handy aus der Anzughose. Er wirft einen Blick aufs Display und sieht zu mir auf. »Sie sind gleich hier«, verkündet er ernst. »Bist du bereit?«

Ich nicke und reibe rastlos die Hände aneinander. Nicht, weil ich nervös bin, sondern weil ich es nicht abwarten kann, Ja zu sagen und in unser neues Leben zu starten.

Gemeinsam gehen wir den Mittelgang entlang zum Altar. Alles ist genauso vorbereitet, wie wir es wollten. Der Außenbereich des Hotels, das wir extra für heute gemietet haben, ist farbenfroh dekoriert. Die Stühle sind gefüllt mit Leuten, die endlich wieder gefahrlos Teil unseres Lebens sein können, und ich muss auch keine Angst haben, dass dem heutigen Pfarrer das gleiche Schicksal bevorsteht wie dem letzten. Um bösen Erinnerungen vorzubeugen, haben wir auf einen Blumenbogen am Altar verzichtet und es schlicht gehalten. Auch auf Ringe haben wir verzichtet.

Zufrieden sehe auf meinen Finger hinab und kann nicht anders, als zu lachen bei dem Gedanken daran, wie panisch Camy ihre Augen zusammengekniffen hat, als der Tätowierer den ersten Stich gesetzt hat. Der Wunsch, meine spontane Idee von damals aufzugreifen und uns Ringe tätowieren zu lassen, kam von ihr. Die Stelle ist noch empfindlich, da wir sie uns erst vor zwei Tagen haben stechen lassen. Jedes Mal, wenn ich daranstoße, ertappe ich mich dabei, das Brennen zu genießen. Es ist ein großartiger Schmerz, denn er ist ein Symbol für den längst überfälligen großen Schritt, den wir nun endlich gehen.

Wir kommen am Altar an und begrüßen den Pfarrer mit knappem Handschlag. Er kennt unsere Geschichte. Die ganze Geschichte. Ungeschönt und mit jedem Detail. Wir wollten von jemandem getraut werden, der uns kennt und begreift, was wir alles durchmachen mussten, um endlich hier stehen zu können. Es war nicht einfach, so jemanden zu finden, denn die ersten vier, mit denen wir uns trafen, sagten hinterher ab. Aber dieser eine sah in unserer Geschichte genau das, was sie ist: ein Weg, der über viele Umwege führte, die Liebe aber trotz allem immer als Ziel hatte.

»Es ist so weit«, raunt Ian neben mir, und prompt beginnt mein Herz zu rasen.

Zwei Kellner treten an die Türen, die in den Festsaal führen und hinter denen wir nachher feiern werden. Wie hypnotisiert starre ich dorthin, halte den Atem an und kann nicht fassen, was für ein verdammtes Glück ich habe.

Die Türen schwingen auf, und ein Geigenspieler beginnt, die Melodie von »Make you feel my love« von Adele zu spielen. Ich sehe Isabella und Violet. Sie schreiten den Mittelgang entlang und verstreuen bunte Blütenblätter auf dem Boden. Die Gäste erheben sich auf ihren Stühlen – da erscheint die Person in der Tür, auf die ich mein Leben lang gewartet habe. Camy.

Sie trägt ein knielanges weißes Kleid mit einer buttergelben Schärpe um die Taille. In ihren offenen Haaren stecken winzige gelbe Blüten, und auf ihrem Gesicht strahlt mir ein Lächeln entgegen, das mich sofort in seinen Bann zieht und ebenso zum Strahlen bringt.

Ja, ich, Christian Green, bin endlich da angekommen, wo ich schon immer sein sollte. In einem Leben voller Liebe und Glück. Mit einer einzigartigen Partnerin an meiner Seite, die so viel stärker ist, als ich es je sein könnte, und von der ich weiß, dass ich sie nie wieder loslassen werde.

Das hier, genau dieser Tag – dieser Moment – wird mir für immer in Erinnerungen bleiben. Es ist der Anfang einer Zukunft, die bis vor wenigen Jahren unmöglich schien. Einer Zukunft, die ich mir schon immer wünschte, aber erst lernen musste, mir das einzugestehen.

Aber egal, wie schwer es war, wie dunkel der Weg und wie schmerzhaft die Wahrheit, hat sie genau dahin geführt, wo ich jetzt stehe – in der Sonne.

DANKSAGUNG

Danke an alle, die Camys und Chris' Geschichte gelesen und geliebt haben.

Der Weg war weit, die Abende waren lang, und der Kaffee war extrem stark. Das alles hätte ich nicht geschafft, wären da nicht Menschen, die mich unterstützen. Allen voran meine Familie, der ich nicht oft und ausschweifend genug danken kann. Ihr seid mein Fels, meine Heimat, mein Ein und Alles. Ich liebe euch!

Danke auch an den Mira Taschenbuchverlag, der mich seit Beginn an auf meinem Weg als Autorin begleitet und anleitet. Ihr habt mir die Angst genommen und mich ermuntert, an meinen Traum zu glauben. Danke!

Meiner einzigartigen Agentur Leselupe und vor allem meiner Agentin Julie danke ich auch. Für die Unterstützung, die Ratschläge, die langen Telefonate, die eigentlich nur kurz andauern sollen, und den gewonnenen Mut, immer weiter zu machen.